U0054645

WIND CHASER, FATE SEEKER

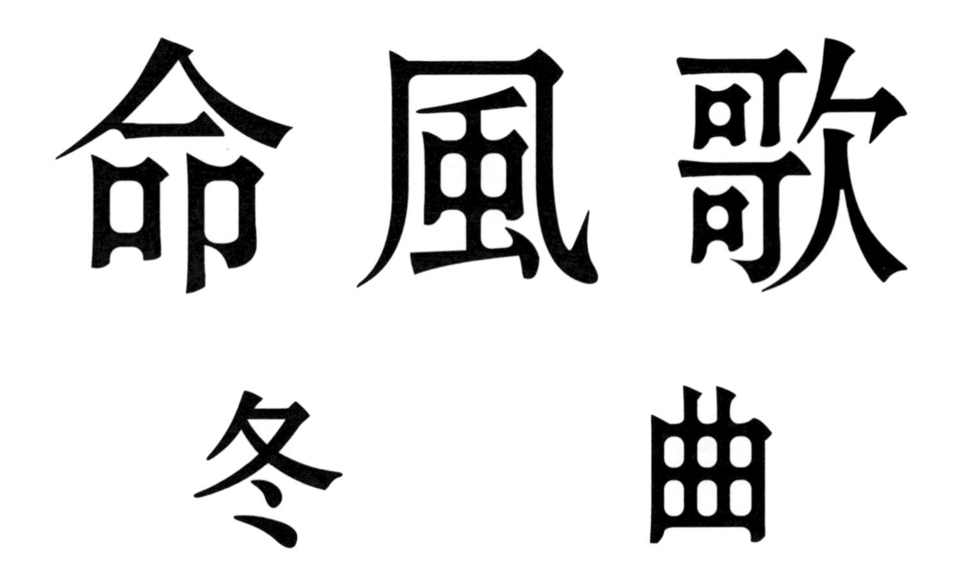

林若風 著

目次

有人說命運是神，人們只能揣測其旨意

有人說命運是美女，人們只能拜倒其裙下

也有人說命運是惡魔，無力的人類終究只能恐懼，以及詛咒

但要我說，命運是風

他無所不在，卻又無從捉摸

——泰爾萊，其姓氏不詳

合眾國五十二年

深秋即將到來，也因此在合眾國首都——莫諾珀利的城郊，此時是一望無垠的蕭瑟淒涼。稻田大多早已收割，只留下一束束的稻稈整齊排列田中，在泛黃的平原上逐漸枯黃腐朽，無助地等待冬日到來。在這樣蕭瑟的氛圍裡，一間看似平凡無奇的農舍中，卻有兩人，不願如這些稻稈一般束手待斃。

黃昏時分，結束了一天的繁忙，霍恩回到自己城郊的家。剛要打開門，卻發現門前有兩道淺淺的足跡，霍恩皺了皺眉，右手伸向腰際悄無聲息地拔出匕首，左手則將門給緩緩旋開。奇怪的是，儘管霍恩自信沒發出任何聲音，屋內的不速之客卻已察覺到了。

「用不著這麼緊張，是我。」

聽到門縫間傳來熟悉的聲音，霍恩吁了口氣，收起匕首走進屋內道：

「妳怎麼來了？」

簡單素雅的客廳內，一名身著白衣的女子正背對著霍恩，坐在樺木製的搖椅上。她起身轉向霍恩，頓時間，那出眾的容顏似乎點亮了昏暗的客廳，也讓霍恩忍不住露出微笑。看著霍恩緩緩走近，女子忽然紅了眼眶，下一瞬間，她便飛一般縱身躍入霍恩懷中，斗大的淚珠無可壓抑地自雙眼不斷湧出。

「太好了，太好了……你終於回來了……」

雖然有些錯愕，霍恩還是順手摟住了對方。感覺自己肩頭眨眼間便濕透大半，霍恩沒有急著詢問女子究竟是發生了什麼事，只是安撫地輕拍著對方的背。等到女子終於冷靜下來，霍恩才柔聲問道：

「佩絲，發生什麼事了？」

名為佩絲的女子吸了吸鼻子，抽噎道：

「孩子……被發現了。」

霍恩心中一緊，但他沒有先問消息是怎麼洩漏的，而是迅速掃視屋內一周，說道：

「孩子呢？」

儘管這可能是霍恩人生中最大的危機，他仍沒有表現出任何一絲的慌亂，因為他很清楚，此刻女子需要的，並不是驚慌失措的丈夫。

佩絲無力地往寢室的方向一指，說道：

「別擔心，還在裡面睡著呢。奔波了這麼多天，他肯定也累壞了。」

霍恩瞥了寢室一眼道：

「以前……村子裡發生過這種事嗎？」

佩絲微一猶豫，點了點頭。

「有過一次。當時，事發不到兩天，克奈特就將違規的人和她的兒子抓了回來，然後她們母子倆……」

想起那可怕的景象，佩絲突然間感到有些反胃，也對自己將來的命運感到更加茫然。沉默了半晌，佩絲才輕聲道：

「我差點就再也見不到你了。」

霍恩沒有多說什麼，默默將佩絲擁入懷中，不過這次，他摟得更緊、更用力。一想到也許差點就要失去對方，霍恩便打從心底感到無比恐懼。

感受著丈夫寬厚的胸膛與結實的臂膀，佩絲的眼淚撲簌簌地直流而下，她當然知道霍恩爲什麼一句話都不說，因爲她同樣難以想像，要是沒有了對方，自己究竟該怎麼活下去。

相擁良久，霍恩才鬆開雙手，輕聲道：

「也罷，我們都知道這天遲早會來，只是稍微早了點而已，我想……」

見對方話說到一半就停了下來，佩絲嘆道：

「你還是這樣，老是擔心東擔心西的，你也清楚沒有別的方法了。」

「不行，我不准妳使用歌。」

佩絲微微一笑，說道：

「我就知道你會這麼說。放心，我可沒辦法在這麼短的時間內就近找到適合唱歌的地點，就算眞的找到，唱完歌我也沒力氣行動了，到時候只會變成你的負擔。」

霍恩鬆了一口氣，但隨即皺眉道：

「但就算是用預……」

見丈夫始終將自己擺在第一位，佩絲心中一暖，又將身子湊進霍恩懷中，柔聲道：

「別擔心，只是預的話，還不至於消耗掉太多體力。」

「可別勉強自己。」

「沒事的。」

霍恩嘆了口氣道：

「難道就沒別的方法了？」

佩絲安慰道：

「人生總是有只能賭一把的時候，往好處想，至少對於這類要碰運氣的事情，你的運氣絕對不差。」

霍恩微微一愣道：

「這話怎麼說？」

佩絲臉上浮現一抹俏皮的微笑，說道：

「你都娶到我當妻子了，還敢說自己運氣差？」

聽到這話，霍恩放聲笑道：

「有道理、有道理，只怕我一輩子的運氣都用在這上頭了。」

「算你會說話。」

說著，兩人對上目光，忍不住同聲笑了出來。

如果有人聽到這段談話，恐怕無法相信兩人談笑以對的，竟是攸關生死存亡的大事吧。可這份氣魄與膽識，也正顯示兩人都已經歷過無數的大風大浪，但另一方面，這兩人之所以能這麼冷靜，也許是因為生命中最重要的彼此，此刻就待在自己身旁。

過了一會，霍恩止住笑，說道：

「就妳的估計，他們要多久才會追到這裡？」

佩絲斂去笑容，說道：

「我猜明天就到了。」

「那我們抓緊時間吧。」

聞言，佩絲沒有說話，只是站在原地默默注視著霍恩。意識到佩絲的目光有些異樣，霍恩心中生出一股莫名的不安，問道：

「我說錯話了？」

「不，你說得對，要是再拖拖拉拉，他們就要追過來了。」

佩絲收回目光，毫不猶豫地步出屋外，朝大門對面的那片稻田走去。來到稻田正中央，佩絲先是做了一次深長的呼吸，才緩緩平舉雙臂，仰頭望向天際。猶如禱告一般，她的口中輕聲流瀉出令人難解的低語。

由於不想令對方分心，霍恩按照往例站在遠處。遠遠注視著佩絲專注的模樣，他忍不住心想，所謂的預，簡直就像是在向上蒼祈禱。

當然，這絕非只是單純的祈禱。

沒多久，風勢忽然大了起來，那橫掃過原野的哀淒秋風，簡直就像是隨著佩絲的祈求而到來，將田中乾枯的稻草全數捲入了空中。一時間，幾乎難以分辨究竟是因爲稻草使得秋風被染爲了棕黃色，還是秋風本身就是這個顏色。可仔細一想，棕黃色的風？這世上眞的存在這種風嗎？

霍恩甩了甩頭拋開腦中多餘的疑惑，只見稻田中央，佩絲雪白色的衣袖隨風擺盪，就好似強風中的白桐花。美麗、脆弱，似乎隨時可能凋零，如雪花一般隨風飄落。看到這幅景象，霍恩心中忽然湧起一股衝動，想衝上前將佩絲擁入懷中，因爲他知道這朵白桐花，已然承受過太多的苦痛與折磨……

「傻瓜，別露出那樣的表情。」

就在這時，佩絲忽然睜開雙眼，回頭如此說道。

霍恩微微一怔，忍不住道：

「難不成妳背後還長了眼睛？」

「說不定哦。別管那個了，我剛才突然想到，有件事一直忘了問。」

「什麼事？」

「該怎麼說呢，嗯……對於人們所謂的命運，你有什麼看法？」

佩絲這突如其來的問題，令霍恩不禁啞然失笑。

「由妳來問這個問題，總讓人覺得有些諷刺。」

「是嗎？」

聽到霍恩的挖苦，佩絲露出微笑，然而微笑中隱約透出的苦澀，卻令霍恩不由得心中一揪。

「我啊，可不是隨便問問，這些年來……」

如此說著，佩絲輕輕閉上雙眼。

「我可是恨死它了。」

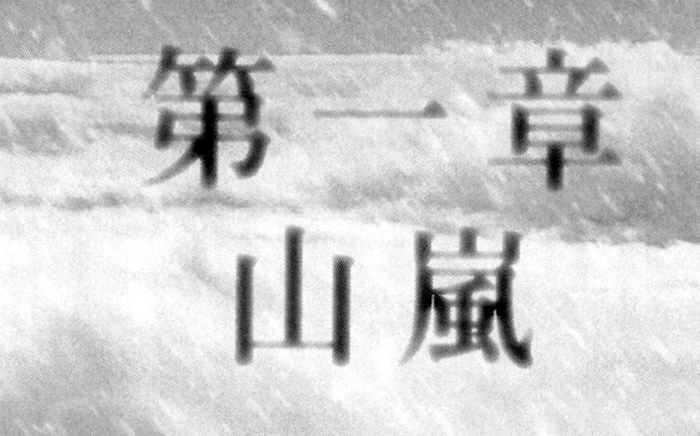

第一章 山嵐

睜開雙眼，一座廣場出現在眼前。

一座巨大無比、圍著成千上萬人的廣場。

他環顧四周，發現自己正置身於一座繁華的都市，這兒的房子和村子裡清一色木造的房屋不同，都是由磚瓦或石塊堆砌而成。其中，有些房屋的石材在陽光的照映下，甚至還隱隱反射出青藍色的光芒，想必那是某種自己從未見過的珍貴材料吧。

好不容易將目光自石材上移開，他接著左右看了看，只見一條東西向以及一條南北向的大道，剛好交會於眼前這座廣場。也許，這兩條路是以廣場爲起點延伸出去的？然而直覺告訴他，是因爲兩條大道的交會，才開闢了這片廣場。這時，感覺眼角餘光中似乎有什麼東西，他抬起頭來，發現廣場正前方不遠處，沿著寬闊的石階而上，坐落著一座宏偉的白色建築。

他從沒見過這麼大、這麼壯觀的建築物。

八根潔白而優雅的石柱一字排開，撐起了整棟建築的前廊，如果再往上看，便會發現建築中央，還有一座螺旋狀的尖塔蜿蜒而上，頂端則有個小小的瞭望台。

多麼雄偉、多麼壯麗啊！

如此奢華而莊嚴的建築，肯定只有一國之主才建得出來吧。

才剛這麼想，一陣冷風吹來，他忍不住打了個哆嗦。

是北風。

從北風與這溫暖卻不炙熱的陽光推測，「現在」應該是冬天。如此一想，廣場外頭會有這麼多興高采烈的民眾也就一點都不奇怪了，畢竟嚴寒的冬日裡，又有誰能不爲這溫暖的陽光而雀躍？

話雖如此，廣場裡頭，卻滿滿充斥著令人窒息的氛圍。

這詭異的氛圍是來自廣場中央的斷頭台，還是廣場邊緣嚴陣以待的大量士兵？

還是說，這氛圍終究只是來自人們的內心？

廣場上，所有人都屏息以待，幸好，這令人不安的沉默沒有維持太久。隨著一陣騷動，群眾彼此推擠著讓開了一條路，其中，數名士兵押解著一名囚犯，緩緩向廣場中央行進。

見到這副景象，他不禁感到有些奇怪，因爲士兵臉上都難掩哀戚，反倒是囚犯卻一臉泰然，就好像士兵才是要接受處決的一方。

不過再仔細一看，他就發現了眞相。

儘管神情輕鬆，那名囚犯的眼眸卻只剩一片黯淡的灰，那是對世間一切感到絕望的死灰色。也許正是因此，囚犯才滿不在乎地大步走著，走著他一生最後的旅程。

到了廣場中央，囚犯在斷頭台前毫不猶豫地坐了下來，看來他早已做好了受刑的準備。

於是此時此刻，便只剩下等待。

好似永無盡頭的等待。

一會兒，像是等得有些不耐煩，囚犯開始百無聊賴地四處張望，他瞄了一眼廣場旁的大鐘塔，距離行刑時刻還有五分鐘。囚犯皺了皺眉，似乎是想到了什麼，轉過頭，以完全不像死刑犯應有的語氣，向其中一名士兵問道：

「喂，小子。行刑前能讓我說幾句遺言嗎？」

士兵似乎有些出乎意料，微微一愣後急忙應道：

「當然！將…」

然而話還沒說完，身旁的同僚便以手肘頂了頂他，士兵這才發現自己犯下的錯誤，他立刻呑下原先要講的話，換了種語氣沉聲道：

「可以，你有這個權利。」

囚犯瞥了士兵一眼，揶揄似地笑了笑。

「原來還有人把我看作將軍啊。」

聽了這句話，士兵雙臉一紅，隨即掩飾般默默低下了頭。

囚犯嘆了口氣，忽然睜圓雙眼，提高音量吼道：

「合眾國的各位！」

中氣十足的沉厚嗓音壓過了眾人的竊竊私語，將他們的注意力都聚集到了廣場正中央，無懼於眾人目光，即將被處以死刑的將軍大聲道：

「所謂的正義，是強者欺壓弱者嗎？」

廣場上一片鴉雀無聲。

不過，將軍並不氣餒，因爲他已經從眾人眼中讀出了答案。

「很好。那我再問，強者必然爲善嗎？」

這次，將軍注意到有幾個人一副欲言又止的模樣，不過依舊沒有任何人出聲回答。將軍微微苦笑，他很清楚群眾爲何遲疑、爲何害怕，但令人欣慰的是，仍有少數人輕微而堅定地搖了搖頭。

「沒錯，事實並非如此。可你們想想，強者難道不是更應爲善？強者難道不是更應保護弱者？」

將軍愈說愈是憤怒，就連他原先死灰色的眼瞳，也現出了些許光彩。

「合眾國難道從建立之初便如此強大？難道她忘了當初身爲弱者的心情？強者本應爲善，強者唯有爲善方能長存！如果只是因爲擁有力量，就跟隨自己的一切欲望，那種人、那種國家，和嗜血的殺人狂又有什麼不同？」

颯啊、颯啊。

起風了，蕭蕭北風呼嘯著捲過廣場，卻絲毫掩蓋不了將軍千古迴盪的譏嘲。

「人是什麼？人是欲望的集合體，人因之進步，卻也因之毀滅！合眾國的王啊，你眞以爲預言萬能？也許她是能預知一切，但她永遠也預知不了人心！看著吧，未來必定會有人繼承我的意志，來改寫這個因爲欲望和預言而無比灰暗的命運！」

憤怒而輕蔑地笑著，將軍挑釁似地瞪向螺旋尖塔上的瞭望台。儘管距離遙遠無法看清，他仍相信在自己將死之刻，那人必定站在瞭望台上遙望著他的結局。正因如此，他要用自己無畏的注視告訴高高在上的那位，他的選擇沒有錯，絕對、絕對沒有錯。

行刑時刻到了。隨著鐘塔敲響整點的鐘聲，將軍收回目光，仰頭望了望最後的藍天。這時，他發現北方飄來一片烏雲，一轉念，將軍就猜到了這是怎麼一回事。他閉上雙眼，露出一抹悲傷的笑容。

「謝謝妳。」

悄聲如此說道，將軍揮別了多愁善感，毅然決然將頭擱上了斷頭台。

「時間到了。動手吧，小子們。」

聽將軍平靜地如此說道，兩名負責行刑的士兵難過地點了點頭，他們仔細校正了下角度，彼此對望一眼，便毫不猶豫地放下鍘刀。

絕不能猶豫，他們非常清楚，如果多餘的同情導致處刑不夠乾淨俐落，只是徒增受刑人的痛楚罷了，這種慘劇絕不許發生在他們敬愛的將軍身上。

唰的一聲，鍘刀下。

「莉絲，不用自責了。」

那個瞬間，士兵們好似聽到將軍如此呢喃，但還來不及向彼此確認，重物落在地上的聲音便傳入了所有人耳裡。

頭顱滾落在廣場的石板上，憤怒的鮮血則是流淌了一地，使得塊塊石板好似是由鮮血鑲嵌而成。

此時此刻，就算是廣場外頭對死刑不感興趣的人們，也不約而同地望向廣場內側，因爲他們都聽到廣場內傳來一陣深長的唏噓聲。

那是北風的滄桑？還是群眾的嘆息？

唯一能確信的是，廣場內成千上萬的圍觀者，都像是石化一般站在原地靜默著。

對已死之人致上他們最後的敬意。

不知過了多久，人群中才終於開始出現動靜。

滴答、滴答。

有人伸出手心朝上，有人抬起頭來，望向不知何時變得昏暗的天空。

然後，有人開口說道：

「下雨了。」

戰火再起，世界的邊緣顛簸搖晃
時代的轉捩點
在悲傷的淚水之中，躍然紙上
世界從無絕對
一個人的執念，導致了眾人的悲傷
可眾人雀躍之時，我等又將迎來消亡
不過毋須喜悅，亦毋須害怕
因為命運的舞步
儘管紛亂無章
卻終將跳向前方
噓！仔細聽好了
一切的欲望
便由世界邊緣的風兒
悄悄地，奏響樂章

——葛雷夫・米瑟利
最初與最後的風歌，序曲

一、上山

帶著一身冷汗，少年自夢中驚醒。

一睜眼，見到熟悉的木造天花板，少年這才大大鬆了口氣，但他也清楚，一旦再度閉上眼，那殷紅的鮮血肯定又會不由自主地浮現眼前。

「唉，又是這個夢……」

儘管許多人夢中都會出現某些脫離現實的情境，好比長出翅膀在天空翱翔，或者被從未見過的猛獸追著跑，但少年的夢卻從未發生類似的情況。相對的，他的夢極其逼真、寫實，且時常重複。也因此少年總是懷疑，究竟夢中所見是眞實發生過的事，抑或只是單純的、無比逼眞的夢境？有時候夢醒的剎那，少年還常會對哪邊才是現實感到困惑。

但仔細一想，若說這些事都曾眞實發生過，又怎會在自己的記憶中沒有絲毫印象？如果自己從不曾眞正經歷過這些事，又怎能如此具體地出現在夢裡？少年愈是思索，頭腦卻愈是混亂，不過重新浮現的睡意也使他不再執著於這些無解的問題，沒多久，便再度陷入了夢鄉……

「溫德爾，再不起床木頭都要被砍光啦！」

合眾國六十七年，某個冬日清晨，天都還沒破曉，伐木隊的隊長喬安，已經開始在村中四處走動，將那些捨不得離開被窩的隊員給叫醒，當然，今年剛滿十七歲不久的溫德爾・菲特也是喬安的目標。聽到隊長中氣十足且略帶沙啞的嗓音，溫德爾睜開惺忪的雙眼，看了看外頭依舊漆黑的天色，又摸了摸一頭亂糟糟的黑髮，接著發呆一兩分鐘，才嘆了口氣認命起身離開被窩。

走出屋外，溫德爾用冰涼徹骨的井水擦著臉的同時，忍不住想起昨天下山時某人開的玩笑，說是希望喬安老到因為早上太冷而起不來的那天早點到來，好讓伐木隊的大家偶爾也能稍微賴一下床。雖然深有同感，但仔細想了想，溫德爾還是搖搖頭將木桶拋回井裡。

除非隊長掛了，不然那天恐怕永遠都不會到來吧。

就在這時，遠方又傳來了喬安的大吼。

「溫德爾，你還沒好嗎！」

溫德爾嘆了口氣，他完全能想像那個滿臉鬍鬚的老傢伙此刻是什麼樣的神情，肯定是在村子的小廣場上不耐煩地走來走去，時不時就低聲抱怨幾句像是「現在的年輕人啊」或者是「想當初我還年輕時」之類的話。想到此處，溫德爾既無奈又好笑，朝廣場的方向吼道：

「馬上就來！」

不到一秒，回音立刻就傳了回來。

「給我快點！」

溫德爾翻了翻白眼，喃喃自語道：

「眞不知道他在急什麼，又不差這幾分鐘。」

溫德爾會這麼抱怨是有原因的，此刻晨曦才剛劃破黑夜的深沉，也就是說，現在才不過早上五六點左右。再者，木柴砍光什麼的，從來就只是喬安的信口開河。雪山山脈橫亙於合眾國北面，其東部山腳方圓數十公里內，就只有哈薩德這個村子，村中也只有唯一一個伐木隊，所以根本不會有人和村民爭奪山上豐富的林木資源。

不過溫德爾也並非不能理解喬安為何堅持大家必須早起。由於針葉林區的木材品質普遍較為優良，伐木隊主要砍伐的都是高海拔地帶的針葉林，正因如此，每天他們至少得花三小時爬山，當然在處處積雪的深冬，就得花上更久。若是想在一天內砍伐相當數量的木材，早起可說是基本條件。於是，認命的溫德爾匆匆檢查了下麻布袋裡必備的工具後，便前往廣場，開始了日復一日的單調伐木生活。

單調歸單調，溫德爾並不討厭這種規律的生活，這可能和他安於平淡的個性脫不了關係。眞要說有什麼討厭的地方，恐怕也就只有冬天得早起這件事了，但比起上山本身帶來的快樂，在寒冬仍得早起的不悅，相對下又只是小事一樁。

走了兩個多小時的山路來到小徑的分歧點，喬安頭也不回地說：

「今天也拜託你了，等會兒見。」

「嗯。」

溫德爾應了一聲。

溫德爾並不愛說話，也沒太多的欲望，或許正是因此，才令他莫名適合這種艱苦的生活，必須忍受寒冷、忍受沉默，忍受世界如此地一成不變。對溫德爾來說，只要能上山，這一切的忍耐都値得，因為他人生的少數樂趣，便是造訪每回上山伐木必經的一處山脊，據村裡的人所說，這座山脊是雪山山脈東部的至高點。雖然這種說法沒什麼強烈的依據，但確實每當溫德爾站上山脊向四周望去，寬廣的世界無一例外，全都乖巧地臣服在他的雙腳下。這種時候，溫德爾會自然而然展開雙臂深吸一口氣，甚至偶爾還會浮現「我就是世界的頂點！」這種幼稚的想法。第一次爬上山脊時他這麼想，到了今天，他仍時不時仍會冒出類似的念頭。

畢竟，這裡的景色沒有一次令他失望。

無垠的藍天、千百座也許從未有人踏足的雪白山峰，以及與之相襯的黑色樹林。只要是可以上山伐木的日子，溫德爾都一定會先登上山脊待個好一陣子，感受終年不斷的山風呼嘯著捲過耳際。溫德爾會閉上雙眸，像是與蕭蕭的風兒對話，傾聽山風猛烈狂暴的憤怒、無拘無束的歡快，與深沉陰鬱的哀傷。

剛開始的時候，喬安和不少隊員都對他老是自行脫隊上山相當不悅，但久而久之，以喬安為首，伐木隊的大家也都不再計較了，原因無他，正是因爲每次溫德爾吹完風，總能近乎精確地推測出當天接下來的天氣。不論是颳風、下雨，還是令人聞之色變的暴風雪。

只不過，這天在脫隊後不久，溫德爾忽然聽到身後傳來一個稚嫩的聲音。

「溫德爾哥哥，等等！」

溫德爾有些詫異地轉過頭去，只見一個小不隆咚的男孩沿著小徑追了上來。見狀，溫德爾第一個想法是，肯定又有某戶人家的孩子今年滿十歲了。

根據慣例，哈薩德村的男孩一滿十歲便得跟著伐木隊上山，美其名爲幫忙，實爲鍛鍊體力與耐寒力，因爲這兩者絕對是身爲伐木隊員必不可少的特質，而且讓孩子站在一旁觀看，多少也能幫他們累積伐木必須的經驗與知識，因此村裡從來沒人對這樣的慣例抱持異議。

看著男孩氣喘吁吁的模樣，溫德爾不禁露出微笑。

「你最近才加入伐木隊吧？名字是？」

「我叫柯瑞斯！前天剛滿十歲！」

儘管已經有些上氣不接下氣，名爲柯瑞斯的男孩還是朝氣十足的大聲自我介紹。聽到男孩的嗓門比預期中還要大，溫德爾忍不住皺了皺眉，他最怕的就是這種朝氣蓬勃的小孩了，直覺告訴他，這種人跟自己肯定合不來。

「你怎麼跟來了？」

「因爲我想知道你怎麼預測天氣。」

「你眞想知道？」

「當然！」

「好吧，只要能跟得上，我就告訴你。」

「我會努力的！」

見柯瑞斯毫不猶豫就答應，溫德爾心下暗自嘆了口氣。

對於一般的十歲孩子，上山的路並不好走，不過哈薩德村的村民從小就在山裡長大，這種程度的山路並不算太大的問題，再加上溫德爾也稍微放慢了速度，所以柯瑞斯還能勉強跟上。過了好一陣子，兩人終於爬上山脊，只覺凜冽刺骨的北風迎面襲來。

回過頭，見柯瑞斯不斷試圖用手套抹去鼻涕，溫德爾不由得莞爾。

「很冷吧？」

男孩點點頭看了看四周，似乎對溫德爾為何要來這裡感到有些困惑。

「溫德爾哥哥，現在能告訴我了嗎？」

「其實也沒什麼好說的，閉上眼睛你就知道了。」

說著，溫德爾闔上雙眼，開始傾聽風的低語。

隨著北風拂過耳際、冰涼的氣息掠過心底，溫德爾清晰地感覺到了。

那些許的無聲哀戚……

受到風的心情影響，溫德爾忍不住嘆了口氣，睜開雙眼，見身旁的柯瑞斯正一臉懵懂地看著自己，溫德爾於是道：

「感覺怎樣？」

「風很大、很冷。」

「還有呢？」

「沒了。」

「是嘛，那也沒辦法。走吧，該下山了。」

由於溫德爾不願多加解釋，柯瑞斯雖然一頭霧水，也只能失望地跟著對方沿原路下山。

對於自己這種能「聽懂」風的才能，溫德爾很少多想，即便父親曾對他說過一些如今想來有些匪夷所思的話，他仍從不認爲這是多麼異常的能力。在溫德爾的認知裡，每個人天生總會有一兩樣特別的才華，假如喬安具備的是擔任伐木隊長必需的特質，能聽見風的聲音，便是屬於他的才能吧。

到達伐木場，溫德爾和柯瑞斯向喬安報備了一聲，喬安點了點頭，一邊繼續著手上的工作，一邊順口問道：

「今天天氣如何？」

「晚點應該會下點雪，但沒什麼大礙。」

溫德爾坦白說出自己的感想，但他完全沒發現，身旁的柯瑞斯聽了這句話，可是滿臉的目瞪口呆。當天傍晚，正如溫德爾所說，下起了鵝絨般的細雪。

從那之後，柯瑞斯就老是纏著溫德爾要他教自己預測天氣。煩不勝煩的同時，溫德爾也相當苦惱，畢竟若是能教也就罷了，問題是他根本不知道該怎麼教人。早在好幾年前，喬安就已經向他請教過相同的問題，當時，喬安甚至還和溫德爾一同在山脊上吹了老半天的風，卻仍舊從未能聽見溫德爾所謂風中的聲音。

想到當初因爲這件事和喬安鬧出些許不愉快，溫德爾嘆了口氣，斜睨一眼緊跟在身旁的柯瑞斯。

「我說過了，你學不會的。」

柯瑞斯嘟起嘴道：

「你至少也應該先試著教教看吧？」

「那天我不是試過了？」

「但你只有帶我爬上山，實際上什麼都沒做啊！」

聽到兩人的爭執，喬安回過頭來，見溫德爾一臉無奈，便輕拍柯瑞斯的頭道：

「小傢伙，別再煩溫德爾了，那不是每個人都能學會的。」

柯瑞斯不服氣地看向喬安。

「可是，說不定我就是能學會的少數人啊！」

喬安從鼻孔噴了一口氣，略顯不耐道：

「我不喜歡重複講同樣的話，溫德爾那小子剛剛也說了，他那天已經帶你上山過了，但你什麼都沒感覺到，這就代表你沒那天分！可別以為你是第一個想學預測天氣的人，要論想學，我可是比你還要想好幾萬倍！」

喬安並沒有誇大，畢竟在這極北之地，身為隊長的他要是錯看了天氣，可能就會演變為一場災難，好比說未能發現暴風雪將至而令伐木隊受困山中，又或者忽略了降雨時更容易發生雪崩的可能性，結果害其他人被埋葬在厚重的雪堆之下。類似的情況喬安碰過好幾次，所以自從十多年前接下隊長的職務後，到了特定時期，只要天氣稍微有些不對勁，喬安便堅決不帶伐木隊上山。當然，保守的做法也引來了村民的不滿，再怎麼說，村子的收入來源幾乎全靠伐木，一旦沒有木柴能與鄰近的村子交易，大家本來就稱不上富裕的生活便過得更為艱苦。所以每年冬天，喬安都免不了因為天氣而和其他村民出現衝突，有時甚至還會大打出手。

聽到喬安說的話，柯瑞斯臉上露出了驚訝之色。

「咦？所以隊長也想學卻沒學會？」

「沒有。」

聽喬安毫不諱言承認自己的失敗，柯瑞斯顯得有些難以置信，但也因為這席話，柯瑞斯似乎終於放棄了想學預測天氣的念頭。溫德爾後來才知道，柯瑞斯的父母屬於村中最支持喬安的那群人，也許正是因此，在耳濡目染下，柯瑞斯理所當然地認為「連隊長都學不會的事情，我又怎麼可能學會」吧。

見柯瑞斯默默走向一旁，照喬安吩咐的去觀察其他人怎麼伐木，溫德爾這才鬆了口氣。不過這時，喬安卻咕噥了一聲：

「沒骨氣的小子。」

對此，溫德爾忍不住苦笑，雖然喬安對於膽敢頂撞自己的人從來不會給予好臉色，但是也只有能堅持自己信念的人，才有辦法讓喬安看得起。看著喬安緩緩走開，溫德爾忍不住心想，若是當初自己沒有執意反抗對方，也許根本活不到今天吧。

二、暴雪

那是八年前的事了。

溫德爾還記得，那是自己剛滿十歲的隔天，一大早，他就隨著伐木隊上山。隊伍中，他毫無疑問年紀最小、體力也最差，但就算如此，也不會有人刻意放慢腳步等他跟上，年齡不是藉口，體力更不是。在嚴酷的自然環境下，哈薩德村的所有人從出生開始就知道，如果自己不堅持，沒有別人幫得了你，因爲在北國永遠不變的定律，就是要先能想辦法照顧好自己。

話雖如此，才出發不到一小時，疲憊不已的溫德爾就已經連隊伍末端的影子都看不見了。又累又挫折的溫德爾不由得冒出就此放棄的念頭。

他心想，伐木隊前往的山區，和以往老爸帶他去爬山的地方完全是不同的方向，換句話說，在沒人帶路的情況下，很可能會迷路。

這麼一尋思，溫德爾忍不住打了個冷顫。

要是真的迷路，他會不會就這樣凍死在山裡啊？

隨著想要折返的念頭更加強烈，溫德爾想起前年也有人因爲跟不上隊伍而直接回家。

是啊，要是爲了爭一口氣而迷路甚至是凍死，豈不是太蠢了？

努力為自己找著藉口的溫德爾，最後還是決定下山為妙，但就在他轉身準備往回走的瞬間，腦中突然浮現的念頭，卻讓他怎麼也跨不出回頭的那一步。

要是知道兒子這麼沒用，老爸又會怎麼想？

兩小時後，溫德爾真的迷路了。

除了找不到村民常說的那棵代表即將到達伐木區的巨大神木，他還發現腳下的小徑也在不知不覺間變得愈來愈陡峭，跟以前老爸說的平緩坡道完全不同。

難道我真的迷路了？

努力忍著即將奪眶而出的淚水，溫德爾繼續往前走，就算隱約意識到自己已經迷路、就算理智正在尖叫著要他立刻原路折返，不知怎地，溫德爾總覺得不繼續往前走不行。對，非繼續不可。似乎就連空氣中、他的心中，都有個聲音在催促、鼓勵著他繼續向前。

再撐一下，就快到了。

對於這不知從何而來的聲音，溫德爾小小的心靈沒有產生絲毫懷疑，儘管又冷又餓、雙腳痠痛不已，他卻始終相信前方必定有什麼正在等著。

呼——呼——

凜冽強悍的寒風毫不留情地刮著他稚嫩的雙頰，在一不留心就會跌落山谷的窄小山徑上，溫德爾探頭看了看一旁的萬丈深淵，頓時感到有些害怕。儘管如此，他還是不打算打退堂鼓，甚至就連溫德爾自己都感到奇怪，為什麼明明處於這種十分不妙的情況，心裡卻還有股莫名的期待？

呼——呼——

隨著風勢更加猛烈，與之相應，溫德爾心中不斷鼓噪的期待與衝動也強烈到幾乎要從喉頭湧出。

肯定沒錯，就在眼前了。

與極端陡峭的山路奮戰了不知多久後，溫德爾戰戰兢兢地踏出最後一步，站上了山巒的制高點。氣喘吁吁的溫德爾抬起頭來，一看到眼前的景象，湧上心頭的狂喜，頓時驅使他竭盡全力放聲大吼。

「啊～～」

此時此刻，他就是世界的頂點。

群山環伺，溫德爾立於向東西兩側綿延而去的山巒之巔，俯視這一片只剩下白與藍的世界。再沒有什麼能阻擋他，再沒有什麼是無法跨越的極限。

聽著山谷間迴盪的餘音逐漸融入萬風的唱和裡，溫德爾滿足地噓了一口氣。那個當下，他真心覺得就算下一秒就要面對死亡，也已經沒什麼好遺憾的了。

可別忘了這裡。

溫德爾猛然抬起頭，四處尋找聲音的來源。

別忘了今天發生的事。

又一陣風吹來，溫德爾這才意識到，那是風的嗓音。怪了，為什麼以前完全察覺不到呢？明明一直都有隱約聽見不是嗎？

無論如何，此刻溫德爾不願多想，只是下意識點了點頭。

「我不會忘記。」

嗯，千萬、千萬不能忘。

這就是溫德爾第一次聽見風的呼喚，也是第一次聽懂那種沒有文字的語言，不過對他而言，也許更像是直接傳入腦中的意念。

小心翼翼地下山後，不知怎地，溫德爾輕輕鬆鬆就找到通往伐木區的那條路，只是抵達時，伐木隊的人已經在收拾工具準備要回村子了。喬安本以爲新來的孩子已經自行折返回家，結果看到溫德爾這麼晚才出現在伐木區，不由得感到十分詫異，百思不解之下，他揮了揮手把溫德爾給叫過來。

「喂，小子，我以爲你回家了？」

溫德爾困惑地歪了歪頭，眨眼道：

「回家？沒有啊？」

「那你怎麼這麼晚才到？」

「哦，因爲我迷路了。」

「迷路？」

「嗯。」

接著，溫德爾簡略描述了一下從岔路爬上山頂的經過，聽完，喬安不可思議道：

「意思是你在迷路之後，先爬到山頂才又繞了回來？」

無法理解隊長爲何驚訝，溫德爾小小的腦袋又側了側。

「怎麼了嗎？」

聞言，喬安一翻白眼道：

「你是眞的不懂還是假的不懂？」

「不懂什麼？」

見溫德爾一臉天眞，喬安嘆了口氣望向身旁的副隊長。

「老天，這小子連自己差點死了一回都不知道？他該不會腦袋有問題吧？」

從此以後，溫德爾在旁人眼中，就眞的像個腦袋有問題的孩子。原因無他，正是因爲這莫名其妙的小子，每回總得先爬到峰頂吹吹風才能靜下心參與伐木工作，這也讓不少人懷疑，溫德爾會不會只是想找藉口偷懶。不過，這樣的負面印象只維持了短短一個禮拜，就迎來了截然不同的反轉。

那天，正如前一夜滿天閃耀的星斗所示，是一個風和日麗的絕佳日子，沒有一個人會認爲那天不適合伐木，這也是溫德爾本來的想法，直到他爬上山脊爲止。

來，我們開始吧。

風的聲音如是說。

意識到風在訴說什麼的瞬間，溫德爾急忙按原路折返，追上早已開始工作的伐木隊，但一想到向來對隊員要求嚴苛的隊長聽到他接下來打算說的這番話之後會有什麼反應，溫德爾便感到十分不安。猶豫了許久，理智還是戰勝了膽怯，他走向正在指揮如何伐倒一株粗壯大樹的喬安，拉了拉對方的衣角。

喬安回過頭，一見是溫德爾，便沒好氣道：

「你沒看到我在忙？」

見隊長神色不善，溫德爾差點就要打退堂鼓，但他隨即鼓起勇氣道：

「隊長，我們現在應該立刻下山。」

「蛤？」

一聽，喬安頓時愣住了，就在他懷疑是不是自己聽錯的時候，溫德爾稚氣的聲音繼續傳入他耳中。

「暴風雪很快就要來了，大約再幾個小時就會開始颳風，只要我們現在立刻下山，就還來得及躲過。」

聽完這話，喬安反射性地抬頭望向天空，卻見湛藍的晴空中，甚至連一絲細縷般的雲朵都見不著。他低頭瞪向溫德爾，厲聲道：

「臭小子，要說謊好歹也先打個草稿！聽好了，你如果累了，可以自己到旁邊的樹下去坐著休息，但是別滿腦子只想著要回家！要是眞的這麼想家，你大可自己下山，沒人會攔著你！還是說你不敢一個人下山？」

喬安的高聲嘲諷立刻引來了部分隊員的注意，在眾人灼灼目光的注視下，委屈的溫德爾脹紅了雙臉，但他立刻將這份委屈化為倔強，高聲說道：

「臭老頭，我既不累，更沒有說謊！」

雖然不知兩人原先在談些什麼，但聽到溫德爾這種語氣，一旁的伐木隊員都感到有些不妙，因爲上一個膽敢對喬安這樣說話的人，可是立刻被賞了兩大耳刮子。果不其然，喬安抬起右手就打算要教訓教訓這個乳臭未乾的小子，但就在一巴掌搧下去前，喬安忽然注意到，溫德爾那對異常深邃的藍色雙眼中，完全沒有一絲說謊時隱約可見的動搖。

這個瞬間，喬安想起了這孩子的身分。

「我記得……你是老薩的兒子？」

喬安口中的老薩，指的正是溫德爾的父親，薩格費・菲特。

還在氣頭上的溫德爾沒好氣道：

「是又怎樣？」

喬安點了點頭，放下右手，一字一句地問道：

「那我問你，假如我決定不下山，你小子會怎麼做？」

溫德爾想也不想便說：

「那我會想辦法說服其他人。如果都沒人要聽，我就只好放你們在山上自生自滅了！」

喬安微微一愣，接著便嗤一聲笑了出來，沒多久，他毫不掩飾的哈哈大笑令所有人都回過了頭來，想知道究竟是什麼事能讓隊長笑成這樣。

以爲喬安是在嘲笑他，溫德爾再度漲紅了臉，但就在溫德爾打算掉頭下山時，喬安卻伸出粗厚的大手用力揉了揉他的頭髮。

「要是眞的出現暴風雪害我們受困山中，結果你這小子卻順利回到村裡，就算大家僥倖活了下來，我肯定也會被笑個半死。小子，這次就聽你的，去叫大夥們收拾收拾準備下山！」

見自己的意見得到採納，本以爲已經沒希望的溫德爾驚喜地抬起頭來。

對上男孩的目光，喬安笑了笑道：

「怎麼，這不是你希望的嗎？快去吧。」

「是，隊長！」

溫德爾忙不迭點了點頭，接著便喜孜孜地跑去通知大家收拾工具，不一會兒，整個伐木隊就踏上了返家的旅程。

當然，伐木隊中午時分便回到村中，令村民們全都困惑不已，甚至就連絕大多數的隊員也不清楚到底喬安為何做出這種決定，只有少數完整聽見喬安與溫德爾之間對話的隊員才知道事情的來龍去脈。消息一傳開，喬安家門外馬上就擠滿了來勢洶洶的村民。

「要是連這種好天氣都不上山，你天殺的還要等到什麼時候？」

「喬安！快滾出來把事情解釋清楚！」

「該死的，你都幾歲的人了，怎麼還會聽信小孩子信口胡說？」

對於屋外的冷嘲熱諷，屋內的喬安選擇了不予理會，只是緊閉門窗，等待上天證明他毫無根據的信任是否值得。

最後，他等到了。

將近三小時後，喬安家門前的村民不約而同地跑回家中開始加固門窗，並將屋外的東西全部搬進室內，因為這時，所有人都嗅到了暴風雪將至的氛圍。

隔天，暴風雪一過，喬安才剛踏出家門，就被想要弄清事情原委的村民團團圍住。

「也就是說，昨天一大早溫德爾就已經知道暴風雪要來？」

面對眾人的疑惑，喬安道：

「我也不清楚，或許是吧。」

聽了他的回答，一位村民發出尖銳的質疑。

「或許是？難道說比起那孩子，你連一丁點兒暴風雪要來的跡象都沒看出來？」

喬安看了發問者一眼，瞬間便認出對方是前一天聚在自己家門外叫罵的眾人之一，換句話說，這人同樣沒看出暴風雪的前兆，照理說根本沒資格質問自己，但喬安忍下反唇相譏的念頭，只是聳了聳肩。

「完全沒有。」

「你還有臉」

那人剛打算說出更難聽的話，伐木隊的副隊長班跳出來制止道：

「等等，我並不認爲這是隊長的錯。老實說，除了溫德爾那孩子，難道村裡還有任何人預先察覺到暴風雪的跡象？」

聽到這話，現場頓時陷入一片沉默，見狀，班繼續道：

「對吧？只要是昨天一早有留意天氣的人，都知道整片天空連一朵雲都沒有，不對，應該說是連一丁點的白絲都見不著。隊長畢竟不是神，像這種毫無徵兆的暴風雪，我們又怎能奢求他有辦法預先發現？」

提出質疑的村民臉色一紅，粗聲反駁道：

「那……那孩子你又要怎麼解釋？難不成他是湊巧矇到的？」

沒想到對方會如此死纏爛打，班皺了皺眉頭，緩緩道：

「我當然沒有辦法解釋，或許他是湊巧矇到的、或許不是。我只能說，如果這件事不是湊巧……」

說到這兒，班頓了一頓，似乎是在思考怎樣的措辭才恰當。

「那麼，這孩子肯定是上天賜予我們的禮物吧。」

眾人議論紛紛的當下，溫德爾的父親薩格費其實也在現場，但是從頭到尾，他都只是靜靜地聽著一句話也不說。儘管時不時會有人向他投以疑惑的目光，甚至直接詢問他到底溫德爾是怎麼知道暴風雪會來，薩格費都只是保持沉默。就連村裡與他最爲熟稔的喬安，也搞不懂這男人究竟心裡在想些什麼。

薩格費本就不是特別多話的人，平時待在村裡的時間也不多，再加上從前一年開始，他又忽然變得更爲孤僻，導致除了身爲酒友的喬安之外，幾乎沒人會跟他有必要以上的往來。

既然薩格費不發表意見，大家似乎也只能接受班的說法，最後喬安總結道：

「總之，以後我會再觀察看看溫德爾是否能持續準確預測天氣，如果證明屬實，也許就如班所說的，溫德爾可能眞是上天賜予我們的禮物吧。」

說完，喬安瞥了薩格費一眼，但卻意外發現，對方臉上絲毫沒有露出兒子得到誇獎時應有的喜悅與自得。相反的，只有比雷雨天的烏雲還要黯淡的陰鬱。

薩格費回到家中，才剛一打開家門，就看見溫德爾迎了上來。

「爸，結果他們說了什麼？」

「他們說你是上天賜予村子的禮物。」

薩格費本不願實話實說，但看著兒子滿懷期待的眼神，他還是揉了揉溫德爾的頭髮，勉強擠出微笑道：

「上天賜予村子的禮物？什麼意思？」

溫德爾立刻反問，年紀還小的他從來沒聽過這種說法。

「簡單來說，就是他們很感謝你的意思。」

「嘿嘿。」

聽了老爸的解釋，溫德爾臉上露出了笑容。看著兒子的表情，薩格費嘆了口氣道：

「傻孩子，這可不是什麼值得高興的事。」

「蛤？為什麼？」

突然間被潑了一頭冷水，溫德爾頓時歛去笑容，失望又困惑地問道。

儘管能體會溫德爾的失落，薩格費還是硬起心腸道：

「因為你不是上天賜予任何人的禮物！孩子，聽好，你不是屬於任何人的禮物，你只屬於你自己。當然，幫助別人或許是能得到快樂，但我希望你不要把幫助其他人當成是自己的責任，更甭談義務。」

「為什麼不行？」

「因為這麼做對你並不公平，而且會讓你過得非常辛苦，沒錯，遠比你所能想像的……還要辛苦許多。」

說到這裡，薩格費臉上現出些許苦澀，蹲下身子按住兒子的肩膀，強迫那雙海藍色的雙眼直視著自己。

「孩子，聽好我說的話，絕對不要為了別人而活，你的一生只能為了自己而活。因為上天賜予人類唯一的禮物，就只有他自己的生命。」

「……喔。」

溫德爾雖然應了一聲，但小小年紀的他當然不可能理解薩格費真正想表達的含意。見溫德爾一副似懂非懂的模樣，薩格費嘆了口氣道：

「總之，你要記住我剛才說的話。」

溫德爾點了點頭，但他立刻就轉移話題，追問另一個自己更想知道的答案。

「爸，那你覺得我做得怎麼樣？」

「什麼意思，你說預測天氣？」

「嗯！」

「這個嘛……」

猶豫該如何措辭的同時，薩格費坐倒在正對著壁爐的扶手椅上。看著表面已經被燒成白色的木柴好半晌，薩格費才輕聲答道：

「我只能說，你眞不愧是你母親的兒子。」

溫德爾永遠記得，那是老爸第一次、也是唯一一次這麼說。

溫德爾立刻追問：

「爸，媽究竟是怎麼樣的人？」

溫德爾從來沒見過母親的模樣，連畫像也沒有。據薩格費所說，溫德爾的母親在生下他之後身體就變得十分虛弱，還因此染病而死，所以對於素未謀面的母親究竟是什麼樣的人，溫德爾一直以來都充滿了好奇。

以往，對於這類的問題，薩格費總是微微一笑便沉默以對，但今天對著壁爐沉默好一會兒後，薩格費竟開口說道：

「你的母親是名御風者。」

溫德爾微微一愣，問道：

「御……什麼？」

「御風者。雖然你可能很難相信，但是這世界上確實有些人擁有駕馭風的能力。」

「駕馭風？」

「沒錯，你之所以能從風中感知出將至的暴風雪便是因為這種能力。不過你要知道，真正能駕馭風的那些人，他們遠比你還要厲害得多，他們能與風對話，甚至能藉助風力辦到許多常人無法想像的事情。知道這個祕密的人通常都叫這些人為御風者，但是他們一族似乎不太喜歡這個稱謂，都稱自己為臨界者。無論如何，隨便一個老練的御風者所能辦到的事情，是你聯想都想像不到的，至於你的母親更不是用老練一詞足以形容，她絕對是御風者一族中屬一屬二的佼佼者，只是……」

見薩格費停了下來，正聽得津津有味的溫德爾忍不住追問：

「只是什麼？」

然而，薩格費並沒有繼續說下去，默默注視著爐火的他，好像又在不知不覺間陷入了自己的思緒當中。看到老爸這副模樣，溫德爾嘆了口氣，放棄了繼續追問下去的念頭，因為他知道每當老爸進入這種狀態，不論再怎麼追問，對方都不會多說半個字。老實說，溫德爾也不知道為什麼父親會突然變成這樣，這一年多以來，薩格費時常如此，時不時便突然陷入沉默，陷入自己腦中的世界。

儘管如此，一下子接收了太多資訊，溫德爾還是感到有些混亂，於是決定到外頭吹吹風冷靜一下。剛一推開大門，凜冽的寒風便夾雜著雪花迎面襲來，令溫德爾不由自主打了個哆嗦。

「御風者……這麼說來，我是遺傳到了老媽的天賦？」

無人能解的詢問散入空氣中，沒有人回答，只有深冬的凜風掃過大地，發出嗚嗚的低鳴。

三、老薩

柯瑞斯不再糾纏不休之後，過了兩個禮拜，迎來了冬至前的最後一個休息日。雖說是休息日，溫德爾卻起得特別早，倒不是因爲他自願這麼早起，而是因爲惡夢害他難以再度入眠，說也奇怪，清醒過來之後，溫德爾卻怎麼也想不起夢的內容。

唉，算了，總之先解決早餐吧。

習慣使然，經過薩格費的房門口時，溫德爾順手拉開門看了看，果不其然，裡頭還是空蕩蕩的。見狀，溫德爾嘟噥了一聲：

「這次出去得可眞久。」

也罷，往好處想，至少準備早餐輕鬆多了。

溫德爾走進廚房拿出麵包刀，吃力地切開堅冰似的黑麥麵包，並將稍有點腥味的奶油和切好的麵包一起放在靠近爐火的地方解凍。

他已經很習慣了，習慣一個人的早餐，還有下山後一個人的晚餐。

就在等待麵包逐漸軟化時，突然有人敲了敲溫德爾家的窗戶，溫德爾轉過頭去，只見窗外，喬安正露出他那招牌的粗獷笑容。

已經隱約猜到對方為何而來，溫德爾心中暗嘆口氣，打開窗戶道：

「隊長，有什麼事嗎？」

窗戶一開，喬安便伸手進來用力揉了揉溫德爾的亂髮道：

「懶散的小子，看你一副就是剛睡醒的模樣。喂，要不要一起去打獵？運氣好的話晚餐還能加菜哦？」

溫德爾搖了搖頭，輕輕撥開喬安的大手道：

「不了，難得的休息日，我比較想待在家裡看書，而且等會兒還得洗衣服、劈柴之類的。」

「老天，又是看書？」

「嗯。」

喬安注視著溫德爾好一會兒後，嘆了口氣道：

「小子，別老是一個人窩在家裡，偶爾你也該和大家一起打打獵、跳跳舞什麼的，你不覺得嗎？」

「不覺得。」

溫德爾才剛說完，從他視線看不到的地方突然傳來另一個聲音。

「唉，隊長你就別管他了，溫德爾一到休息日就只會看書這你又不是不清楚。況且，他還一次都沒有答應過你的邀請吧？」

這聲音聽起來，似乎是佛雷雙胞胎之中的哥哥。

聞言，喬安不悅地回頭吼道：

「佛雷，你不說話沒人當你是啞巴！」

遠遠地，那聲音略帶笑意道：

「好好，我閉嘴，但是隊長你最好快點，大家都已經等不及囉。」

「急什麼！獵物才不會這麼早起，早起的蟲兒被鳥吃你沒聽過嗎？」

「哦？意思是我們以後也不用那麼早起？」

「你想得美！」

聽著令人啼笑皆非的對話，溫德爾忍住笑道：

「隊長，不用管我了，你還是快去吧，反正我本來就不喜歡人多的場合。」

喬安回過頭來，瞪著溫德爾好半晌，突然沒頭沒腦道：

「隔壁維格爾村的冬至慶典，你有參加過吧？」

對於喬安突然間轉移話題，溫德爾難掩困惑地點了點頭。

「小時候老爸帶我去過一次。」

「換句話說，你已經好幾年沒參加了？」

「是沒錯，怎麼了？」

喬安一翻白眼，沒好氣道：

「還問我怎麼了，就我所知，村子裡絕大多數年紀還不到你一半的孩子都參加過三次以上了，你卻只有小時候去過一次？」

溫德爾皺眉道：

「村子裡又沒多少小孩，再說，總會有人不喜歡那種場合吧？」

見溫德爾一副油鹽不進的模樣，喬安搖了搖頭便轉身準備離開，但就在溫德爾正要關上窗戶的前一刻，喬安語重心長的聲音卻從窗戶的縫隙間傳了進來。

「要是你真的這麼喜歡一個人獨處，至少臉上也該表現得快樂一點，不是嗎？」

聽到這句話，溫德爾呆站了好一會兒，才走回爐火前開始解決早餐。

為了讓千篇一律的早餐不顯得太過乏味，溫德爾一邊咀嚼著一點兒香氣都沒有的黑麥麵包，一邊回想昨晚看書讀到的內容：

「……雖說合眾國確實以其戰績佐證了本身國力之強大，但也有不少史學家認為，合眾國在第一擴張期間戰無不勝的神話，應當歸功於其戰術之運用。好比說，在眾所周知的隘口之戰，號稱王國之盾的霍恩・諾爾將軍之所以能重挫當初大陸各國聞之喪膽的萊弗爾精兵，便是因為他將些微的地形優勢做到了最大程度的利用，再加上湊巧碰上當地四十年來首次的連續三日大豪雨，才使得……」

回想到這裡，溫德爾突然感到有些好奇，不知道老爸有沒有參加過這個隘口之戰？雖說那已經是二十多年前的事了，但從老爸的年紀看來，似乎也並非不可能。

「等他回來再問問看好了。」

喃喃自語著，溫德爾忍不住開始猜想老爸這回出門又到哪兒去了。會是酷熱無比的利爾國？還是他剛好就位在合眾國西境的長城上，抵禦著驍勇善戰的萊弗爾勇士？老實說，要是可以，溫德爾也想跟著薩格費一起出去見識見識這個廣大的世界，但是每當他提出請求，老爸卻都一律以「我可不是出去玩的」說法一口回絕，然後毫不留情地將溫德爾拖到隔壁佛雷夫婦的家中，請他們代為照顧當時還小的溫德爾。

好像一直到自己十歲，不、九歲之前都是如此？

說到佛雷夫婦，溫德爾就不由得想起對方的兩個兒子——那對年紀只比他稍大一歲的雙胞胎兄弟。儘管彼此年齡相近，溫德爾卻總是無法和他們玩在一塊兒，一方面，溫德爾認爲他們太過孩子氣；另一方面，佛雷家的雙胞胎也嫌溫德爾難以親近。於是到了最後，溫德爾總是寧可選擇獨處。

夏天時，他會躺在山坡的草地上仰望藍天和遠方深綠色的山林，享受北地裡爲時不長的夏日豔陽；到了冬天，他會窩在窗邊的躺椅愜意地看書，沉浸於令人憧憬、卻始終難以觸及的世界。

溫德爾眞的很喜歡看書，這也是拜薩格費儘管經常東奔西跑，每次回家卻都不忘帶給他幾本書所賜，對於多數鄉下人來說，書是只有大城市的人才會看的東西。久而久之，溫德爾所讀過的書和擁有的知識，早已遠超過村裡同齡的孩子，或許這也是爲什麼他總是和佛雷兄弟合不來，畢竟哈薩德村長大的男孩，很多人終其一生，甚至連字都不識得一個。

只不過在習慣獨自一人後，就算薩格費出門時將溫德爾託給佛雷夫婦，他也會自己偷偷跑回家，久而久之，佛雷夫婦也就不再強迫他一定要與他們一家住在一起。無形間，溫德爾也變得盡可能不和別人有必要以上的來往，因爲除了老爸之外，不論是和同齡還是比自己年紀大的人相處，他總會感到有些不自在。

溫德爾也知道，儘管久久才回家一次，老爸也對他孤僻的個性略有耳聞，不過幸好薩格費並不會因此要求溫德爾要多與別人相處，相反地，也許是作爲補償，每次回家，薩格費就算再累，也一定會抱著年幼的溫德爾縮在爐火前徹夜訴說這回出門的所見所聞。

就像六歲的那個時候……

「爸」

「嗯？」

「這一次出門有發生什麼好玩的事嗎?」

「好玩的事嘛,我想想……」

薩格費望著火爐思索了好一陣子後,就像是真的想起了什麼有趣的事情般,嘴角漾起一抹微笑。

「這次呢,我跟著將軍去攻打大陸最南邊的利爾國。我告訴你,雖然我們這邊是冷得要死的冬天,那邊可還是熱的像夏天一樣喔。」

「怎麼可能?明明還是冬天?」

溫德爾還記得,當時年紀還小的自己對此感到十分不可思議,注意到兒子難以置信的模樣,薩格費輕輕敲了敲溫德爾的頭。

「欸,你幹嘛一臉不相信的表情。事實就是這樣,那兒一整年都是這麼炎熱的天氣,冬天?他們才沒有這種季節咧。那邊啊,就只有兩種季節而已。」

溫德爾困惑地側頭道:

「哪兩種?春天和夏天?」

聽他這麼說,薩格費格格笑道:

「傻瓜,是晴天和雨天!」

雖然猜錯了,但看到老爸的笑容,溫德爾忍不住也笑了出來,不過他隨即想到了另一個問題。

「可是,為什麼將軍要去攻打這個叫利爾的國家?將軍不喜歡住在那裡的人?」

頓時間,薩格費止住了笑,嚴肅地搖頭道:

「錯了,將軍不會單純因為喜歡或不喜歡而侵略別的國家。」

「如果是這樣，爲什麼他要攻打利爾國？」

「因爲那是命令啊。」

溫德爾對這個從來沒聽過的詞彙感到不解。

「命令？命令又是什麼？」

「嗯……簡單來說，如果一個人被命令去做某件事，不管他想不想做，最後都還是得做。」

用淺顯易懂的方式解釋著詞彙涵義的同時，薩格費的語氣中隱約透露出幾分無奈，但溫德爾不僅沒有聽出來，也無法理解爲什麼所謂的「命令」會有這麼強的效力。

「爲什麼？爲什麼是命令就一定要聽？照這麼說，如果沒有命令，將軍就不會去攻打利爾國？將軍自己不是也很喜歡打仗？不然他幹嘛常常去打仗？」

面對溫德爾連珠炮似迸出的問題，薩格費沉默了好一會兒，才用正經的語氣道：

「聽好了，孩子。將軍一點都不喜歡打仗，將軍一直都是因爲命令才不得不去打仗。應該說，不只是將軍，只要是眞正參與過戰爭的人，沒有一個喜歡打仗。」

溫德爾雙眼咕溜溜一轉，問道：

「所以沒眞正打過仗的人就喜歡打仗？」

聽到這樣的推論，薩格費爲之一愣，但隨即苦笑道：

「某方面而言，你的說法或許不能算錯，但是溫德爾……」

「嗯？」

「如果以後有人要找你去打仗，千萬別去喔。」

溫德爾想了一想，反問：

「那如果有人找我當將軍呢？」

一聽，薩格費不禁笑罵：

「那不是更慘嗎？」

這就是溫德爾印象最深刻的童年回憶。類似這樣的夜晚，也是他小時候最開心的時刻，在那些夜晚，他會微笑著傾聽薩格費用稍嫌誇張的語氣，述說這次出征的所見所聞，包括各地的風土民情、將軍的計謀是多麼睿智周全，而他自己又是多麼英勇退敵。一個興致盎然地滔滔不絕，另一個則聽得津津有味，就連當時還只是孩子的溫德爾，都能從薩格費的言語之中感受到他是多麼仰慕那位機智絕倫、無論碰到什麼樣的困境都能迎刃而解的將軍。說來諷刺，也許這倆父子間深厚的感情，就是靠著爐火邊的這些夜晚、靠著談論令無數人家破人亡的戰爭，才得以維繫起來的。

然而，就像所有的事情都有個終點，這樣的日子也終於迎來了尾聲。

那年，溫德爾九歲。

那天，當佛雷家響起敲門聲時，溫德爾本來還以為又是佛雷大叔那囉嗦的姊姊來找他說三道四，結果跑去開門的佛雷大叔卻隨即喊道：

「溫德爾，你爸回來囉！」

溫德爾一聽，馬上從椅子上躍起身，連跑帶跳地衝向門口，毫不猶豫地撲向站在那兒等著他的薩格費。但奇怪的是，有別於以往直接將自己給高高抱起，興高采烈地跑回家，這一回，老爸卻只是摸了摸他的頭，露出一副有些勉強的笑容。

溫德爾對於這樣的反應有些困惑，仰頭一看，只見老爸風塵僕僕的臉上，除了疲倦，還多了些掩不去的憔悴。

溫德爾忍不住問道：

「爸，發生什麼事了？」

聞言，薩格費立刻撇開目光，簡短地答道：

「沒什麼。」

這就是當天父子間最後的對話。

一回到家中，薩格費馬上走進浴室花了好長好長的時間洗澡，隱隱約約地，溫德爾還能隔著門聽到他間歇的咒罵與嘆息。好不容易洗完澡，薩格費也只是呆呆地坐在躺椅上瞪著爐火，儘管滿心期待，溫德爾也隱約明白，老爸今晚是不會說故事給他聽了。最後，直到溫德爾準備上床睡覺，薩格費都沒和他道晚安。

這樣的狀況持續了許多天，薩格費的心情才稍微好轉了些許。儘管如此，不論溫德爾再怎麼詢問，薩格費都對這次出遠門期間發生了什麼事絕口不提，從那時開始，薩格費待在家中的時間比以往多出許多，也開始偶爾參加伐木隊的工作。雖然有時候他仍會一聲不響地離開家裡好幾天，但終究不如先前那麼頻繁。

儘管父親陪伴自己的時間變多了，對於這樣的轉變，溫德爾卻一點都不覺得開心。因為自從那時起，向來開朗的老爸便鮮少露出笑容，也不再談論他在軍中的零零總總，同時，變得沉默寡言的老爸，唯一的嗜好也變成望著爐火發呆。

究竟是發生了什麼事，才能讓一個人有這麼大的轉變？

「要是我知道就好了。」

如此喃喃著，溫德爾將思緒從回憶中抽離，順手把最後一口黑麥麵包送入口中。不知怎地，回想起這些往事，溫德爾突然有種莫名的不安。

「該死，要是我知道就好了……」

守候在男人身旁的幕僚聽到主人的感嘆，小心翼翼地問道：

「知道什麼？大人？」

聞言，男人略顯不耐地瞪了幕僚一眼。

「還能是什麼，當然是那女人心裡究竟在打些什麼算盤。」

幕僚諂媚地笑道：

「大人您也眞是的，只能對大人您言聽計從的她還有什麼算盤能打？」

男人揚眉道：

「言聽計從？是這樣嗎？那你倒是告訴我，爲什麼她執意要等到冬至才願意幫忙？爲什麼不是今年夏天、不是今年秋天，也不是明年春天？」

「這個嘛……」

見幕僚好一陣子都說不出個所以然來，男人嗤了一聲道：

「小心點，下次別再馬屁拍到馬腿上了。」

幕僚汗顏道：

「屬下錯了。」

男人點了點頭，望著平原彼端高聳而綿延的白色山脈許久，說道：

「回到剛剛的話題，我猜那女人會這麼堅持肯定有她的用意在，但我怎麼想就是想不通，為什麼偏偏是冬天？難道這能為她或她的族人帶來什麼好處？這件事你怎麼想？」

幕僚沉吟了一會兒，不甚確定地說道：

「會不會是因為陛下也希望如此？」

男人立刻否決道：

「不可能。陛下最初也明確表示愈早愈好，是直到後來那女人反對，陛下才妥協。說起來，這也是我覺得奇怪的地方，明明陛下平時總是容不得別人對自己的決定說三道四，卻老是願意對那女人讓步。」

聽到這兒，顯得有些緊張的幕僚左右看了看，確定附近沒有其他人後，才悄聲道：

「大人，難道您認為……陛下和那女人之間，有什麼不可告人的關係？」

一聽，男人立刻哈哈大笑。

「拜託，你想到哪裡去了？我倒是從來不懷疑這點，因為我能感覺得出來，那女人是真心對陛下感到厭惡，而且不是由愛生恨那種討厭，是發自內心、徹頭徹尾的厭惡。這也不奇怪，如果我是那女人，易地而處，大概也恨死陛下了。」

「這麼說來，會不會是陛下和她私底下另有協議？」

仔細想了想，男人點頭道：

「有可能。也許除了表面上的契約，還有什麼我們不知情的祕密存在。」

幕僚皺起眉頭道：

「那會和這次的行動會有關聯嗎？」

男人嘆道：

「蠢材，所以我才會說如果我知道就好啦。也罷，先不管這個，我交代給你的事情辦得如何？」

「是，自從薩格費短暫現身在那人的故居後，屬下就派遣了手頭上所有可用的人進行地毯式的搜索。最後，在大東山脈北側的山麓地帶，一個只有十幾人的小村莊裡，有人指認出懸賞單上的畫像。只不過從那個村莊繼續往北搜索，就再也追查不到他的蹤跡了。」

男人微微頷首道：

「沒關係，光是知道他是往北走就已經是莫大的好消息了，先把你派出去的人都叫回來，現在我們該把心思放到怎麼搞定薩奇的邊防。如何，那小子擬好計畫了沒？」

「是，少爺已經和我討論過了，他的計畫雖然簡單，但大致上沒什麼問題。」

「可別搞砸了。」

「請放心，大人。」

「嗯，你去忙吧。」

聽到男人下逐客令，幕僚微微躬身行了一禮便轉身離開，但他才剛走沒兩步，身後悠悠的嘆息卻令他不得不停下來。

「大人，還有什麼吩咐嗎？」

聽到幕僚的詢問，男人這才意識到自己在無意間嘆了口氣，他自嘲一笑，搖了搖頭道：

「沒有。我只是在感嘆，似乎一切都顯得太過簡單了。」

幕僚困惑道：

「簡單不好嗎？這不就表示事情都進行得很順利？」

「這麼說也沒錯，但現在想想……」

說著，男人仰頭望向那片過於晴朗的天空。

「我也許還挺懷念那個只憑區區一人，就把整個王國搞得天翻地覆的傢伙吧。」

四、風歌

「小子，你來啦！老薩還沒回來嗎？」

這天一早，清點著人數的隊長看到匆忙趕來的溫德爾，順口問了一聲。

「還沒。」

回答完喬安的問題，溫德爾又一次感到有些不安，因爲上一次老爸離家這麼久，已經是七、八年前的事了。

「他可去得眞久……」

如此喃喃的喬安，心裡想的似乎也和溫德爾差不多，但兩人都沒有對此再說些什麼，對於務實的北國居民，杞人憂天絕對是世上最愚蠢的行爲。

等所有人都到齊後，伐木隊就迅速出發了。由於天氣良好，伐木隊行進的速度也比往常還要快，出發後才兩小時，溫德爾就獨自來到了山脊的制高點。一如往常，他閉上雙眼開始傾聽，但是就連風聲都無法平靜他紊亂的心情，以往山風溫柔的呢喃，此刻在溫德爾耳中卻猶如亡靈的哀嚎，令他忍不住連身子都顫抖了起來。

這是以前從沒有過的感覺。

好戰者啊……

風的意念如是說。

看到溫德爾重新跟上隊伍，喬安問道：

「唷，小子，今天天氣如何？」

只猶豫極短的片刻，溫德爾便淡淡地答道：

「隊長，我猜晚點可能會下大雪，以防萬一，不如今天大家早點下山如何？」

實際上，由於今天溫德爾完全無法理解風兒究竟在說什麼，這番話完全就是信口胡謅，不過溫德爾認爲，以喬安對他的信任，沒道理會懷疑他說謊，畢竟從十歲加入伐木隊以來，他的預測可從來沒出錯過。

聽溫德爾這麼一說，儘管早就知道今天是個大晴天，喬安還是忍不住抬頭看了看天空。

「眞的假的？」

對於喬安下意識的疑問，溫德爾只道：

「我是這麼認爲的，隊長。」

喬安低頭望向溫德爾，溫德爾則是毫不畏懼地對上隊長的目光，因爲他相信自己臉上沒有表現出任何一絲的猶豫或愧疚。要說爲什麼，那是因爲對撒謊這件事，溫德爾可是連一點罪惡感都沒有。

自從十歲那件事之後，如同薩格費告訴他的，溫德爾從來就沒將預測天氣以及把結果告知喬安當成是自己的義務，對他來說那不過是舉手之勞，不過是自己喜歡上山吹風這個習慣可有可無的副產品罷了。照這樣的邏輯，既然正確的預測不是義務，撒個無傷大雅的小謊自然也不需要有什麼罪惡感。

見溫德爾不像是在說謊，喬安又一次看了看萬里無雲的天空，即使他向來清楚山上的天氣總是說變就變，心下還是不由得感到有些懷疑。

「可是看起來一點都不像會下雪的樣子啊？」

對於預料中的反應，溫德爾只是淡淡笑了笑。

「但如果真發生什麼事，可就連後悔都來不及了，是吧？」

溫德爾這番話可說是正中喬安下懷，喬安聳了聳肩道：

「好吧，就聽你的，反正這個月……嘛，應該沒什麼問題，也不差這一天。」

溫德爾當然知道喬安說的是整個月下來預定砍伐木柴的總量，而這也是他之所以決定說謊的原因之一，因爲從十二月初到現在幾乎每天都是好天氣，伐木隊實際的砍伐量已經幾乎要超越月初設定的數目，在不需承受村民壓力的情況下，自然喬安也不會對提早下山太過反感。

於是在工作兩小時後，還不到午飯時間喬安就開始通知大家準備下山。看著收到通知時隊員困惑的表情，以及喬安解釋時無奈的神色，溫德爾心中暗自一笑。最難拆穿的謊言必須夾雜在人們深信的眞實中，最老實的人如果有一天突然說了個謊，肯定不會有人發現，同理，在溫德爾誠實七年後的第一個謊言，喬安是沒有道理去懷疑的。

匆匆解決完午餐，伐木隊眾人整裝完畢準備下山。途中，溫德爾假裝探頭看了看自己的工具袋，跑到隊伍前頭向喬安道：

「隊長，抱歉，我的線鋸好像不小心忘在山上了，我回去拿一下。」

聞言，喬安嘆了口氣。

「眞受不了你，吃飯的傢伙可不能亂丟啊。快去，我們就不等你了，記得動作快點，別忘了是你跟我說等等會下大雪，可別反而自己被困在山上了。」

儘管個性有些粗魯，喬安對隊員的關心卻從來沒少過。

「我知道。」

簡短敷衍了下喬安後，溫德爾便藉故脫離了隊伍，但他並沒有回到伐木場，反倒是再次爬上山脊，試圖確認那奇怪的風聲，以及隨之而來的違和感究竟是怎麼一回事。

眺望群山，溫德爾閉上雙眼，他原以為會聽到稍早迴盪在山谷間淒厲的嗚咽，但這一次卻什麼都沒聽見。奇怪之下，溫德爾更加專注地傾聽，過了許久，終於隱約聽見一絲細不可聞的聲音，一捕捉到這聲音，溫德爾便坐了下來，將全副心神都用來試圖聽清楚聲音的內容。

一開始，那聲音近乎呢喃，但隨著溫德爾愈是投入，聲音也愈來愈是清晰，就在溫德爾終於發現那實際上是一道略顯哀傷的旋律時，他忽然感到一陣暈眩，同時無數模糊的光影自眼前一閃而過，儘管模糊，其中某些影像卻總令他有種似是而非的熟悉，但其他影像又令他感到無比陌生，簡直就像是在刹那之間觸及到遼遠以前的過往，也看見了永恆之後的未來。

這期間，溫德爾從未睜開雙眼。

只是沒過多久，這種奇妙萬分的感覺就消失了，那旋律也隨之變得愈來愈小聲，像是被山風緩緩吹向了遙遠的他方，最後，溫德爾再也無法聽見任何聲音。茫然睜開雙眼，溫德爾只覺又是迷惑、又是失落，好像他幾乎就要得到追尋已久的某物，卻又在一瞬間失之交臂，儘管，他也不知道那「某物」究竟為何。

這到底是怎麼一回事？

自從溫德爾愛上聽風以來，他從未有過這樣的感覺，也從未自風中體會到這種難以言喻的情緒。既不是悲傷，也不是憤怒，但若說是介於兩者之間，那令人心潮澎湃的一絲微妙喜悅又該怎麼解釋？

他想找出答案。

躊躇了片刻，溫德爾從山脊上緩緩爬下，踏上了積著厚厚雪堆的銀白山坡。

直覺告訴他，東北方，也就是風吹來的那頭肯定有著什麼。

雖說是知道方向，但究竟得找到多遠的地方去呢？

儘管抱持疑慮，溫德爾還是毫不遲疑地邁出步伐朝東北方緩緩行去。在雪山山脈終年不化的深厚積雪裡走路可不簡單，但對於早已習慣這種環境的溫德爾，這是再自然不過的事。

日後看來，這個決定本身，甚至可以說是一切的開端吧。

溫德爾不間斷地往東北方走著，因爲東北風，是此地冬天一貫的風向。

愈是前進，也就愈是往高處走，林木也隨之變得愈來愈稀疏，與此同時，隨著風勢愈加猛烈，溫德爾也不時聽見那憂傷旋律中的片段。只不過走了將近三小時後，溫德爾漸漸開始擔心自己有沒有辦法在天黑前下山了。當然，他現在的位置距離村子並不算十分遙遠，但若是考慮到厚重的積雪會大幅影響行進速度，恐怕得預留四小時才有辦法在完全天黑之前回到村中。

想到此處，溫德爾不禁猶豫了起來，到底該不該繼續放任好奇心主導自己的行動？畢竟在嚴冬的深山裡過夜，即便裝備齊全，一個搞不好還是很有可能會凍死的，更別說他只帶著輕便的伐木用配備。

好巧不巧，這時，天上又突然飄起了綿綿細雪。

「不會吧……偏偏挑在這種時候？」

溫德爾看了看天空，剛才明明還萬里無雲的藍天，不知何時已然被濃密的雲層所掩蓋，如果等會兒雪又下得更大可就不妙了。憑身上現有的裝備，溫德爾很清楚，在這種季節、這種天氣，要在外頭露宿是不可能的。仔細考慮了一番後，溫德爾突然想起從山脊上眺望四周的景象。

如果他沒記錯，這附近應該有個可以看得比較清楚的制高點才對……

如此想著，溫德爾快步穿越眼前的針葉林，立刻找到他的目標。

果然沒錯！

溫德爾印象中的小丘陵就在前方不遠處，稍作估算後，溫德爾心想，如果動作快一點，爬上去大概只需要半小時左右，假如從那上頭還是看不見任何特別的東西，就趕緊打道回府，如此一來肯定能在天黑前下山。

好，就這麼辦！

一作出決定，溫德爾立刻開始著手攀登眼前的丘陵，雖說不算十分陡峭，但由於溫德爾帶著重量不輕的伐木用配備，爬起來還是得費上不少功夫。好不容易爬到一半，溫德爾暫時停了下來稍做休息，然而就在他低頭喘氣時，雪地上某個淺淺的痕跡吸引住了他的目光。仔細一看，只見這痕跡以固定的間隔，順著往丘陵頂端的方向綿延而去。

「這是……腳印？」

要不是溫德爾碰巧停下來休息，恐怕也不會注意到這淺得幾乎快被風雪削去的足跡。是什麼動物嗎？狐狸、狼，還是熊？

不過溫德爾馬上否決了這些推測，對於狐狸或狼，這腳印太大；若說是熊，這腳印又嫌太小太淺，但溫德爾卻又想不出有哪種動物能在這麼深而鬆軟的積雪上以如此輕盈的步伐行走，就連狐狸的腳印都比這個深。

也罷，也許到了上頭謎底就揭曉了。

於是溫德爾振了振精神繼續努力往上爬，隨著愈來愈接近丘頂的小平台，溫德爾開始感到有些緊張，畢竟某種或許從未見過的生物此刻就在上頭。在差一步就能登上山頂的平台前，溫德爾停了下來，緩慢而輕柔地深吸了口氣，將雙手攀在平台邊緣，但就在他試圖探頭窺視前，一道歌聲忽然傳入耳中。

風起時，妳我間命運的齒輪
便如那緩緩啟動的風車開始了轉動
它將加速旋轉，還是減緩停下
我無從知悉，但妳也同樣迷惘
永不止息的時光之風啊
將我帶到了妳的跟前
祂織出一首如慕如訴的哀歌
也升起一片終將落下的幕帷
別怕，就放聲高唱吧
我將牽起妳的手，在風中翩翩起舞

直到那餘音迴盪的旋律
奏起古雷德的終章

聽到這首歌，溫德爾一下子呆住了，他動也不動地站在原地許久，才感覺到兩行清淚不由自主沿著雙頰緩緩流下，就連他也不知道爲什麼自己會流淚。

是因爲蘊含在歌聲中過於深刻的憂傷？還是那不似人間應有的絕美嗓音，單純地觸動了他的內心？但在此之上，到底是什麼樣的人有辦法唱出如此動聽的歌聲？

他探出頭去，只見峰頂的小平台上，有個身穿白色連帽長袍的人正背對著他，雙手插在長袍兩側的口袋，一動也不動地望向遠方。從對方那纖細的背影看來，似乎是個女人。

像是意識到有人從身後注視著自己，那人倏地轉過身，拜此所賜，溫德爾發現對方白色的頭罩下就連臉頰也被白色的面紗所包覆，只露出一雙烏黑清亮的眼眸，而那雙眸之中，似乎帶著幾分難以言喻的悲傷。

兩人對視了幾秒，按捺不住心中疑惑的溫德爾率先問道：

「妳是誰？」

白袍女子沒有馬上回答，只是定定注視著溫德爾，似乎正在思考該不該與眼前的人打交道。又過了好一會兒，才終於開口道：

「在詢問別人的名字前，先報上自己的姓名應該是最基本的禮貌吧？」

那輕柔而溫潤的嗓音，配上毫不相稱的冰冷言語，莫名地形成了一種奇妙的氛圍，就這聲音聽來，溫德爾直覺對方年紀應該與自己相差不遠，但另一方面，少女表現出的敵意也令他有些不知所措。

「呃……我叫溫德爾，溫德爾・菲特，住在這附近的哈薩德村。」

反射性報出自己的姓名後，溫德爾突然有種落在下風的挫敗感，於是他瞇起雙眼反問：

「現在妳總能告訴我名字了吧？」

「法萊雅・米瑟利。」

冷冷吐出這幾個字後，名為法萊雅的白袍少女接著道：

「你來這兒做什麼？如果是住在山裡的人，應該不會笨到這種天氣還在外頭到處亂晃才對吧？」

聽著少女毫不客氣的質問，溫德爾也愈來愈是不快，還擊道：

「照妳的邏輯，問別人在做什麼之前，應該先說說自己在這兒做什麼吧？話說回來，我先前沒見過妳，表示妳應該不是住在附近的人，既然不住這裡，妳又有什麼資格擅自評論別人的生活方式？難不成住在山裡的人想去哪兒還要事先經過妳同意？」

一口氣將這些話說完後，連溫德爾自己都感到有些訝異，平時不太說話的自己怎麼一下子像是鬧脾氣般突然跟一個陌生人說這麼多？

聽完，法萊雅的面紗輕輕動了動，見狀，溫德爾直覺對方此刻應是露出某種不屑的表情，但最後少女只是淡淡地說道：

「當然，要去哪裡做什麼是你的自由，但對於那種偷偷摸摸聽我唱歌還不願意招認的人，我也沒有必要解釋我到這來的目的。」

語畢，她便不再理會溫德爾，轉過身繼續望向剛才的方向。

頓時間，溫德爾啞口無言，儘管不常和人理論，但在鬥嘴上從不曾落在下風的他，此刻竟毫無還口的餘地……

唉，也罷，沒必要跟這個陌生少女囉嗦，還是早點辦完事回家比較實在。想到此處，溫德爾踏上小平台卸下裝備，活動了下有些痠痛的肩膀，轉頭望向法萊雅眺望的方向。

「欸？」

一看之下，溫德爾便像石化一般僵住了，因爲山丘下的景象，與他印象中的模樣簡直有如天壤之別。

雖然溫德爾並不常行經此地，但他也知道這裡接近雪山山脈的東部盡頭，朝東方而去，綿延的白色山巒走勢會愈來愈低，在越過合眾國與其東邊接壤的薩奇國邊界後不久，在遠方接近視線盡頭處，變爲較低矮的丘陵地形。由於此處的視野極佳，天氣好的時候，甚至從這兒都還能隱約看出遠方的丘陵地上，是一片廣袤的松葉林。

但此時此刻，在溫德爾眼前，白色山巒的走勢卻中斷了。

具體來說，是原先綿延的山巒中間，突兀地多出了一道深邃的山谷，可與其說是山谷，更像是山脈被某種巨大的東西劈開後留下的痕跡……

想到這裡，溫德爾立刻甩了甩頭，不可能，這世上怎麼可能有足以劈開整座山脈的巨物？更別說是有辦法駕馭那種東西的怪物了。但這麼一來，又該如何解釋這種人力所不能及的現象？要說是溪谷，也沒可能在短短幾年間河流就鑿穿山脈，如果說是大規模的地震，過去這幾年間卻又不曾發生。

老天，這究竟是怎麼一回事？

百思不解下，溫德爾忍不住轉頭看向身旁名爲法萊雅的神祕少女。

一個外地人出現在人跡罕至的高山上，專注地望著眼前這片風景，是不是代表她和這一切有什麼關聯？還是她只是恰巧路經此地，單純因爲罕見的景象而佇足？

感受到溫德爾的視線，少女側頭瞄了他一眼，像是讀出溫德爾心中所想，說道：

「眞可惜，我也同樣什麼都不知道。」

話雖這麼說，法萊雅的語氣中卻帶著一絲若有似無的調侃，溫德爾當然也聽了出來，但既然鬥嘴贏不了對方，他能做的只有保持沉默。雖說從少女的語氣聽來，她肯定知道些什麼，但自己終究沒有立場去質疑陌生人所說的話是眞是假，況且再追問下去，反倒顯得自己孩子氣了。

見溫德爾沒有繼續追問，法萊雅似乎感到有些意外，她又瞥了溫德爾一眼，見對方因爲賭氣而悶不吭聲，面紗後的嘴角忍不住露出了一絲微笑，但這微笑也只是一閃即逝，視線回到前方的深谷，法萊雅的神色又是一黯。

她深深嘆了口氣，用溫德爾聽不見的音量喃喃道：

「或許，這就是我們的宿命也說不定。」

差不多該走了，法萊雅看了看天色轉身便要下山，但就在踏出平台邊緣前，像是想起什麼似地，她回過頭用叮嚀ㄠ弟一般的語氣說道：

「對了，提醒你一下。」

聞言，溫德爾不悅地回頭看向法萊雅，等待對方的下文。

「明天這附近的天氣會很糟，所以你最好還是乖乖待在家裡，別再像今天這樣到處亂跑了。」

語畢，不待溫德爾做出任何回應，法萊雅便從平台邊緣一躍而下。

「喂！」

見狀，大吃一驚的溫德爾不禁喊叫出聲，他很清楚儘管這丘陵並不算陡峻，但要是像這樣子魯莽地跳下去，很可能一不小心就會摔個頭破血流。驚慌之下，溫德爾跑向平台邊緣，想知道白袍少女有沒有受傷，但出乎意料，他卻看到了更為令人驚訝的景象：少女不僅沒有摔跤，還以行雲流暢的步伐足不點地的飛快奔下了丘陵。驚訝和佩服之餘，溫德爾自問要是以那種速度在山坡上奔跑，他八成跑沒兩步就摔了個七葷八素了，也是直到此刻，溫德爾才忽然想起先前所見那淺淺的腳印。

「那腳印果然是她的。」

眞是個不可思議的傢伙，溫德爾搖了搖頭回過身，繼續望向那片深谷，但不論怎麼想，他還是想不出任何可能造就這詭異地形的原因。另一方面，天地間異樣的寧靜也令他一下子想起了此行原本的目的。

對了，那帶來奇妙旋律的怪風，怎麼突然間就消失了？

好不容易趕在天黑前下了山，溫德爾回到村中，卻意外發現喬安竟站在家門前等著他。看見溫德爾拖著疲憊的身軀緩緩走近，喬安劈頭便罵：

「臭小子！怎麼拿個線鋸拿了這麼久？我還擔心你是不是出事了呢。」

「抱歉，路上碰到一些事，所以耽擱了一下。」

由於懶得解釋，溫德爾盡可能將事情輕描淡寫地帶過。

「耽擱了一下？你的一下是快四個小時？今天可是你自己跟我說會下大雪的，結果自己卻又在山上待了這麼久？雖然說最後還好是只下了點小雪，但你知道這多讓人擔心嗎？」

從喬安激烈的反應看來，他似乎是眞的很擔心，對此溫德爾稍微感到有些過意不去，但同時心中也忍不住感到有些懷疑。

要是自己無法預測天氣，喬安還會爲他的安危如此擔憂嗎？

「隊長，眞的很抱歉。」

想歸想，口頭上溫德爾還是盡可能誠懇地向隊長道歉，畢竟除了道歉，他也不知道還能說些什麼。

「算了算了，平安回來就好。」

喬安沒好氣地擺了擺手，接著道：

「對了，托今天提早回村子的福，在老薩出門前我剛好見到了他一面。」

溫德爾微微一愣，才勉強理解了喬安所說的話。

「出門？你的意思是……老爸才剛回家就又馬上出門了？」

「是啊。我今天之所以會一直等你到現在，除了擔心，也是爲了幫老薩捎個口信給你。」

溫德爾狐疑道：

「老爸說了些什麼？」

溫德爾是眞的感到十分奇怪，因爲薩格費以前從來沒做過類似的舉動，不論是明明回了家卻一夜都不過，或者是託人代爲傳話之類的。

「他說了些什麼明天的天氣會不太妙，最好不要上山之類的話。不過仔細想想，他也有可能是在順道警告我。欸，小子，雖然你爸應該不是會開這種玩笑的人，但我還是想問問，你對明天的天氣有什麼看法？」

看著喬安認眞的表情，溫德爾立刻意識到這才是隊長等在家門口的眞正目的——詢問明天天氣。肯定是不希望伐木隊連續兩天都沒什麼收穫吧，雖然猜出了喬安的想法，溫德爾琢磨一會兒，還是決定老實回答。

「隊長，到目前爲止我還沒辦法預測隔天天氣，但無論如何，老爸也不可能基於惡意騙你吧。」

「嗯……這麼說是沒錯啦。」

儘管有些無奈，喬安也不得不承認溫德爾的話確實有道理。

「算了，反正明天也是冬至，就當作讓大家多休息一天吧！」

爽快宣布了放假的決定，準備掉頭離去的喬安突然咧嘴笑道：

「啊，對了，不論眞正的理由是什麼，如果你偶爾想早點休息的話，老實跟我說就行了，隊長我還沒那麼不通情理啦！還有，我把昨天獵到的野兔放在桌上，就當作是給你的生日禮物囉！」

語畢，喬安便吹著口哨離開了。由於沒料到自己的謊話這麼輕易就被戳破，溫德爾愣愣地看著喬安漸行漸遠的背影好半晌，才想起今天確實是他的生日。

眞是失算了。

走入屋中，看了看桌上冰凍的野兔屍體，溫德爾忍不住苦笑。

「看來，天氣看得太準也是個缺點呢。」

五、儀式

睜開雙眼，又是那個熟悉到不能再熟悉的廣場。

環顧四周，果然廣場上早已聚集了大批人潮；上方的天空，也是那熟悉的、毫無瑕疵的湛藍。

知道自己身在何處後，溫德爾看了看鐘樓顯示的時間，算一算，應該也快來了。果不其然，這個念頭才剛閃過腦海，人群中便傳來一陣騷動。

押送死刑犯的隊伍出現了。

看到自己的預料成真，溫德爾不禁嘆了口氣。

唉，又是這個夢。

說來奇怪，夢雖然不是人類有意識生出的產物，但在重複過同樣的夢幾次之後，人卻可以清楚意識到這是過去早已經歷過的夢境，在此同時，儘管早已知道夢的結局，自身的意識卻又似乎不願打斷夢境接下來的進展。

人還真是奇怪的動物。

溫德爾一邊思索，一邊冷眼看著早已重複過數十回的劇情再一次上演，不知為何，他總覺得這次似乎有什麼地方不太一樣，於是溫德爾開始四處張望，一次又一次地左右來回確認，可無論如何，就是找不出癥結所在。

隨著將軍慷慨激昂的演說結束，大鐘樓莊嚴而肅穆的鐘聲噹噹地敲進每個人的心底。這時，唰的一聲。

「莉絲，不用自責了。」

將軍臨死前的呢喃其實是很小聲的，然而溫德爾卻每次都能清清楚楚地聽見。當他聽到這句話以及接下來群眾的嘆息，正在左顧右盼的溫德爾就知道此刻將軍已然了帳。溫德爾試圖忍住心中的衝動，不回頭去看那滾落在地面的頭顱，以及滲入石磚之間的鮮血，因爲就算看過再多次，每回都還是會感到不大舒服。

可終究，他還是沒能忍住。

隨著溫德爾望向處刑台，他的目光剛好對上其中一位操作刑具的士兵，這使得溫德爾瞬間愣住。明明先前他從沒特別注意過那名士兵的長相，但這一次……

怪了，爲什麼以前完全沒發現呢？

那名臉上不斷落下滾滾淚珠的士兵，分明就是他老爸——薩格費・菲特！

當溫德爾勉強壓下心中的不安，將視線移向滾落在地的頭顱，他頓時驚叫出聲，因爲就連那滾落在地的頭顱，都變成了薩格費・菲特的臉。

躺在床上的溫德爾猛然睜開眼，一醒來，他才發現自己渾身冷汗，呆呆望著天花板幾秒，溫德爾這才喃喃出聲道：

「怪了，以前這個夢明明不是這樣子啊？」

溫德爾甩了甩頭，想要忘掉最後夢中的畫面，坐起身望向窗外天色，才發現時間似乎還很早。

「明明今天難得不用早起的……」

如此抱怨著，溫德爾緩緩縮回了被窩中，但是翻來覆去許久，他卻怎麼也無法入睡。窩在被窩裡，溫德爾不由地想起昨天發生的種種怪事，難解的風與旋律、原因成謎的深谷、莫名其妙的白袍少女、明明回家了卻又馬上不見人影的老爸，以及他要喬安幫忙轉告的那些話。

忽然間，溫德爾感到事有蹊蹺，那白袍少女不也提醒他今天的天氣不佳，要他別在山上亂跑？為什麼兩個人會說出一模一樣的話？真的只是巧合而已嗎？

諸多的怪事與這無意間的巧合，令溫德爾不禁感覺似乎有什麼事就要發生了，本來在這種休假日，溫德爾幾乎都是悠閒的看書、看累了就打個盹，頂多做點必要的家事，然後就優哉游哉的度過一天，但今天不只靜不下心看書，溫德爾還隱約感到有些不悅。

老爸回家竟然連聲招呼都不打，就又不知道跑哪去了？

就算有急事，好歹該能留張字條吧？

不過溫德爾也心知肚明，薩格費從來就不是那種心思細膩的人，於是他又將念頭轉回了那古怪的留言上頭。

「今天的天氣好像挺好的啊？」

溫德爾看著窗外輕聲嘀咕，早上都快過一半了，到現在還是連一丁點要變天的跡象都看不出來，這也令溫德爾腦中冒出了一個想法。

會不會……老爸和那個白袍少女，實際上都只是用天氣為藉口在隱瞞著些什麼？

頓時，溫德爾渴望知道這兩人試圖隱瞞的祕密，於是他拋開手中的書從躺椅上一躍而起，匆匆帶上簡單的裝備便上山了。一路上，就在溫德爾不斷思索老爸究竟在試圖隱瞞什麼的同時，發現了另一件怪事。

這天，竟然連一點風都沒有。

毫無聲息的山林裡，只有溫德爾一步步踏過積雪發出的沙沙聲，這令人窒息的寧靜，就好似那沒有盡頭的白雪，沉沉地覆滿了整片大地。

等到溫德爾好不容易登上前一天遇見白袍少女的小山丘，已是午後兩三點了。從丘頂俯瞰，似乎整個世界都像是靜止一般沒有一點動靜，但也正因如此，有樣東西立刻吸引住了溫德爾的目光。

昨天發現的詭異斷崖旁有片寬廣的冷杉林，而冷杉木那好似被雪白的棉花所覆滿的枝葉，正輕微但確實地搖晃著。

爲什麼只有那裡有風？

按捺不住心中的好奇，溫德爾趕忙爬下山丘朝著斷崖的方向前進，他甚至忘了考慮那片冷杉林究竟距離有多遠，也忘了考慮如果來不及在天黑前下山該怎麼辦，就連溫德爾自己都沒意識到，此刻的他就像在沙漠中終於看到綠洲的旅人，只是著了魔一般往那還有風的地方前去。

等溫德爾終於來到冷杉林的邊緣，他再度確信自己並沒有看錯。確實在樹林之外一點風都沒有，但是一進到冷杉林內，風便突然強了起來，而愈是往樹林深處、也就是懸崖的方向前進，風勢便愈是強勁。

像是感覺到有什麼事即將發生，溫德爾稍微有些緊張。他放慢腳步，小心翼翼地避開地上的樹枝以免發出聲響，並藉著灌木叢的掩蔽前進。雖說溫德爾也不知道爲什麼自己要這樣躲躲藏藏，但是直覺告訴他，此刻最好保持低調。

越過廣闊的冷杉林，一片小小的圓形空地驀然出現在眼前，空地的另一頭便連接著那原因成謎的陡峭斷崖。即使溫德爾有點想到懸崖邊去看看詭異的深谷底下究竟是怎樣一番光景，眼前的景象還是讓他立刻意識到現在不是時候。

因爲有位白袍女子正背對著溫德爾，席地坐在空地中央。

雖然同樣穿著白袍，溫德爾仍清楚感覺到，她與上回碰見的那位白袍少女並非同一人，至於感覺從何而來，恐怕是因爲這女子光是背影，就散發出某種莫名的威嚴吧。

只是話說回來，她坐在那兒到底打算做什麼？

納悶的溫德爾決定先觀察一下狀況，於是蹲低身子，默不作聲地躲在灌木叢後等待。過了許久，那白袍女子卻還是坐在那兒一動也不動，就在溫德爾雙腳開始感到痠麻，思索是不是該向對方搭話時，樹林的另一頭突然有了其他動靜。透過灌木叢的縫隙看出去，逼近黃昏的此刻，只見一行共八人匆匆朝懸崖邊的平台走來，藉由他們手中的燈火，溫德爾也勉強看清了這群人的模樣。

其中六人穿著一身雪白的長袍，但卻又與平台正中央那名女子所穿的純白長袍略有不同，差別就在於他們的長袍上，還以天藍色的絲線繡著一道道的紋路，儘管這些紋路似乎是以不規則狀排列，卻並不予人凌亂的感覺，反倒有種自由不羈的瀟灑。走在最後的兩人，則是身披淡金色、上頭繡以紅色水滴狀花紋的長袍。一看到最後兩人的裝束，溫德爾不禁皺起了眉頭，如果沒猜錯，這金色的外袍應是王族專屬的服飾，因爲老爸曾向他提起過，那些跋扈的王族每回聽取將軍報告戰果時，總是穿著這個樣式的衣服。

走到離白袍女子所坐之處約莫十步的地方，一行人停了下來。也不知是幸或不幸，他們佇足之處離溫德爾躲藏的灌木叢，只有不到二十步的距離，害溫德爾連大氣都不敢喘一口，但也拜此所賜，他因而能清楚聽見這群人談話的內容。

「啊，眞是好幾年沒來了呢！」

看起來相當年輕，至多不超過三十歲的王族輕快地說道，溫德爾注意到，這名王族所戴的裝飾用單邊眼鏡似乎是純金所製，就連鏡框都是金黃色的，這也令溫德爾不禁猜想，對方可能相當愛慕虛榮。

聽到年輕王族這麼說，年紀較長的王族斥責道：

「認眞點，我們可不是來郊遊的。」

溫德爾仔細看了看，另一名王族約莫五十歲上下，似乎對年輕王族吊兒啷噹的態度相當不滿。

「好好，我當然知道。」

年輕王族隨口敷衍了一句後，全部人又沉默了下來。像是在等待那位席地而坐的白袍女子完成什麼儀式似地，每個人都表情凝重地靜靜等待，只有年輕王族露出有些不耐的表情，時不時四處東張西望。

又過了好半晌，白袍女子才終於有了動作。她深深吐出一口氣，緩緩站起轉身面向一行人，對兩位王族行禮道：

「請恕我適才未能迎接兩位到來。」

話雖這麼說，白袍女子面無表情的臉上，卻完全看不出一絲歉意。

兩位王族也還了一禮，年長王族接著道：

「克奈特大人，日子是今天沒錯吧？」

「大人，您應該清楚，基於誓約，我們沒有欺騙王室的可能。」

白袍女子淡淡說道，她冰冷的語氣也令溫德爾感到莫名的熟悉。

年長王族立刻察覺到女子語氣中的不悅，有些尷尬地說：

「失禮了，敝人絕對沒有質疑您的意思，若有所冒犯，敝人在此致上最深的歉意。」

白袍女子搖了搖頭。

「您多慮了。」

「那麼……既然日子沒錯，現在可以開始進行儀式了嗎？」

白袍女子點頭道：

「當然沒問題，但在此之前，您得先把東西給我。」

年老王族拍了下腦袋，說道：

「哎呀，您瞧瞧，敝人的記性可真是不重用，連這都給忘了。」

說著，年長王族從懷中掏出一個小玻璃瓶交給白袍女子，女子接過玻璃瓶，瞄了瓶中的東西一眼道：

「如您所願。各位，準備開始。」

女子向其餘六名白袍人微微示意後，七人便同時開始了動作。

也不知是如何測量的，白袍女子輕而易舉地在雪地上畫出一個巨大方整的正六邊形，並站到六邊形的正中央，至於另外六人，則像是早已說好一般，各自站上屬於自己的角落。緊接著，七人彼此交換了下眼神，便一齊閉上雙眼、展開雙臂，像是祈禱什麼似地仰頭望向天空。

目不轉睛看著眾人的舉動，既好奇又困惑的溫德爾，突然之間聽見了。

聽見那白袍女子的歌聲。

她那空靈深邃的嗓音，在林木間悄悄瀰漫了開來，甚至就連風也停止了吹息，像是因爲側起耳朵聆聽而忘記了如何呼吸。

妳仍記得否？
漫長而短暫的流金歲月
是妳，溫柔地陪我走過
疾馳而過的原野
小心步入的森林
艱苦越過的群山
是妳，始終伴我身邊
在那大雪紛飛的一天
旅途迎來了終結
但我卻未曾知曉
如春風般的妳啊
是何方神靈的派遣
我呼出痛徹心肺的白煙
懊悔，卻也由衷感謝
感謝妳伴我行遍大地
感謝妳陪我直至世界的終焉
妳所為何來，我無緣得知
妳所去何方，我無從知曉

但請傾聽無知的我唯一的祈求
能否能否
再次，陪我度過這漫漫黑夜？
沒有妳的噩夢
就像無盡的冬日裡
令人絕望的永夜……

啊，那是種言語難以形容的歌聲、那是種深入肺腑的情感。散入林間的旋律，好似將這個時刻化爲了永恆，讓人希望世界就此停下。

溫德爾在感動之餘，卻也微微感到有些奇怪，爲何歌詞明明帶有感謝之意，但在歌聲中蘊含的，卻盡是無比傷悲？

就在這時，歌聲停止了。

剎那間，風忽然像是生著起床氣的孩子，較先前更爲兇猛地肆虐起來，且風向已不再是單一的東北風，而是毫無規律地變換方向，來回橫掃著大地。

一注意到風的變化，站在六角上的白衣人立刻高舉雙手過頭，開始喃喃默念，他們純白的衣袖在風中飛舞，好似暴風雨中的孤帆，啪啦啪啦的飄揚，卻始終沒有被吹斷。漸漸地，溫德爾能感覺到狂風開始繞著六角形的中央迴旋，可眞正令他驚訝地合不攏嘴的，是吹入巨大六邊形中的風，甚至開始出現了形體！

像是光之旋風，五顏六色的風在其中狂舞、交織、咆哮，就在這時，立於中央的白袍女子將手中的玻璃瓶毫不猶豫往地面一砸，瓶子摔碎後，雖然地面上似乎除了玻璃碎屑和一點紅色的痕跡外什麼都沒有，可隨著這一砸，七彩之風卻忽然間不再顯得眼花撩亂，開始交織出影像。

風中逐漸顯現出一個村子，不，也許說是廢墟更爲恰當。因爲它看起來就像是剛被無情地血洗過，大部分房屋都燒得焦黑，有些甚至還裊裊地冒著餘煙，且不知爲何，這殘破的村莊莫名地有些眼熟……

這時，年長王族向身旁的年輕同伴問道：

「羅恩，你知道這是哪裡嗎？」

「當然。依我看，應該是薩奇國與我國交界處的維格爾村。」

一聽到兩人的對話，溫德爾不禁大吃一驚，心想：

「維格爾村？明明前一陣子去的時候還好好的啊？怎麼才沒幾天就變成了這副模樣？」

維格爾村是最常和哈薩德村交易的村子，儘管維格爾村屬於薩奇國、哈薩德村屬於合眾國，且跨國間的貿易通常都需要經過許多繁雜的手續及許可，但由於地處偏遠的北方國境，大家的日子都不好過，駐守邊境的士兵對這種「非法但無傷大雅的貿易」都保持睜一隻眼閉一隻眼的態度，不過真要說，也有可能是因爲兩邊村民三不五時都會帶點私釀的酒或自製的點心去「勞軍」的緣故就是了。

影像持續變換，依序出現一個個其他村莊與城鎮，唯一不變的是這些村鎮都像剛被大軍壓境，成了一副副慘不忍睹的地獄景象。

「這是伊萊克村，接著是伍德鎮……」

兩名王族專心地看著影像，並將所有出現的村子名稱給抄寫了下來。依那年輕王族的喃喃自語，影像中出現的村莊似乎都是薩奇國的城鎮，而且依照其出現順序，逐漸逼近薩奇國首都。

影像中最後出現的城市，其規模就連沒怎麼見過世面的溫德爾都看得出來，是只有一國之都才可能擁有的。只是這個原先輝煌無比的國家首都，此刻卻是烽火連天，無數士兵不斷由遭到破壞的城門湧入城中，士兵的盔甲上，全都刻著代表合眾國的徽記。

見到這副景象，年長王族喃喃自語道：

「最後是由西門突破啊……」

這時，白袍女子問道：

「都看完了？可以結束了嗎？」

「可以了。只不過……」

年長的王族湊近白袍女子對她說了些悄悄話，對此白袍女子輕輕皺起眉頭，但沒有多說什麼，只是轉頭向其餘六人道：

「結束了，休息一會吧。」

聞言，六名白衣人放下高舉的雙臂，像是剛跑完百米衝刺，全都一副接近虛脫的模樣，不斷大口大口地喘著氣。隨著儀式結束，光之旋風消失了，風向也不再凌亂，回復爲平時的東北風。

「嗯？以前這個儀式對妳們的負擔好像沒這麼大？」

看著癱坐在地的六人，年長的王族感到有些奇怪。

白袍女子一聽，臉色瞬間變得有些僵硬，但隨即便淡然道：

「最近村裡也有些別的事需要他們幫忙，所以今天才顯得較爲疲憊吧。」

「原來如此，眞是勞煩各位了。」

對於女子的回答，年老王族不疑有他。等待六人休息的同時，白袍女子也迅速擦去地上的六邊形，就在溫德爾以為儀式就此結束之際，一行人卻又像是在等待什麼似地待在原地，就這麼過了半小時，連算是很有耐心的溫德爾都開始感到莫名其妙，思索是不是該想辦法偷偷離開時，白袍女子突然又低聲哼唱了起來。她將雙手平舉至胸前，掌心朝內圍成了一個小小的圓。霎時間，像是方才景象的縮小版，圓中的風出現了色彩，在她的雙掌間交織出一個影像：一位中年男子坐在一個老人對面，兩人都面紅耳赤，像是正在激烈爭辯著什麼。

影像一出現，年長的王族立刻聚精會神地直盯著看，但與剛才壯觀持久的光之旋風不同，這次的影像不到十秒便消失了。

影像一消失，年長王族立刻冷笑道：

「哼，果然是這傢伙。這次有了預言，你可別想逃出我的手掌心！」

就算不清楚年長王族話中的涵義，溫德爾仍對其語氣中蘊含的強烈惡意不寒而慄。至於那白袍女子，看見影像中的男子後，則像是早料到事情會如此發展一般，感慨地嘆了口氣。

隨後，毫不拖延的一行人就像來時一般匆匆離開了，只剩下腦中一片混亂的溫德爾仍趴在雪堆上。除了因為看到不可思議的景象感到詫異，溫德爾心中，更多的卻是慌亂與疑惑。

因為最後出現的影像裡，那位和老人吵得面紅耳赤的男人，分明便是他的老爸——薩格費・菲特！

六、慶典

冬至隔天，大陸上的所有國家，都會在此時舉行慶典。慶祝白晝逐漸增長，也慶祝艱辛的冬季迎來尾聲，自然，維格爾村也不例外。

這天一大早，許多村民就開始爲即將上演的慶典做準備，也許是受到灑遍大地的陽光影響，村民們都顯得十分愉快，再加上慶典前歡愉的氣氛，人們臉上的表情都被溫暖的冬日陽光給融成了一抹懶洋洋的笑容。

但凡事總有例外，維格爾村裡頭就有個人一點都高興不起來。快馬馳入村中的薩格費看著這一切，臉上不禁露出陰鬱的表情，因爲這簡直是再糟糕不過的情況。他嘆了口氣，心中暗自祈禱慶典的氛圍不至於影響到村長的判斷。

這一天，薩格費是爲了通知維格爾村的村長一個壞消息而來，由於早已隨著伐木隊載運木柴來過此地數次，熟門熟路的他很快就找到了村長的家。

薩格費輕輕叩了叩門，沒一會兒，門打開了，一個看來像是村長孫子的小孩從門縫間探出頭來，天眞的小臉帶著疑惑看著薩格費，似乎是在問：

「有什麼事？」

見狀，薩格費以嚴肅的表情向小孩道：

「孩子，麻煩幫我轉告村長：『哈薩德村的薩格費有急事找您，此事攸關維格爾村全村的安危。』」

見薩格費的神情一點都不像是開玩笑，那孩子立刻將他請進溫暖的室內，招呼他在客廳的位子上稍待片刻，隨後便匆匆忙忙跑向後屋。

薩格費看了看四周，村長的家裡倒也沒什麼特別華麗的擺飾或任何足以彰顯村長身分的象徵，整體而言可說是十分樸素。想想也是，畢竟村長本來就沒什麼特權，只不過是由村民集體選出，在碰到一些大家無法達成共識的事情時，負責做出最後決斷的人而已。正因如此，一般而言村長要不是公認特別睿智，要不就是為人八面玲瓏，十分擅長周旋於不同派系的人馬之間，藉此引導各方達成妥協。雖然不能說前者必定優於後者，但這種時刻，薩格費衷心希望這位村長不是屬於後者。

又過了好一會兒，村長才從後屋慢悠悠地走了出來，一看到坐在客廳的薩格費，便皺起眉頭道：

「我記得您姓菲特，薩格費・菲特，沒錯吧？」

見對方還記得自己，薩格費心中又多了幾分希望，立刻點頭道：

「是，您記性真好。」

聽到薩格費的恭維，村長臉上緊繃的表情稍微舒緩了一些，微微一笑道：

「馬馬虎虎啦，剛才我孫子說，您是來通報一件相當緊急的事情？」

薩格費也不廢話，開門見山道：

「是，事情是這樣的，前幾天我在我們村子附近的山腳下，發現了大批我國的軍隊駐紮。在我想方設法探聽之後，才知道這批軍隊是為了侵略薩奇國而暫時駐紮於國境邊界，換句話說，一旦他們開始行動，有非常大的可能會直接路經維格爾村。我想您也心知肚明，除非有軍紀嚴明的將軍加以約束，否則行進中的軍隊簡直與配備精良的強盜無異啊！因此，我希望您能立刻通知村民這件事，並取消今天的慶典，讓大家暫時先到別處避難。」

話才聽到一半，村長就已震驚地從位子上站了起來，但聽完之後，他思索了半晌，又緩緩坐下，面帶狐疑道：

「假如您所說爲眞，您現在的行爲不就等同於叛國嗎？」

儘管心中暗罵，薩格費還是盡可能誠懇地說道：

「村長，別說什麼叛國不叛國，就算我們兩個村子分屬不同國家，一直以來我們都是彼此最好的生意夥伴，每次對方村子有困難時也都會鼎力相助。光就這點，我來通知您不是理所當然的嗎？」

村長臉色微微一紅，略帶歉意地笑道：

「抱歉，我不該懷疑您的誠意，只不過爲了以防萬一，菲特先生，我還是不得不請教一下，您的消息來源準確嗎？」

見村長上還是在懷疑自己，薩格費愈來愈難壓抑心中逐漸累積的惱怒。

「難不成您覺得那批軍隊是來郊遊？」

「我不是那個意思，但也有許多其他的可能性啊！您想想，首先，我們兩國間已經有十多年沒發生過衝突；其次，若是眞有其事，國境守軍不可能毫無所覺，假如他們眞的發現有敵人來襲，肯定也會派人來警告我們。」

薩格費嘆了口氣，試著以僅存不多的耐心解釋：

「村長，我曾跟隨過我國某位已逝的將軍很長一段時間，我能打包票，這世界上沒有多少人比我更了解戰爭。請相信我，戰爭的爆發時常毫無預警，而且被侵略的一方要是平時就缺乏警覺心，可能在察覺到突襲的同時，連逃跑都來不及就被全滅了。坦白講，在我看來，貴國的邊境守軍早就過於鬆懈，面對合眾國大軍的突襲，我不認爲他們有任何生還的可能。退一步來說，就算眞如您所言，有幾名邊境守軍僥倖逃脫，八成也會會選擇直奔首都或最近的軍隊駐紮地向高層示警，而不是試圖警告周圍的村子避難，因爲易地而處，我也會那麼做。」

話雖這麼說，在薩格費先前得知實際領軍的人是誰後，他對後者發生的可能性並不抱太大的希望，只是這點他沒有說出口。

聽完薩格費的分析，村長一臉苦惱地抓著已經十分稀疏的白髮，苦思許久才道：

「也許您說得有理，但如果我讓大家去避難，結果卻發現消息是假的，那該怎麼辦？今天可是重要的冬至慶典！要眞是假的，我又要怎麼給村民們交代？」

一聽村長苦惱的竟是這點，薩格費再也壓抑不住心中的怒火，一搥桌面吼道：

「都這種時候了您還在乎這些芝麻小事？您難道都沒考慮到要是這是眞的，後果會如何嗎？到底是人命重要還是慶典重要？還是說您其實只是怕扛責任？不然一切的責任都讓我來扛，這總行了吧？」

對於薩格費的無禮，村長脹紅了臉道：

「笑話！你以爲我不敢扛責任？而且你說得倒輕鬆，責任由你來扛？我倒是想問你能怎麼扛？如果我讓村民去避難，結果到最後卻是虛驚一場，難不成到時候你還能讓今天重新來過？蛤，你說啊！」

薩格費聞言心頭一涼，說到底，眼前的一村之長還是咬定了軍隊不會侵略過來，一瞬間，他甚至有股衝動想痛打這迂腐的老頭一頓。

不行，冷靜、冷靜，人命優先。

「村長，請聽我說，現在的重點是……」

只不過就在薩格費試圖重新說服對方時，村長卻不耐煩地擺了擺手道：

「不用再說了，請您先出去吧。這件事我自己會做決定。」

見村長直接下逐客令，薩格費只能嘆了口氣離開。走出屋外，他心想，是不是該直接去通知薩奇國軍方高層呢？這麼一來薩奇至少還有機會一戰，甚至能勉強保住自己的國家也說不定。當然，他也十分清楚就兩國的實力差距，這樣的可能性簡直和太陽從西邊升起一樣渺茫，但薩格費心中總還抱著些許的希望，希望有國家能與合眾國相抗衡，希望有人能阻止泰倫尼・帝賽爾的野心。

「那該死的老狐狸……」

想到他生平最痛恨的敵人，義憤填膺的薩格費立刻跳上了馬，準備直接前往最近的大城市，只要到了那兒，肯定能見到願意相信他的軍方高層才是，但就在揮下馬鞭的前一刻，附近一對母子的對話卻無意間傳入了耳中。

「媽，等會兒我可以吃那種裡面有點軟軟的、外面有點焦的那種糖嗎？」

「你是說棉花糖？當然可以，一年難得一次嘛。」

「耶，太棒了！」

「不過，是不是有個壞小孩忘了跟媽媽說什麼？」

「嘿嘿，謝謝媽媽！」

「這才是我的乖寶貝。來，祭典馬上就要開始了，我們走吧！」

薩格費側頭一看，只見一名少婦牽著兒子的小手從身旁經過，朝村子中央的方向走去，看來是準備去參加即將開始的慶典。儘管只是母子間平淡無奇的對話，薩格費卻一下子陷入了遲疑。

如果是將軍和她，在這樣的處境下會怎麼做呢？

他們會放棄這裡的村民直接去通知薩奇國的軍隊，盼望以少數人的犧牲換取更多人活命嗎？

如此思索著，薩格費仰頭望向天空，深藍色的蒼穹，令他忍不住想起了那對美麗而堅定的雙眸。

我是怎麼了，這還需要想？他們兩人肯定不可能會這麼做。沒錯，他們不會爲了拯救一萬人而斷然放棄一百人的性命，因爲他們很清楚，生命的價值並不只是一個冷冰冰的數字。

想到這裡，薩格費做出了決定。

能救多少算多少吧。

至少先把消息告訴村中和他交情比較好的一些人，也許他們還願意聽他的忠告。至於最後自己該怎麼逃出去，就只能見機行事了。至少從昨天的預言看來，王室還沒發現自己的存在。只要沒有御風者的幫助，自己就肯定有辦法逃脫，畢竟一直以來……

想到此處，一股自豪之情湧上薩格費的心頭。

他可是將軍麾下的第一斥侯，不是嗎？

沒錯，薩格費之所以會來到維格爾村，正是因爲他也和溫德爾一樣看到了懸崖邊的預言，不過更精確地說，是他早就知道御風者舉行預言儀式的時間和地點，並事先躲在離懸崖稍遠的樹叢中，準備偷看預言內容。與溫德爾不同之處在於，爲了把握時間，薩格費一看到薩奇國首都淪陷的景象，便馬上溜走，連夜快馬趕到維格爾村試圖警告村民。至於剛才他對村長所說看到大批軍隊云云，都不過是信口編造。雖然只是隨口說說，薩格費這番話也並非毫無依據，因爲不論是預言的威力，還是泰倫尼雷厲風行的手段，他都已經親眼見識過太多次了。

是的，他已經不想再看到地獄了。

毅然扯了下韁繩，薩格費喃喃自語道：

「霍恩啊，我是不是也和你一樣，把自己的性命給放上了天秤？」

薩格費拚命奔馳維格爾村街頭的前一天，也就是冬至當日，薩奇國北部邊境的駐守基地裡頭，只剩下寥寥十名士兵。

當然，這是偶爾才有的情況，確切而言，每三年只有短短兩天會是如此，原因是駐守邊境的士兵每隔三年便會輪替一次，而輪替的時間正好位在年尾，也就是冬至這一天。輪替時，本來駐守此地的九百位士兵會率先離營，只留下十名最具經驗的老兵看守及等候即將到來的新兵。新兵到達後，老兵便得負責教導新兵駐守國境必備的相關知識和技能，直到輪替後一個月，那十位留下的老兵才得以離開。話雖如此，所謂「最具經驗的老兵」，其實指的是有指揮官留在邊境的情況，當指揮官不在時，必須留下的十名士兵就是由同袍所共同推舉——名爲推舉、實爲陷害，這也是爲什麼留下來的士兵，總是原本的守軍之中人緣最差的。不論是因爲平時過於懶散，還是脾氣太過暴躁，總而言之，被眾人討厭的他們無可避免成了替死鬼。可想而知，這些被迫多留一個月的士兵，心情肯定都不會太好過。

「爲什麼我們非得受這種罪，在這天寒地凍的鬼地方多待一個月啊……」

冬至當晚，等候輪哨的士兵全都圍在壁爐旁，其中，看來年紀最輕的小夥子如此抱怨。聽到抱怨，年紀最大的老兵說道：

「唉，小子，看開點。等你到了我這年紀就知道，一個月沒什麼大不了的。」

說歸說，老兵的語氣還是免不了些許鬱悶，而鬱悶的情緒是會傳染的，聽到這番話，眾人都陷入了沉默之中。就在這時，大門突然打開了，輪哨的三人之一帶著一個陌生的臉孔走進屋裡道：

「大夥兒，這傢伙想過境，證照之類的我都已經檢查過了，沒問題。」

「那不就好了？還把他帶來做啥？」

「欸，聽我把話說完嘛，你就是因爲這麼沒耐心才會被留下來。」

一聽這話，被狠狠戳到痛處的士兵捲起衣袖道：

「蛤？你現在是想幹架？」

輪哨的士兵輕蔑地笑了笑，有恃無恐道：

「怎麼，你以爲這麼說我就怕了？別人可能怕你，我可不怕，要打架隨時奉陪。」

「好了好了，別吵了！都最後一個月了你們還想捅出簍子？」

老兵對著吵架的兩名年輕士兵訓斥道，接著，他向輪哨的士兵道：

「你繼續剛才的話題，到底是有什麼事？」

眼見不能藉機修理對方，輪哨士兵啐了一口道：

「也沒什麼，只是因爲今天晚上外面風雪太大，這傢伙想在這借宿一晚罷了。」

說著，輪哨士兵拍了拍身旁那人的肩膀。聽他這麼一說，在場所有人都轉頭仔細看了看這位不速之客。這人看起來相當年輕，八成還不到三十歲，而他削瘦的身材、眉清目秀的臉孔，再配上一副金色的單邊眼鏡，不由得給人一種年輕學者的印象。見狀，一名較爲熱情的士兵首先道：

「哈，看你這弱不禁風的樣子，在這種天氣走夜路說不定還眞會被凍死哩！別擔心，我們這兒空房間很多，等會你自己找一間睡就行了。」

年輕人搓了搓凍得發紅的雙頰，高興地說道：

「那可眞是太感謝了！老實說要是你們不答應，我還眞不知道該怎麼辦才好，我這一生中可從沒經歷過這麼冷的天氣！」

士兵笑道：

「可不是嗎？南方來的人第一次碰到這種天氣，幾乎都被凍得要死不活的。喔對，說到這個，你是從哪兒來的啊？」

年輕人道：

「唉呀，失禮了，我都忘記先自我介紹。我的名字嘛……各位就叫我羅恩就行了，我來自合眾國的首都莫諾珀利，想到貴國做點地質方面的調查。」

老兵一聽立刻道：

「我就知道，他看起來就有那個學者的味兒。」

另一名士兵苦思了一會兒，說道：

「羅恩？這名字我好像有點印象，是不是合眾國王室某位高官的名字啊？」

名叫羅恩的年輕人點了點頭，感慨地說道：

「您說的對，確實我國御前大將軍的兒子就叫做羅恩，但是想也知道，我怎麼可能是地位那麼高貴的人呢？雖說如果可以，我也希望我是某位將軍的兒子，這麼一來，就用不著在這種見鬼的天氣跑來這種地方做麻煩的地質調查了……」

見羅恩露出一副嚮往的神色，剛才率先挑釁的那名士兵哈哈大笑道：

「哈哈，書呆子，別妄想啦，人是變不了的！以前的你是書呆子羅恩，現在的你還是書呆子羅恩，就只差有沒有被困在冰天雪地裡！」

老兵皺起眉頭，瞪了那名士兵一眼道：

「喂，你也眞是的，怎麼能對客人這麼沒禮貌。」

另一方面，聽到士兵的揶揄，表情略顯僵硬的羅恩勉強擠出微笑道：

「沒事，我並不介意。別談這個了，天氣這麼凍，能不能先讓我暖暖身子？剛好我帶了一些上好的葡萄酒在身上。作爲讓我寄宿一晚的答謝，大家就一起分著喝了吧！」

一聽，包含那名老成持重的老兵在內，眾人都不禁歡呼了起來，畢竟在這種冰天凍地的鬱悶夜晚，沒有什麼比好酒更能讓人心神振奮了。於是爐火邊的士兵急忙爲羅恩騰出空位，還有幾個人跑進儲藏室取出花生之類的下酒菜，沒過多久，本來氣氛陰鬱的休息室就變得熱鬧無比，划酒拳的笑鬧聲與人們的高聲談笑，甚至蓋過了門窗外風雪的呼嘯，令士兵們一時間忘懷了所有的不愉快。出乎眾人的意料，這名學者模樣、看似內向的年輕人倒是挺健談的，很快羅恩就與這群心情煩悶的士兵打成一片，地上的空酒瓶也是愈積愈高，甚至讓人忍不住懷疑怎麼會有出來做地質調查的學者隨身帶著這麼多好酒。

然而，駐守的士兵卻沒人想到這一點，十幾年的太平，早已讓他們忘記駐守邊境應有的警醒與紀律，就連平時最有警覺心的老兵也不例外。到了最後，每個人都醉倒在地，橫七豎八躺成一片，就連羅恩也醉倒了，躺在地上口齒不清地喊道：

「快……再給我拿……拿酒來！」

想當然爾，由於所有駐守的士兵都睡著了，沒有半個人回應羅恩的胡言亂語。又過了半晌，羅恩突然一骨碌坐起身，冷靜的表情跟上一秒躺在地上醉醺醺的模樣簡直判若兩人，看起來絲毫不像剛豪爽地灌了好幾大杯酒。

再次確認沒人醒著後，羅恩輕快地走到大門邊，拉開門閂打開門。門外除了滿天風雪，竟然還直挺挺地站著兩名身穿黑色夜行裝、有著鋼鐵般身材的男人。只不過，羅恩對此似乎一點都不意外。

「輪哨的兩人搞定了？」

「是的，大人。」

羅恩瞥了一眼他們手中沾著血跡的利刃，冷冷一笑道：

「那麼，就讓我們吹響開戰的號角吧。」

七、偶遇

連接在雪山山脈南側、大陸上最為廣袤的平原，雖然沒有正式的名字，人們長久以來都將之稱為山麓平原。如此命名的原因很簡單，這片平原由西到東，一路跟隨著雪山山脈的陰影，千百年來始終橫亙於大陸北面。

有學者說，山麓平原是由雪水融成的河流沖積而成；也有學者聲稱，包含雪山山脈及其北面未知的大地，本來都屬於同一片平原，直到山脈隆起將兩地隔絕。無論事實為何，生活其上的居民並不十分在意這類的問題，正如大部分的人類，只將焦點集中在眼前的一切，對過去的種種不屑一顧……

達達、達達。

黑夜中，除了風雪掃過大地那宛如女妖低吟的聲音，便只剩下這急促的馬蹄聲，略顯寂寞地迴響在廣闊的山麓平原，而那拼了命策馬奔馳的不是別人，正是心急如焚的溫德爾。懸崖邊的儀式結束後，溫德爾立刻回到家中整理行囊，接著便跑到喬安家向隊長借馬，起初他還思索該用什麼樣的理由借用馬匹，但出乎溫德爾意料，喬安一看見他臉上焦急的神情，二話不說便將馬借給了他。

只可惜，並不是借到馬事情就解決了。

雖說維格爾村確實是哈薩德村的隔壁村，但在地廣人稀的北地，「隔壁」的意思通常和南方人的定義不太相同。就算是在大晴天，馬不停蹄從哈薩德村騎馬到維格爾村也少不了要五、六個小時，更別說是在風雪如此大的夜晚，就算花上兩倍的時間也不奇怪，而這正是溫德爾目前面對的麻煩。如果有兩匹馬，他至少還能交替騎來縮短時間，但由於沒有這個選項，爲了顧及馬的體力，只好大幅放慢速度。雖說溫德爾本人並不知情，但他跟薩格費之間的距離就是因此而拉開的，薩格費正是預料到了這樣的情況並事先準備好三匹馬，才能在風雪這麼大的夜晚，只花八小時就趕在隔天清晨到達維格爾村。

風雪中，溫德爾一邊對抗著嚴寒、一邊強忍倦意努力抓緊馬鞍。

算了算時間，應該也快到國界了。

才正如此思索，他便瞄見遠方黑暗中隱隱的火光。

呼，總算有地方能喘口氣了。

然而隨著愈來愈靠近國界，溫德爾卻開始感到有些不大對勁。

那火光眞的只是値夜士兵手持的火把？如果是的話，又似乎……稍嫌太過耀眼了些？等到進一步拉近距離，眼前的景象證實溫德爾的疑竇並非空穴來風，因爲那火光並不是火把，而是整個營區燃起的熊熊烈火！

到了營區前，溫德爾發現邊境的大門敞開，當他稍微放慢速度從營區旁騎過，甚至還能聞到些許肉類烤焦的味道，更精確點說，也許是人肉烤焦時散發出的味道吧。雖然溫德爾並沒有下馬查看以證實自己的猜測，但這一切終究還是加深了他內心的不安。

難道合眾國眞的出兵攻打薩奇國了？這表示傍晚看見的那番景象眞的是預言，而且即將成眞？不對，還是說正是因爲做出了那樣的預言，軍隊才會有所行動？

眾多的疑惑幾乎不分先後地自溫德爾腦中飛快掠過，但他心中，隨之而生的情緒卻是氣憤。

「爲什麼老爸要去阻止他們啊？那可是一整個軍隊欸！他總不會笨到忘記叛國的下場吧？一旦被發現就是唯一死刑！而且對方是軍人，要是眞的被抓到，恐怕連審判都不用就直接處死了！啊，眞是的！老爸到底在想什麼？他究竟現在在哪裡啊？」

心急如焚的溫德爾，就連平常只放在心裡的憂慮，此刻也一股腦兒全部從嘴巴冒了出來，也許他只是無意間想藉著將焦慮說出口來緩和心情，但這似乎沒什麼效果，因爲他此刻滿腦子都還是那些令人不安的念頭。

那不幸的結局……可能會發生的念頭。

「快點、再跑快點！」

焦急的溫德爾如此喃喃著，隨著長夜過去，微弱的晨曦逐漸自雲層的縫隙中探出頭來，於此同時風雪也減弱了，讓溫德爾感到自己不再是逆著強風奔馳，自然馬兒的速度也隨之加快。即便他並沒有察覺，但這一切，簡直就像是呼應了他的祈願似的。

過了像是一輩子那麼久的時間後，終於，與記憶中模樣毫無二致的維格爾村緩緩出現在視線盡頭。看見村子並非預言中顯示的慘狀，溫德爾稍微寬了寬心，但隨即，視線另一頭的某些其他東西吸引住了他的目光：數百名全副武裝的重裝騎兵，正駐紮在村子南方七、八百公尺處，一片小樹林的陰影下。

由於溫德爾已經去過維格爾村好幾次，他很確定由村子附近望出來，絕對無法看見這批躲在視線死角的部隊，一想到這點，溫德爾不禁冒出了幾絲冷汗，難不成此刻，全維格爾村村民的死活都在他的一念之間？但要是花太多時間一一警告村民，說不定就找不到老爸了，而且話說回來，假如突然有個別村的小夥子跳出來說馬上有大軍要攻進來，換作是自己，肯定也不會相信吧。

溫德爾想了一想，還是決定先找到老爸再跟他討論該怎麼辦，而且如果老爸也知情合眾國大軍進逼的事，說不定他早就想好讓村民逃難的對策了。

幾乎是一眨眼間，溫德爾就做出可說是當下最為正確的判斷，雖說要是立場互換，薩格費肯定會立刻潛伏到樹林附近，想辦法縱火將整片林子給燒了來爭取時間，順便引起村民警覺，但薩格費終究不知道騎兵隊就藏在村子附近，溫德爾也不具備這麼做所需要的技術與膽識。除此之外，在思考對策時，溫德爾還疏忽了一點：在平原上，既然你能發現對方，對方當然也看得見你。

「過來。」

忽然聽見這好似由耳畔響起的嗓音，溫德爾不禁悚然一驚，但他迅速掃視周圍，卻又連一個人影都沒見到。就在溫德爾開始懷疑是不是自己聽錯了的時候，那聲音再次說道：

「我說，過、來。往村子南方的樹林，也就是你的三點鐘方向、軍隊駐紮的地方走，我相信你早就看到了。」

這低沉而柔和的女性嗓音，照理說平時聽起來應該是十分悅耳，但是此刻那嗓音中不容置疑的威嚴，卻正強烈且刺耳地要求他服從命令。只是不知怎地，溫德爾總覺得這聲音好像有些熟悉，轉頭朝樹林望去，只見一位不知何時出現的白衣女子正站在那兒面朝著他。儘管因為距離稍遠而無法看清長相，但直覺告訴溫德爾，對方就是昨天在懸崖邊展現不可思議能力的女子！

不過，溫德爾可不打算乖乖引頸就戮，他沒有聽從女子的命令，反倒是繼續策馬往村子的方向前進，正當他雙腿一夾要馬兒開始衝刺，不知怎地，胯下的坐騎卻反而停下了腳步，就這麼停在原地動也不動。

又氣又急之下，溫德爾忍不住抽了兩下馬鞭罵道：

「該死，你偏偏挑在這種時候跟我鬧脾氣？」

溫德爾才剛罵完，女子的聲音便再度於他耳際響起。

「你錯怪牠了，小子。要不是你這麼調皮不聽人話，我也不想用這種強硬的手段，現在，看看你十點鐘方向那棵樹，再回頭看我。」

聞言，溫德爾看向左前方，距離他約莫二十公尺處，確實是有棵看起來毫不起眼的橡樹。溫德爾接著望向白衣女子，只見對方手中正持著一支細細的東西，就在溫德爾納悶對方的用意時，白衣女子纖手一揮，一道殘影便瞬間橫越了數百米的距離，釘在左前方那棵橡樹的樹幹上。一看清樹幹上正在微微抖動的東西是什麼，溫德爾不禁訝異地張大了嘴。

是一枝箭。

好一會兒，溫德爾只是呆呆看著那枝箭發愣，因為他很清楚弓箭這種東西，即使是長弓頂多也只有二、三百米的射程，但那白衣女子卻輕輕一甩就扔出了至少兩倍以上的距離，更別提那枝箭還是穩穩的釘在樹上而非掉在地上。理論上來說，這根本就不是光靠臂力能辦到的。

這時，唯一可能的解釋自溫德爾腦海中浮現。

御風者。

這麼一來，一切就說得通了，不論是這支箭，還是懸崖邊的儀式。雖然依舊無法理解對方究竟是怎麼辦到的，但對於白衣女子的用意，溫德爾倒是十分清楚：

「既然我能輕易射中那棵樹，只要我想，也能輕易殺了你。」

別無選擇了。

無奈之下，溫德爾調轉馬頭往樹林的方向騎去，一進入樹林下的營區，便有兩名士兵迎了上來，其中一人牽過溫德爾的馬，另一人則不客氣地將他強行押往營區裡頭兩座最大的帳篷之一。到了帳篷外頭，士兵通報一聲後，便將溫德爾給帶了進去。溫德爾左右一看，帳篷內部空間雖大，擺設倒是十分檢樸，除了地上那塊看起來像是用雪貂的白色毛皮製的地毯外，其他家具的等級倒也和溫德爾家中相差不遠。他也注意到，適才那位白衣女子，此刻便靜靜地坐在地毯上注視著他。

「將他留下，你可以出去了。」

一聽女子如此下令，士兵便快速離開帳篷，將溫德爾留在裡面。

在懸崖旁，溫德爾並沒有注意，不，應該說那時太多其他不可思議的事情不斷發生，以致於他完全沒想到要注意白衣女子的容貌，但此時就近一看，溫德爾這才發現，眼前的白衣女子雖然看來已年過四十，她那秀麗的棕髮與端正的五官，仍令人不難想像年輕時應該也是難得一見的美女。

「孩子，你叫什麼名字？」

這時，白衣女子如此問道。

相較於大部分的女性，女子的嗓音顯得較爲低沉，但卻也因此帶著一股成熟的魅力，而且在聽到這嗓音的瞬間，不知爲何，直覺告訴溫德爾最好不要說謊，於是他照實答道：

「我叫溫德爾，溫德爾・菲特。」

白衣女子皺了皺眉，說道：

「如果我沒猜錯，你應該是偷看了我們在懸崖旁舉行的儀式？你八成是躲在我身後那堆灌木叢裡吧，你是他兒子嗎？薩格費的兒子？」

聽了這話，溫德爾感到有些訝異，他自認當時已經把自己隱藏得很好了，但這女子不知怎地卻還是發現了他。事已至此，溫德爾只能硬著頭皮答道：

「是又怎樣？」

「不怎麼樣。這麼說來，你剛剛是打算去那個村子警告你父親趕緊逃命？」

儘管溫德爾並不想坦白，但如果在此時撒謊，簡直就像一邊撫摸著紅腫的臉頰一邊辯稱自己沒被賞一巴掌般愚蠢，於是他點頭承認。

但白衣女子似乎對他的反應並不滿意，她直視著溫德爾的雙眼，再次沉聲問道：

「你眞是他兒子？」

雖然對女子爲何執著於這問題感到不解，溫德爾仍肯定地說道：

「沒錯。」

聽出溫德爾的語氣中沒有一絲猶豫，白衣女子無奈地聳聳肩，低聲自言自語道：「算了，反正本來也沒說一定就是她的兒子……」

「什麼？」

「沒什麼。好了，言歸正傳，接下來你打算怎麼辦？」

「如果妳肯放我走，當然是……」

「想辦法再去通知你父親軍隊打算抓他，是吧？」

女子接口說出溫德爾還沒講完的話，並繼續說道：

「唉，傻瓜，如果我打算放你走，一開始又爲何要強迫你過來？你怎麼也不想想，我特意讓你待在這邊的原因是什麼？」

「這種事我哪知道？」

愈來愈沒耐性的溫德爾忍不住提高了音量，此刻他只想趕快擺脫眼前的女子，動身去找父親，因爲他總有種預感，要是再拖延下去，很可能就來不及了。

另一方面，女子不以爲然地白了溫德爾一眼。

「孩子，記住我的忠告：少說，多想。要想在這個世界活下去，就最好別忘了這個原則。」

聽到白衣女子突如其然的教訓，有些錯愕的溫德爾一時間不知該如何接口，看著少年愣愣的模樣，女子嘆道：

「也罷，你還年輕，不懂是正常的。跟我來，我讓你看些東西，看完之後你應該就知道我的用意了。等等你假裝是我的隨從，跟著我，一句話都別說，知道嗎？」

語畢，白衣女子便起身走出帳篷，別無他法的溫德爾只能硬著頭皮跟了上去。兩人一前一後走進了隔壁的大帳篷，但要不是外頭看起來的確是帳篷的模樣，溫德爾差點以爲自己走進了王室的宮殿。

帳篷裡，除了一個小型的客廳，甚至還有由布簾隔開的寢室。另外，內部的擺設與白衣女子的帳篷也截然不同，所有的家具都十分講究，紅檜製成的桌椅、各式銀製的茶壺及餐具，還有椅子上金製的扶手等。整體給人的感覺，就算說是金碧輝煌也不爲過，眞要說兩個帳篷內部唯一的共通點，恐怕就只有同樣是雪貂毛皮所製的銀白地毯了。

此刻，客廳裡的紅檜小圓桌旁正坐著兩個人，其中一位看起來像是軍中的高階將領，穿著軍人的黑色軍服，胸膛上還別著代表階級的勳章。雖然溫德爾認不出那勳章究竟代表多高的位階，但他倒是注意到軍官粗獷的臉上正顯露出一副十分不耐的表情。至於桌旁的另一人，則是披著王室的淡金色外袍，右眼上戴著一副顯示學者身分的單邊眼鏡，似乎就連鏡框都是黃金所製。一時間，溫德爾總覺得這人看起來有些面熟，但隨即想起對方就是昨天傍晚出現在懸崖邊的年輕王族。

聽到溫德爾他們的腳步聲，王族與軍官同時回過頭來，一見白衣女子，他們便雙雙起身迎接，同時王族輕快地說道：

「克奈特大人，您來得正好，我們正巧在談論等下該如何進攻呢！」

白衣女子揚了揚眉，不掩輕蔑道：

「羅恩大人，對方不過是群手無寸鐵的百姓，還用得著這麼大費周章的討論？」

名為羅恩的王族微笑道：

「大人您有所不知，輕敵在戰場上可是大忌，而且戰爭這回事嘛，就是得效率愈高愈好，才能儘量減少我方的傷亡，不是嗎？」

白衣女子看著羅恩別有深意的笑容，嘆了口氣道：

「行行行，想求我做什麼就快說，別繞彎兒激我了。」

「既然大人如此心直口快，我就直說了。希望等會兒進攻時，您能幫忙吹起南風，方便我們將箭頭點火的箭雨射入村中。如此一來，由於村中普遍都是木造房屋，很快村子就會化為一片火海，這時只要我們的士兵再趁著混亂一舉攻進敵營、殲滅敵軍，事情就萬無一失了。」

「敵營？敵軍？」

對於白衣女子話中明顯露出的鄙視，羅恩只是笑了笑。

「當然，我指的是維格爾村以及其村民。」

眼見羅恩臉皮這麼厚，白衣女子嘆了口氣道：

「好吧，那他呢？」

羅恩先是不解地側了側頭，隨即恍然道：

「哦，您是指那叛徒薩格費？剛剛已經有探子向我通報他此刻躲在村中了。到時候如果他死在火海裡，算是便宜了他，要是還活著，我會讓士兵們把他抓回來好好審問。」

聞言，白衣女子有意無意瞥了溫德爾一眼，見他憤怒地張開嘴巴，像是準備說些難聽的話，女子微微揮了下右手，接著道：

「好，如你所願，我這就回去開始準備。」

說完，女子便拉著渾身僵硬的溫德爾轉身走了出去，兩人一踏進原先的帳篷，女子便皺眉道：

「你剛剛想說什麼？」

然而，白衣女子並沒有聽到回答。她轉頭一看，見溫德爾一臉夾雜困惑與不適的表情，才恍然道：

「啊，我倒忘了。」

女子纖手一揮，溫德爾便感到剛剛那股令他連話也說不出、籠罩住全身的重壓，隨之消失得無影無蹤，他試著活動了下手腳，才開口問道：

「剛才妳做了什麼？」

「在問問題之前，不是應該先回答別人的問題嗎？」

溫德爾頓時爲之語塞，一時間，他總覺得好像在哪兒聽過類似的話。

「我只是想質問那傢伙爲何要對無辜的村民趕盡殺絕，還有……爲什麼要這麼恨我老爸。」

白衣女子嘆了口氣，有些無奈地看著溫德爾。

「你還眞不是普通的天眞，你還不懂嗎？就算是剛剛那個只知道紙上談兵、不過因爲父親是戰績輝煌的將軍就自以爲了不起的紈褲子弟也知道，這畢竟是戰爭啊。戰場上哪還有所謂無辜，哪還有所謂的殘忍？如果放任村民逃走，一定會有人去向薩奇國的軍隊通報合眾國大舉進攻，這只會讓我們的軍隊無法攻其不備，最後導致攻略薩奇的難度大幅增加。」

「那也可以把村民全數俘虜啊！何必將他們屠殺殆盡？」

白衣女子苦笑道：

「俘虜？俘虜之後呢？帶著他們當作拖慢軍隊腳步的累贅？還是又要分散兵力看守？你又怎能確定不會有人中途逃脫？再說，難道接下來攻下每個城鎮後，都要將那些村子的村民全數俘虜，然後帶著成千上萬的人質行軍？孩子，你不如先教我在這種情況下，要怎麼和敵人打仗吧？」

聽到女子這一連串辛辣卻又切中要點的質疑，溫德爾頓時無言以對。

白衣女子續道：

「現在懂了？聽完羅恩那小子說的戰略之後，你應該也知道情況是多麼絕望了吧？只要一聲令下，屠殺就會立刻開始。來，告訴我，現在你還要怎麼拯救父親？」

溫德爾嚥了口口水，沉默片刻後用力搖了搖頭，焦急而固執地說道：

「一定還有其他辦法！羅恩不是說了他在等妳幫忙吹起南風嗎？只要在那之前，妳先偷偷把我老爸給救出來不就好了？像妳這麼厲害的御風者，在混亂的局面中救出一個人肯定不是什麼難事吧？」

白衣女子挑眉道：

「哦？你還知道什麼是御風者？八成是你父親告訴你的？」

「是又怎樣？現在不是討論這個的時候！」

聽溫德爾的語氣毫不客氣，白衣女子嘆道：

「我真該花點時間教教你何謂禮節。你說的沒錯，在混亂之中我要救出一個人不難，然而問題在於，你希望我救的這個人正是這次作戰裡最主要的目標。你想想，一旦那個目標就這麼莫名其妙消失了，稍微有點腦袋的人都知道是我做的手腳，要是事情演變至此，我的麻煩可就大了。」

聽到此處，溫德爾簡直急得像熱鍋上的螞蟻，又急又怒地說道：

「為什麼！為什麼妳要怕那個叫羅恩的傢伙？妳明明是這麼強大的御風者，為什麼還要當王族的走狗？妳幫他們預言、幫他們屠殺老百姓，還告訴他們是我老爸在暗中反抗？到底是為什麼！」

說到最後，見白衣女子絲毫不為所動，溫德爾的聲音不由得低沉了下來。

「為什麼……明明現在老爸就還有救啊……」

白衣女子當然聽出了溫德爾憤怒之中掩飾不了的絕望，雖然心下感到有些不忍，她還是故作冷漠道：

「你可別搞錯了，小子。你沒有資格評斷我的生存方式，再者從頭到尾，我從來就沒有幫你的義務。你父親的死活跟我又有什麼關係？如果我對那些村民都能見死不救，憑什麼我又要拯救你的父親？」

聽了這話，溫德爾心中一寒，但倒不是因為對方拒絕幫忙，而是因為他想到如果立場互換、如果面臨同樣的情況，也就是必須犧牲自身利益，才能拯救素不相識的陌生人，自己是不是也會說出同樣的話？

溫德爾隨即搖了搖頭，揮開這令人不悅的念頭，再次懇求道：

「也許妳說的沒錯，但拜託妳，拜託妳救救我爸……只要妳願意幫忙，不論是什麼事、不論妳要我做什麼，我都會去做！」

此時，被逼到絕境的溫德爾已經開始口不擇言了，對於他的請求，白衣女子只是森然道：

「別傻了，你以爲你能爲我做什麼？」

剎那間，這簡單的一句話令溫德爾完全說不出話來。

是的，這句話很簡單，卻也很殘酷。白衣女子說得沒錯，如果眞有什麼事是如她這般強大的御風者也辦不到的，自己又怎麼可能有辦法幫她達成？

絕望之下，溫德爾低下頭來，無力地跪倒在地。

見狀，白衣女子音調略轉柔和，說道：

「放棄吧，這世界本來就有太多的無可奈何。你剛才問我的那些問題，如果你眞的想知道答案，以後終究有天會了解。只是現在爲了你好，我不會再讓你選擇接下來想怎麼做。侵略結束前，你就乖乖待在我身邊吧，至少見證這一切到最後。」

聞言，溫德爾恨恨地瞪向白衣女子，倔強地說道：

「如果我拒絕呢？」

白衣女子挑了挑眉，又是輕輕一擺手。瞬間，剛才那股令溫德爾幾乎完全動彈不得的重壓再度籠罩住他全身。

這時，白衣女子緩緩道：

「你以爲有多少人能對克奈特說不？」

八、冬至

雖然只比溫德爾早了三個多小時到達維格爾村，但正是這個差距，讓薩格費免於在村外就被攔截的命運。此刻，他正不死心地在村中奔走，試圖說服大家盡快逃亡，只是在節慶的歡快氛圍下，薩格費與他捎來的消息，無疑是隻不受歡迎的烏鴉。

「蛤？老薩，我說你是不是腦袋出了什麼問題啊？」

大多數人一聽，就開始大聲嘲笑他；另一些人，則是不耐煩地像驅趕蒼蠅似地將他趕走。

「天啊，夠了！在這麼好的日子裡，你在說什麼煞風景的話！」

只有少數較有耐心的人，還會試著跟他講講道理。

「唉，這消息用膝蓋想也知道是空穴來風，貴國與我國維持和平已達十多年之久，近年來也沒什麼紛爭，怎麼可能突然間就開戰？老薩啊老薩，你真是聰明一世，糊塗一時啊。」

唯一的共通點，是沒有一個人願意相信薩格費說的話。

就在薩格費終於死心打算直接逃離維格爾村時，一陣強風忽地吹來，令他忍不住瞇上了雙眼，不知怎地，這陣風總令他感到有些異樣。

這時，身旁賣水果的大嬸同樣感覺到了這陣風，她咕噥一聲道：

「怎麼突然吹起了南風來著？」

聽到這句話，薩格費臉色為之一變，顯然，他最害怕的事情此刻已然成為了現實。薩格費才剛翻上馬背，遠方便傳來了嗚嗚的號角聲，那號角不僅吸引了大家的注意，也證實了他的猜想。

「該死！」

咒罵一聲後，薩格費策馬向村子的東北角奔去，就在這時，遠方傳來了第一聲淒厲的尖叫。

同一時刻，白衣女子正與溫德爾一同站在離村莊稍遠的小山丘上。從這裡他們可以清楚地俯視維格爾村，俯視何謂眞正的人間煉獄。

溫德爾沉重地看著眼前上演的悲劇，確實如白衣女子所言，徹頭徹尾，這就只是一場單方面的屠殺。號角一吹響，弓箭手便往箭頭點火，事先塗上油料的箭矢隨即猛烈地燃燒了起來，然後，數百把拉滿的弓弦一放，火箭之雨就無情地順著風勢向村中灑落，雖然如同流星雨一般壯麗，但殞落的群星向來也是災難的帶原者。火箭在村莊各處迅速燃起火苗後，強烈的南風與木造的房屋就在短時間內讓火勢變得一發不可收拾，在不知該先救火還是先逃命的兩難之中，村民們很快就陷入無比慌亂。

此時，溫德爾聽見先前在帳篷中見到的那名將領正在指揮戰局，他首先命令三個小隊分別駐守在村莊的三個出口，然後讓剩下兩個小隊向村裡進攻。

「都聽到了嗎？除了通緝令上的這人外，一個活口都別給我留下！」

「是，大人！」

於是軍隊衝進村中，兩個負責突襲的小隊衝殺過處，只留下遍地屍首。遠遠地，溫德爾能見到許多逃竄的人影被乘著馬匹的士兵追上，然後毫不留情地遭到砍殺、踐踏致死，混亂之中，甚至還有不少女性村民被士兵硬跩著拖進角落，想也不用想溫德爾都知道，那些女人將面臨如何悲慘的命運。

想起那些熟悉的面孔、甚至連自己的父親都可能是正在受難的其中一員，溫德爾忍不住閉上了眼睛，他已不忍再看，一想到那些無辜死去的人們，他甚至有種想吐的感覺。溫德爾緩緩蹲了下來，閉上眼睛，用雙手用力摀住耳朵，他多希望能就此昏過去，然後醒來才發現，這不過是另一場極其逼真的惡夢。

白衣女子低下頭，沉默地注視溫德爾好一陣子後，嘆了口氣道：

「我們走吧，差不多要結束了。」

「……嗯。」

無力地應了一聲，溫德爾抬起頭來，啊啊，那強烈的火勢與直衝天際的濃煙，簡直，就像一場盛大而隆重的火葬。

兩人一回到營地，溫德爾立刻聽見帳篷中傳來怒吼。

「你是打算告訴我，你們這麼多人卻找不到區區一個該死的叛徒？」

狠狠瞪著回來報告戰果的士兵，羅恩沒好氣道。

「是……是的，十分抱歉，大人。」

傳令兵戰戰兢兢地答道，他很清楚要是不小心惹惱王族，自己絕對吃不完兜著走。另一方面，與傳令兵的心情完全相反，此刻站在白衣女子身旁的溫德爾，內心則燃起了一線渺茫的希望。

「你確定他沒有混在屍體堆裡？」

「所有的屍體我們都已經確認過了，大人。」

聞言，羅恩不禁暴跳如雷。

「你們這群廢物！怎麼連從一個小小的村莊裡找出一名躲藏的犯人這種簡單的任務都辦不到！」

面對暴怒的王族，傳令兵只能不發一語地站著挨罵，但最後還是忍不住向站在羅恩身旁的軍官投以求救的目光。

感受到部下的視線，軍官嘆了口氣向羅恩勸道：

「大人，不過是小小一介罪犯，用不著如此在意吧？反正他對我們的計畫也沒什麼影響。」

羅恩瞬間瞪向軍官道：

「沒什麼影響？准將大人，你是在腦袋清楚的情況下說出這句話的嗎？還是說你已經忘記十多年前我們試圖統一大陸時，是誰在阻撓了？」

「小的當然沒忘，但那是霍恩將……我是說，那是霍恩．諾爾那叛徒的一意孤行，和眼前這人沒什麼關係啊。」

「睜眼說瞎話！你竟有臉說他們兩人沒關係？我問你，薩格費．菲特不就是霍恩那叛徒手下最得力的斥侯嗎！還是說，和霍恩一向交好的你想試圖包庇他的部下？」

說到這裡，羅恩危險地瞇起雙眼緊盯著身前的軍官。

敢怒不敢言的情況下，軍官也只能儘量輕巧帶過道：

「絕無此事，大人。小的自始至終，一心只為合眾國的未來著想。」

「喔？是嗎？」

羅恩不屑地噴了口氣，但一看到剛走進帳篷的白袍女子，便立刻換上一副虛僞的笑容。

「克奈特大人，您也聽到了，現在這情況下，能否請您幫我找出那名叛徒？」

白衣女子面無表情地答道：

「找人這種事好像不屬於我們的合作範疇？」

聞言，羅恩露出一抹狡獪的笑容。

「話雖這麼說，但如果因爲沒抓到這人而影響到預言的正確性，您面子上也過意不去吧？再者，村子裡的人如果知道了又會怎麼說呢？克奈特大人因爲私情而放棄了她的義務？還是說……」

不待羅恩說完，白衣女子森然道：

「你現在是打算威脅我？」

羅恩市儈地笑道：

「豈敢豈敢，我只是設身處地爲大人著想罷了。」

白衣女子瞇起雙眼瞪著羅恩許久，才緩緩道：

「下不爲例。」

示意溫德爾留在原地，白衣女子快步踏出了帳篷，而她這番舉動毫無疑問讓溫德爾再度陷於困惑與不安之中，因爲他實在無法理解兩人之間對話確切的含意，以及白衣女子打算做些什麼。

不，應該說是他不願去理解。

過了約莫五分鐘，白衣女子又走進帳篷，牽起溫德爾的右手轉身就走，同時以冰冷的語氣拋出一句話。

「叫你的部下去搜索村子東北部，我就幫到這裡。」

看著兩人的身影消失在帳篷外，羅恩嗤了一聲，心想：

「哼，愛擺架子的臭女人。說到底，就算是御風者，還不是只能任我擺布！」

想到這點，羅恩忍不住得意地笑了出來，並向身旁表情陰鬱的軍官下令道：

「你沒聽到那女人剛剛說的話嗎？還不快下令讓士兵集中搜索村子東北部！」

話語中，甚至連稱呼白衣女子為「大人」都省了，而軍官傳來的答覆聲中，則是依稀透露出些許的無力。

「遵命，大人。」

一回到白衣女子的帳篷內，心急如焚的溫德爾立刻問道：

「妳剛才說的是眞的？我父親眞的躲在那裡？」

「當然是眞的。」

白衣女子冷靜地答道，然而她這副模樣，只是讓溫德爾更加氣急敗壞。

「為什麼妳要」

話還沒說完，白衣女子便插口道：

「為什麼我要幫羅恩那小子？這問題你已經問過了，我之前也已經回答過你：『以後你就會了解。』」

理解到再問下去也只是白費功夫，溫德爾轉身便打算離開。

見狀，白衣女子淡淡地說道：

「你打算去救你父親？」

「……」

不發一語繼續向外走的溫德爾無異是默認了。見溫德爾不說話，白衣女子續道：

「你有想過你能做什麼嗎？」

聽到這句話，溫德爾不覺停下了腳步，同時，白衣女子的聲音繼續傳入他耳中。

「不能什麼都不做，你不會是抱著這種天眞的想法去救人吧？」

白衣女子語氣中的諷刺，就算是再怎麼遲鈍的人都聽得出來。

「如果什麼方法都想不到、什麼能力都沒有，你就算過去也不過是多賠上一條命罷了。」

白衣女子的話實在是太過一針見血，以致於溫德爾立刻悔恨起自己的無力，但微一躊躇，他便下定了決心，轉身面向女子道：

「確實，我可能只是抱著『不能什麼都不做』的想法，客觀而言，這也許非常有勇無謀，但就算如此，我還是不能就這麼待在這裡什麼都不做。小時候，父親告誡我要我爲了自己而活，所以爲了不一輩子都活在後悔之中、爲了不想對當初連試都不試就放棄的自己感到後悔，我才更必須去。就算什麼都辦不到，就算只是爲了我自己，我還是非去不可。」

原以爲說完這番話，依對方的個性肯定會斥責自己的天眞，結果出乎意料，白衣女子反倒是一臉認眞地問道：

「但是你一去，不就變成爲了父親而死?你這樣還談得上什麼爲自己而活?」

對此，溫德爾搖頭道：

「結果也許一樣，重點是做出選擇的理由並不相同。」

白衣女子仔細審視了溫德爾一番道：

「是嗎……也許你說的對，從身爲人的角度來說可能眞是如此吧。只可惜，」

說到這裡，白衣女子向溫德爾伸出右手。

「孩子，就這一點來說，我的立場也是如此。」

頓時間，溫德爾只覺一陣勁風撲面而來，隨即便人事不知了。

看著失去意識搖晃著就要倒下的溫德爾，白衣女子纖手一拂，少年向前倒下的動作便像是被施以時間放慢的魔法，緩緩地，溫德爾輕輕趴在了雪白的地毯上。

「我也是一樣的。」

白衣女子吁了口氣，垂下了長長的睫毛。

「我已經不想……再對什麼都沒做的自己感到後悔了。」

投入全數兵力仔細搜索後，終於，在維格爾村東北側早已荒廢的葡萄酒莊裡，士兵們發現了祕密的地下酒窖，不出所料，薩格費就躲在其中。被發現後，薩格費雖以相當的格鬥技巧撂倒了數名士兵，寡不敵眾的他最後還是被生擒回兵營裡。被兩名士兵強押在主帳篷的地毯上，薩格費狼狽地瞪著眼前身著淡金外袍的王族。以看待籠中鳥的姿態俯視著薩格費，羅恩好整以暇地說道：

「薩格費．菲特，你可知你該當何罪？」

對此，薩格費堅定地搖頭。

「我沒罪。」

羅恩聽了，饒富興味地說道：

「都這時候了還死鴨子嘴硬？你難道不是犯了唯一死刑的叛國罪？還是說死到臨頭想求饒了？」

對於羅恩的嘲諷，薩格費不改其堅定的語氣。

「我沒有叛國。」

面對薩格費頑石一般的態度，羅恩顯得有些失去耐性。

「你的所作所爲如果不叫叛國，難不成我還應該用愛國行爲來表揚你？」

這時，薩格費像是突然認出眼前的人是誰一般，仔細看了羅恩好半晌道：

「你是康格爾的兒子？」

羅恩雙眉一揚，怒斥道：

「無禮之徒！你竟敢直呼王室的名諱！」

但薩格費對於羅恩的喝斥視若無睹，接著說道：

「看來是了，這麼說來你應該最近剛滿三十？」

羅恩緊閉雙唇不答，但從他的表情看來無異是默認了。

薩格費點了點頭，繼續說道：

「我的行爲沒有叛國，小伙子，但我知道依你的年紀是不可能會懂的。在合眾國創建之初，人們是抱著什麼樣的信念建立起這個國家，是以什麼樣的心態與外族相處，你絕對無法理解。一直以來，『我們』就是抱著這樣的信念在行動，所以我從來不認爲自己叛國，當然也從未做出任何對合眾國不利的行爲。」

聽到此處，羅恩忍不住高聲道：

「少在這邊倚老賣老了！我的祖先是以什麼樣的心態創建這個國家，我怎麼可能不了解！別用這種荒謬的藉口來搪塞叛國的事實！」

「喔？那敢問大人，合眾國建國的口號是？」

「那還用說，當然是『團結一心、不容侵犯』。」

「那麼合眾國今天出兵的目的是什麼？」

「當然是徹底征服薩奇國。你到底想說什麼？」

「我只是想請教大人一個問題，這個問題對具有學者身分的您來說肯定易如反掌。敢問大人，『不容侵犯』和『開疆擴土』這兩個詞的意義，應該相差甚遠吧？」

在場所有人當然都聽出了薩格費語氣中的揶揄，羅恩也一時之間啞口無言。

在一陣尷尬的沉默中，白衣女子噗哧一聲笑了出來，聽見這笑聲，場中眾多視線同時射向白衣女子和站在其身旁的溫德爾，這其中當然也包括了羅恩惡狠狠的目光，以及薩格費有些納悶的視線。

也許薩格費是納悶軍中誰有這個膽量公然嘲笑王族的失態吧，就在他轉過頭來望向兩人時，薩格費忍不住輕輕「噫」了一聲。他的視線先是在不知為何出現在此地的兒子身上轉了一轉，才又皺著眉頭將探詢的目光投向白衣女子。

兩人視線對上之際，白衣女子斂去笑容，闔上雙眼並幾近微不可察地輕輕點了下頭。見到她這個動作，薩格費嘴角微微上揚，接著便立刻轉過頭去，泰然自若地看著惱羞成怒的羅恩。

「大人，如何？還是說最近『不容侵犯』這個詞在字典上的意思重新修正過了？」

「哼，薩格費，不論你再怎麼伶牙俐齒，都改變不了犯下叛國罪這個事實！」

見羅恩毫不掩飾地露出猙獰的笑容，薩格費冷笑道：

「哦，講理失利，只好訴諸暴力了嗎？」

「並非暴力，這是基於合眾國律法的正當裁決，是為體現王國的正義。」

一聽到最後兩個字，薩格費忽然間激動了起來。

「哼，正義！說得好聽，不過就是把對付將軍那一套照搬過來罷了，要不是當初將軍以大局為重放棄抵抗，放眼合眾國，你們王室這群渣滓有誰能在戰場上勝得過他？難不成你覺得你父親有這個能力？別笑死我了！康格爾自始至終，不過就只是將軍的手下敗將！」

忿忿不平地說著，薩格費語帶傲氣道：

「來啊，你要殺便殺，反正以泰倫尼為首，帝賽爾一族從來就只是一群無可救藥的人渣！」

聽薩格費連續侮辱了自己的父親和整個王室，羅恩不禁暴跳如雷。

「好啊，你竟敢侮辱我父親和陛下！看來我也用不著對你客氣了，衛兵！立刻將他就地處決！」

一聽到薩格費那番大逆不道的話，溫德爾就已經知道情況不妙，羅恩此話一出，他更是確信這下再也沒有挽回的餘地，但溫德爾才剛踏出右腳準備衝上前去阻止，下一瞬間，他的身體卻又如石化一般動彈不得。

知道父親的生死就在白衣女子的一念之間，心臟幾乎快要從喉頭跳出來的溫德爾轉動眼珠看向對方，但對於溫德爾眼裡無比的焦急、憤怒與懇求，白衣女子只是冷冷地裝作視而不見。

薩格費轉過頭，看見溫德爾霎時間變得僵硬的姿勢，他像是了解到了什麼，欣慰而感激地露出微笑。

「謝了，莉絲。」

這是薩格費．菲特，生命中的最後一句話，他還同時對女子搖了搖頭，像是在說：「這不是妳的錯。」

兩名衛兵走上前來，挺起長矛，一朝腹部、一朝左胸，向薩格費刺了過去。

溫德爾想張嘴大喊，奈何他卻連一點聲音都發不出來。

看著迅速逼近的矛尖，薩格費冒出了一個念頭。

結果，我還是做了最壞的榜樣吶。

只覺胸腹之處一陣冰涼，薩格費吐出一口鮮血。

九、岔路

冬至後第二天。

木屑紛飛，溫德爾正在將砍下的原木鋸成適合揹負下山的長度。

你也許已經恨我到極點了。

溫德爾一咬牙，手上的動作也隨之加快，但是不知爲何，今天他卻總是鋸不好。這份工作明明早已做過不知道千百回了，溫德爾卻無法像以往那樣準確而快速的動作，導致鋸出來的原木段不是太長就是太短。

信不信由你，不只是你，對我來說，這也是件無可奈何的事。

「該死！」

溫德爾不禁低聲咒罵，右拳用力砸在堅硬的原木上頭。儘管隔著一層麻布手套，名爲疼痛的感覺還是確實傳到了手上。理智上，溫德爾知道這就是疼痛，但是他空洞洞的心，卻好像已經無法理解何謂痛楚了。

「你的無可奈何和我有什麼關係……」

聽見溫德爾的咒罵，附近伐木隊的隊員本能地轉過頭看了看他，接著彼此對望一眼，露出有些無奈的表情。

冬至後第三天，一如往常，溫德爾一早就和伐木隊上山了，但在經過通往山脊前的岔路時，溫德爾卻和前一天一樣，罕見地沒有脫隊去做喬安所謂的「天氣預報」。領頭的喬安回頭瞥了默默低頭前進的溫德爾一眼，心中暗自嘆了口氣。

冬至後第四天。

「大夥兒，小心點，我準備要讓它往順風那邊倒了。」

要怎麼做，你自己慢慢考慮吧。

「喔！」

伐木隊的眾人都應了一聲表示聽到了，但隨即有人朝溫德爾喊道：

「喂，小子，你站錯邊了，趕快走開！」

另一方面，完全沒注意眾人在說什麼，溫德爾還是傻傻地站在原地。

「喂，溫德爾，喂！」

這時，溫德爾這才像是從夢中驚醒似地應了一聲。

「嗯？怎麼了？」

「嗯你個頭啦！趕快閃一邊去，我要砍樹了，別礙事！」

「……喔。」

於是在眾人擔憂的目光下，溫德爾默默走到了一旁。

我給你十天的時間。到時候，我會派人過去聽你的答案。

恍恍惚惚中，溫德爾下山結束了一天的工作；恍恍惚惚中，溫德爾回到家爲自己準備好了晚餐；恍恍惚惚中，吃完晚餐的溫德爾，窩在墊著羊毛毯子的躺椅上注視著爐火。

我到底在幹麻？

溫德爾如此問著自己。

由於得不出答案，他自然而然起身走向書架，隨手抽出一本歷史類的書籍，只是剛翻開不到五分鐘，密密麻麻的蠅頭小字馬上搞得他心煩意亂。嘆了口氣，溫德爾又將書給放回了架上。

去睡覺好了，明天還得早起。

雖然心裡這麼想，溫德爾卻感覺自己一點倦意都沒有，就在他猶豫著到底該不該去睡覺時，輕輕的敲門聲卻突然從大門處傳了過來。

這麼晚了還會有誰？

溫德爾不禁感到有些納悶，但同時心中卻也升起了一股莫名的期盼。

難不成……不、不可能，這是不可能的。

儘管理智努力想讓溫德爾接受現實，他還是忍不住一個箭步衝向門口把門打開。

「老……」

話才說到一半，一看清楚外頭站著的人是誰，溫德爾就閉上了嘴，心中一沉，又變得空空蕩蕩。說真的，他也不知道爲什麼還會抱著這種無謂的期待，明明那時自己都已經清清楚楚看見了。

看見那沒入身軀的冰冷利刃，還有隨後汩汩流出的溫熱鮮血。

「喂，小子，不請我進去嗎？」

喬安微微低頭，看著還愣在門口的溫德爾。

聞言，溫德爾這才意識到兩人還面對面地站在門口，他也同時想起了主人應盡的禮貌，於是後退兩步道：

「請進，隊長。」

進到屋內，面對面坐在椅子上的兩人似乎都不知該如何開口，最後，還是溫德爾首先受不了這尷尬的氣氛，開口問道：

「隊長，這麼晚了有什麼事？」

「嗯……與其說是我有什麼事，不如說是你有什麼事吧？」

喬安有些奇怪的反問。

「我記得前天我應該就和隊長您說過了。」

「你是說了，但那時候你跟我說的不是你的事，而是老薩和維格爾村的事。」

兩人繼續著不明就裡的人會感到莫名其妙的對話，這也讓溫德爾愈來愈不耐煩，於是沒好氣道：

「那您到底想聽我說些什麼？」

說起來，喬安也不是那麼有耐性的人，見溫德爾依然不明白，他嘆了口氣道：

「我剛不是說了嗎？我想聽的是你怎麼了。」

沉默了半晌，對於喬安莫名其妙的提問再也忍無可忍的溫德爾，突然間一股腦兒爆發了出來。

「我怎麼了？我還能怎麼了！老爸都死了，除了日子照過我還能怎麼辦？您到底還想聽我說什麼？難不成您是想聽我說：『啊，隊長，我已經沒事了，明天開始我會好好工作』，您是想聽這些嗎？」

對於高聲怒吼的溫德爾，喬安沒有做出任何回應，相對的，他只是默默看著眼前的年輕人。

「說啊！您說話啊！要不然，您就告訴我到底還能怎麼辦啊！」

一邊大吼著，溫德爾不由自主的哽咽了，說也奇怪，明明就連薩格費死的時候溫德爾都沒流半滴眼淚，但現在沿著雙頰滑落的淚水卻怎麼都止不住。

「爲什麼大家的日子都還是照過？爲什麼這世界好像一點變化都沒有？明明……明明老爸都……」

「……」

即使喬安不是什麼心思細膩的人，他也知道在這種時候，只能靜靜等待溫德爾發洩出深藏在心底的情緒。又過了好一陣子，見溫德爾終於慢慢冷靜下來，喬安這才開口說道：

「我啊，和老薩是老朋友了。」

聽到這句話，溫德爾抬起涕泗縱橫的臉驚訝地望向喬安，他一直以爲不常待在村中的老爸，在村裡連一個知交好友都沒有。

「雖然我不知道有沒有資格算作他的好朋友，但我能肯定，我們絕對算是彼此的好酒友。」

就連喬安平時粗魯的語氣，也因爲懷念著往事而稍微柔和了些，只是此時此刻，溫德爾正因對喬安所說的話感到意外而沒聽出來。

「十六年前，我們第一次碰面。當時他好像是爲了勘查地形恰巧經過我們村子附近，剛好天色也暗了，就在村子裡借住了一晚。嗯，沒錯，那時候也是冬天，你也知道在我們這種地方，冬天要想在野外露宿可眞的是找死。」

聽到此處，溫德爾不由自主的點了點頭。

「但那不是重點，總之，也不知是誰告訴他的，當天晚上他就跑到我家去了。起初我還以為他是來找我閒聊，結果聊到一半，在我順口問他要不要來點酒暖暖身子的時候，我才發現那小子竟然也是個沒有酒就活不下去的傢伙！也就是說，他從一開始就是盯上了我家的寶貝才來的。那個現實的臭小子！」

聽著喬安的咒罵，溫德爾不禁破涕為笑。在哈薩德村這種地方，肯把珍貴的穀物拿來釀酒的也只有喬安了，於是久而久之，喬安家就莫名其妙成為了哈薩德村唯一的「酒吧」，雖然暱稱為酒吧，實際上也只有供應一種粗糙釀製的小麥酒罷了。但溫德爾才笑沒多久，眼淚又開始不受控制的滑出眼眶，對此，喬安裝作沒看見，只是繼續說道：

「聊著聊著，他就開始跟我說他是什麼鬼將軍麾下最最厲害的斥侯，我也記不大清楚了，畢竟一開始，我以為不過就是酒後的胡言亂語，哼哼哈哈的就應付了過去，也沒特別留心。一直聊到最後，他竟然問我以後能不能到我們村子來長住，當然那時我也以為他只是隨口說說，就簡單的敷衍了兩句，結果真沒想到過了一兩年，這傢伙還真的又回來了，而且這一次，他還多帶了一個人。」

「誰啊？」

溫德爾忍不住問道，同時心裡想著，難不成是母親？

一聽溫德爾這麼問，喬安立刻哈哈大笑，伸手拍了拍溫德爾的頭道：

「傻瓜，除了你這小子還會有誰？那時候老薩養小孩也是笨手笨腳的，也沒看到孩子的媽，我們都還在猜你是不是他偷偷抱來的咧。」

陷入回憶之中的喬安，微笑著繼續道：

「之後，那個不盡責的傢伙，也不管你還只是個小不點，三不五時就到處東奔西跑，常常兩三個月都不見人影，連伐木隊的工作也沒參加過幾次。在那段期間，每次他回來，除了陪你之外，就是趁晚上偷偷跑來找我喝酒。」

聽到這裡，溫德爾這才恍然大悟，原來以前老爸回家的時候，半夜常常不見人影就是因爲這樣。

「總之呢，久而久之，在聽老薩講了幾百回之後，我大概也清楚他說自己是什麼斥候的這番話並不是唬人的，我自己也當過兵，多少能體會他以爲將軍效勞爲榮的這份心情。喔對了，你知道我爲什麼要和你說這些嗎？」

溫德爾搖了搖頭。

「因爲我相信老薩一直奉行著那位將軍的精神，他曾跟我說，將軍是個爲眾人著想的人。聽到你之前對我說有關維格爾村的事之後，我就知道老薩對於自己的所做所爲肯定沒有一絲後悔。」

「所以您是要來說服我，不用因此爲老爸的死難過？」

「可以這麼說。」

一聽，溫德爾頓時感到一股怒火自胸中熊熊燃起，他高聲說道：

「你這個騙子！老爸明明就告訴我不要把幫助別人當成自己的義務！他還說人絕對要爲自己而活！他都這樣教我了，怎麼可能不會後悔因爲救人而賠上了自己的性命？別胡說八道了！」

聽到溫德爾的反駁，喬安顯得十分驚訝。

「老薩眞的這麼說？」

「我幹麻騙你？」

「他是什麼從時候開始對你這麼說的？」

「就在我第一次幫伐木隊做出天氣預測之後。」

「很大的暴風雪那次？」

「嗯。」

聽到這裡，喬安開始有些明白薩格費爲什麼會這樣教導溫德爾了，然而他並不確定該不該把原因說出來。考慮了好半晌，喬安才正色道：

「小子，我沒資格批評老薩怎麼樣教育你，但我無法完全認同他說的這番話。沒錯，人是應該爲了自己而活，但人又怎麼可能只爲自己而活？更何況，爲了他人犧牲奉獻，毫無疑問是一件非常偉大的事情。」

「也非常愚蠢！」

「你的意思是你父親是個蠢蛋？」

面對喬安咄咄逼人的目光，溫德爾將頭轉向了一旁沒說話。

見狀，喬安繼續道：

「別傻了，我們都知道他不是！雖然過去或許發生了什麼事，讓他不得不這樣教導你，但就算如此，老薩的信念還是沒變，所以他才會忍不住想要去救那些人！」

「就是因爲這樣才蠢！就算救了再多條人命，又怎麼可能比的上自己的性命？而且這樣不就變成……」

聽少年的聲音逐漸哽咽，喬安多少也猜到溫德爾原本打算說什麼，於是他嘆了口氣道：

「小子，這種時候，你就顯得很笨了。」

「我才不笨！我絕對不會變成像老爸那樣，我一定會只爲自己而活！」

溫德爾這話已經有點賭氣的成分了，喬安當然也聽了出來，他語重心長地說道：

「隨你吧，這畢竟是你的人生，如果你眞的覺得這麼做是對的，那就這麼辦。我只是要提醒你，老薩肯定不是這種人，而且說實話，他的爲人也不會因爲我們的認知而有所改變。你該做的不是說服自己父親應該是怎麼樣的人，而是眞正去認識他！你不是說有個女人邀你跟她走，說是可以了解更多老薩的過去？」

「……是這樣沒錯。」

「你相信她嗎？」

猶豫了許久，溫德爾點了點頭。

「相信。」

「那就去吧！爲了自己，想辦法去了解這一切！」

見喬安如此建議，溫德爾感到有些驚訝，因爲他滿心以爲隊長會叫他留下來。

見到溫德爾臉上訝異的神色，喬安道：

「你那是什麼表情？難不成你以爲我會硬是要你留在這裡？還是你覺得少了你的『天氣預報』，伐木隊就活不下去？少臭美啦！就算沒有你，我還是能帶領伐木隊安全上下山！不然你以爲你十歲之前我是怎麼當隊長的？」

一時間，溫德爾完全說不出話來。另一方面，這才了解到溫德爾是怎麼看待自己的喬安，又氣又好笑地繼續道：

「臭小子，我之所以關心你，並不是因為你有那份特別的能力；同樣的，老薩之所以為了拯救維格爾村的人賭上性命，也不是因為他想從對方身上獲得回報！你再好好想想吧，不論是你想成為怎麼樣的人，還是究竟要不要離開村子！決定好之後來跟我說一聲就行了，只要是你自己做出的決定，我就不會多說什麼，如果你決定要繼續留在村子裡，我當然非常高興，但是……」

頓了一頓，喬安加重語氣道：

「只有這種時候，千萬不能為了別人做出違背內心的決定！哈薩德村的伐木隊可不需要這種心志不夠堅強、對自己毫不負責的男人！」

說完，喬安連晚安都不說就站起身回家去了，看著打開又關上的大門，溫德爾一時之間還是難以理清自己紛亂的思緒。

「我……想成為什麼樣的人？」

在不知不覺說出這句話的瞬間，溫德爾忽然覺得，心裡好像隱約有了答案。

隔天，溫德爾決定暫時不參加伐木隊的工作了，因為他確實需要一點思考時間，與喬安說了之後，隊長也大方的表示理解。於是連續好幾天，溫德爾都無所事事的待在家裡，這段期間，他常常只是躺在床上，思索同一個問題：

現在，他到底有哪些選擇？

也許，就如同白衣女子所說：

「你可以選擇繼續留在家鄉過著一樣的日子，你也可以選擇去了解究竟你父親是爲什麼而努力、爲什麼而反抗這個國家。」

溫德爾也想起了當天的傍晚，在兩人並肩騎回哈薩德村的路上，白衣女子對始終呆呆望著前方、不發一語的自己如此說道：

「當然，你也可以選擇向我復仇。」

那時他只是無力地瞥了對方一眼，白衣女子見狀自嘲地苦笑了下，繼續說道：

「要怎麼做，你自己慢慢考慮吧。我給你十天的時間，到時候我會派人過去聽你的答案，如果你不打算維持現狀，就跟著我派去的使者走。對了，我好像還沒自我介紹，我的名字叫克莉絲多．米瑟利。」

十天。

算一算，今天已經是第七天了。

若是仔細想想，他不知道的事情可還眞不少。

好比說，他完全猜不到老爸執意反抗王族侵略他國的理由。

如果說這是將軍的理念，那位將軍又爲什麼會抱持這樣的理念？

再來，就是那些御風者。

他們究竟是何方神聖？既然具有常人難以想像的力量，又爲何要聽命於王室？以他們的能力，就算是推翻整個國家也綽綽有餘吧？

想到此處，溫德爾不禁握緊雙拳。

如果御風者不用聽命於王室，老爸是不是就不會死了？

或者，如果他有足以抗衡御風者的力量，事情也不會變成今天這樣……

翻了翻身，溫德爾用力把頭埋進枕頭裡。

午後，不知不覺間睡著的溫德爾醒了過來，他總覺得屋子裡有些氣悶，然而到底是屋子的問題，還是他自己的問題？

老實說溫德爾已經分不清了。

他自然而然地打開窗戶，迎面而來的冬季凜風頓時令溫德爾打了個寒顫，但拜其所賜，胸中的鬱悶似乎也因此減輕了不少。

忽然間，他覺得好想上山。

於是，相隔一個禮拜後，溫德爾再一次爬上山脊。儘管只有一個禮拜，溫德爾卻總有種久違了的感覺，站在山巔深吸口氣，一如往常，冰涼如水的山風立刻從鼻腔一路灌入了胸膛，像是將全身都淨化一般令他感到十分神清氣爽。

呼，舒暢多了。

聽著呼嘯的風聲，這幾天來溫德爾煩悶不已的心情才終於安定了下來，但於此同時，吹亂了髮梢的風不斷地來回搔弄耳際，令溫德爾總覺得像是有人在他耳邊低語，而且那聲音，有種似是而非的熟悉。

溫德爾不由自主地開始四處張望，但是就連他也不知道自己究竟在找些什麼，只覺得好像遺漏了某些重要的東西，某些絕對不能遺漏的東西。

就在溫德爾漫無目標地掃視周圍時，稍遠處的地面上閃現的金屬反光頓時吸引住了他的注意。好奇的溫德爾走了過去，蹲下身子將附近的積雪撥開，只見一個半插入地面、半徑大約如食指粗細般大的細小金屬管從雪堆之間露出了頭來。溫德爾將管子拔了出來仔細觀察一番後，發現其中一端似乎可以打開，於是他逆時針轉了轉，發現沒動靜後便又換了個方向，最後在順時針旋了幾旋後，蓋子鬆開了，打開一看，裡頭竟有一張捲起來的信紙。

溫德爾感到有些納悶，他是聽說過瓶中信這種東西，但在這兒裝著信的既不是瓶子、所在地也不是海邊，而且話說回來，誰會把要給別人看的信藏在山頂啊？

將信紙抽出來攤開一看，只見裡頭還捲著一顆小小的、看似水晶的透明球體。雖然不知這顆水晶球有什麼用途，但一看到信上的字，溫德爾不禁倒抽了口涼氣。

這分明是老爸的筆跡！

溫德爾反射性地站起身四處張望，當然最後什麼也沒能看見，略為失望的溫德爾只好將注意力集中到信紙上。上頭，以薩格費固有的潦草筆跡寫著：

嘿，孩子。

因為喬安跟我說你經常會到這兒來，所以我就特地把信藏在這裡，以免放在家裡不小心就被你看見了。畢竟，要是你先看到這封信，結果隔天我卻平安回到家，那可就糗大了。但是既然現在你看見了這封信，不論你是不是已經知道了，那表示，我已經不能再多陪陪你了。

對不起。

看到此處，溫德爾的視線不禁有些模糊，他趕緊揉了揉雙眼繼續讀下去：

想想，我們很多事都對不起你，陪你的時間不多也是、最後不告而別也是。

不能給你一個完整的家庭……也是。

但是幸好，你好像自己也過得蠻自在的，該說是你不怕孤單的個性救了你呢，還是因爲老是自己一個人才變得不怕孤單呢，說來慚愧，我也不太清楚。

可能這就像先有雞才有蛋、還是先有蛋才有雞的那個老問題一樣吧。

唉，莫名其妙就寫了不少廢話，回到正題，你最想知道的，應該還是我爲什麼就這麼走了。很遺憾，我不能告訴你。不只是我不想告訴你，如果寫這封信的是你母親，她肯定也會這麼做吧。

不過，你的人生終究是你的。

如果對到底發生了什麼事感到好奇，你還是可以選擇去了解。不，應該說你只能靠自己選擇要不要了解，然後最重要的是，一旦做出選擇，就千萬別後悔。記住，不論選擇正不正確，又或者也許從一開始便沒有所謂正確或錯誤之分，只要是你自己的選擇，就絕不能後悔。看見信裡頭放的那顆水晶球了嗎？我猜過不了多久就會有人上門來找你要這東西了，到時候就會是你做出選擇的機會。

雖說如果眞的有人來找你，我是希望你把水晶球拿給他們，繼續過你的日子就好，反正依你的個性，應該不久又能一切如常了吧，但就像我說的，這畢竟只是我的希望，做出決定的人還是你。假如最後你決定要了解這一切，就想辦法跟著他們走吧，尤其來的人如果是一位叫克莉絲多的女人，她應該是沒法拒絕你的。

只是，絕對、絕對要好好考慮啊，因爲一旦和他們扯上關係，大概就沒辦法過完安穩的一生了，就像我還有將軍一樣。要知道，平穩的日子在這個時代是可遇不可求，尤其以最近王室的行動看來，戰爭大概又要開始了。或許看到這裡，你已經覺得有些厭煩了，但最後我還是要再強調一次，一切的選擇都得看你自己。是的，只能靠你自己。

如果有需要的話，找喬安談談。他是個好酒友，應該也是除了我之外，村子裡最關心你的人。

希望你不會覺得煩，但是，我得再多說一句。

孩子，眞的對不起。

溫德爾看完，又仔細將紙張和金屬管翻了翻，確認自己沒有漏掉任何東西後，他又重新讀了一遍又一遍。

最後，溫德爾仰頭望向連一點瑕疵都沒有的湛藍晴空。

這就是老爸最後留給自己的話了，溫德爾心想。

老爸應該是冬至當天把信放在這兒的吧，他肯定是想如果平安歸來，就會在自己看到之前先將東西給回收。當然，結論是他沒有這個機會。

溫德爾擦乾眼淚，用力吸了吸鼻子，這時一陣冷風吹來，還有些濕潤的雙頰頓時感到一陣冰涼，但是從眼淚沒有凍成霜就可以知道，冬天快結束了。

看著腳下無比寬廣的世界，溫德爾下定了決心。

就像人在回首過去時才驚嘆光陰怎麼就這麼逝去了一般，剩下的三天說快不快、說慢不慢的過了。

接近中午時分，溫德爾家的木門響起了敲門聲。

終於來了。

溫德爾一邊如此想著，一邊快步走過去打開了門。

門外，站著一位身著白袍的少女，她猶如冰雕一般精緻的臉龐上，那兩顆好似黑珍珠的眼瞳正緊盯著門內的溫德爾。對上她的目光，溫德爾不禁微微一呆，少女苗條優美的身形、白玉凝脂般的肌膚、略帶幾絡暗棕的淡金色長髮，再配上那副毫無笑容的冷淡表情，令溫德爾忍不住生出了一種想像。

她肯定是雪山上萬古不融的冰之花，沒有人能接近、沒有人能摘採，就這麼綻放在凜風烈烈的山崗，高傲地展示她的絕代風華。

但同時，溫德爾也立刻就確定對方是他那天在小山丘頂碰見的少女，即使當天並沒有看見對方面紗底下的容貌，眼前這少女的氣質就和第一次見面時的感覺如出一轍。另一方面，少女似乎也沒料到來應門的竟會是曾有過一面之緣的少年，因為此刻她的眼中，同樣露出了些許驚訝。

雖然對於遇見彼此有些意外，兩人也都不是什麼容易大驚小怪的個性。

「呃，我記得妳的名字是法……」

由於不太愛與人接觸，溫德爾老是記不住不熟捻的人的姓名。

「法萊雅．米瑟利。」

用與她冰雪般的氣質相同的語氣，法萊雅冷冷的說道。

「哦對，真不好意思，我叫」

溫德爾才剛打算自我介紹，法萊雅就面無表情地打斷他道：

「叫溫德爾對吧，我還記得。多餘的話就免了，告訴我你的決定。」

聽到等待已久的問題，溫德爾毫不遲疑地答道：

「我想了解一切。」

像是對一點猶豫也沒有的溫德爾感到有些奇特，法萊雅微微睜大雙眼盯著他好一會兒，然後像是冰消雪融般，嘴角微微一揚。

「那就走吧，帶上你的行李。」

說完，法萊雅便轉過身向外走去，於是溫德爾趕緊扛起先前收拾好的大背包跟了上去，沒走幾步，他忍不住回頭看了看住了十幾年的家一眼，突然間，溫德爾有股莫名的傷感。

如果說，人生是由無數的岔路所組成，那他此刻，肯定就在其中一個無法回頭的交岔路口上吧。

這一天，是合眾國六十八年一月一日。

也是史稱「第三擴張期」的開始。

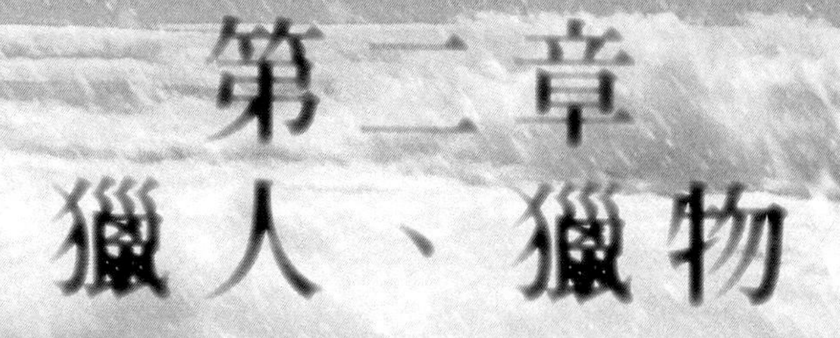

第二章
獵人、獵物

合眾國五十二年

樹林中，一道影子飛快穿梭而過。

每當佩絲輕點地面一步，她的身子便快速往前飛躍過數米的空間，而那身輕如燕的模樣，即便說是御風而行也不為過。

只是，看得出來急促喘著氣的她，也已經瀕臨極限了。

此刻的佩絲．貝爾，只是憑著殘存的意志力在驅使自己的身體行動。

再半小時，再撐半小時就好。只要能混進伊特納市，再怎麼樣他們都不可能找得到我。

如此告訴自己的佩絲，某方面來說，也是在想辦法鼓舞自己已然疲憊不已的身心。然而就在此刻，一股風壓由身後襲來。

由於已經沒有餘力正面化解攻擊，佩絲只能選擇閃避。她重心微微右傾，左足用力朝地面一點，整個人便倏地朝右方飛躍。只是此刻早已筋疲力竭的她，已無法精確控制施力的量與方向。

擦的一聲，適才感覺到的風壓穿過她原先所在的位置，將碰到的第一棵樹給攔腰斬成兩段，而佩絲則是重重撞在右首的某株樹幹上。狼狽地倒落在地，她忍住痛，勉強用手撐起上半身靠著無辜遭殃的樹幹，如今光是這個簡單的動作就足以令她累得氣喘吁吁。喘著氣，佩絲勉強打起精神緊盯適才風壓發出的方向，因為她知道，「她」很快就會趕來了。

果不其然，二、三十米外忽然出現一道人影，迅速幾個起落，那人影就來到了她的跟前。低頭俯視著靠在樹幹上的佩絲，克莉絲多的眼裡，混雜著心痛、無奈，以及深深的悲傷。

佩絲抬頭看向對方，故作輕鬆地笑了笑。

「妳來啦，我就想可能會是妳。」

「爲什麼？」

與佩絲輕快的語氣完全相反，克莉絲多反問的話語中，帶著濃濃的苦澀。

佩絲知道對方並不是在問自己爲何會猜到是她，於是認眞答道：

「用我的話來說，因爲我不能失去他；用『我們』的話來說嘛……」

說到此處，佩絲有些無奈的笑了。

「因爲，這就是命運。」

克莉絲多用力搖了搖頭，難掩激動地說道：

「但妳明知我們不能」

這時，佩絲舉起手制止對方繼續說下去。

「夠了，莉絲，別再說了。我只是……不想後悔罷了。」

聽到這句話，克莉絲多沉默了好一會兒才開口道：

「那麼，我再問一個問題，妳最後在預裡面看見了什麼？」

「果然，妳也是選擇了用預。」

佩絲格格輕笑地說道，她很清楚克莉絲多不服輸外加討厭佔便宜的個性。

「……」

對此，克莉絲多不置可否。見對方一臉不苟言笑的模樣，佩絲輕嘆道：

「在預之中，我看見分頭逃跑的我們都成功逃脫了。」

「原來如此，但我卻看見我把妳們都逮了個正著呢。」

聽到克莉絲多這麼說，佩絲輕笑道：

「妳還眞狠得下心啊，不過那是不可能的。當妳選擇先來追我的瞬間，霍恩就已經成功逃脫了。」

「妳對他就這麼有信心？那邊我可是也派遣了相當的人手哦？」

「這是當然，因爲他是我的丈夫啊。」

說著，佩絲情不自禁地露出了自豪的表情，看到這表情，克莉絲多咬了咬下唇道：

「那照這麼看來，結果又變成了『命運』呢。」

佩絲輕嘆道：

「是啊，又是『命運』，就是因爲怕變成這樣，我才會把孩子託給霍恩。唉，眞不知道該說是幸還是不幸。」

克莉絲多微一思索就明白了她的意思，幸指的是把孩子託付給霍恩，不幸指的則是出現「命運」，但這麼說來……

「所以，妳早就知道我會選擇追捕妳而非霍恩，才把孩子託付給他？」

佩絲虛弱地笑了笑。

「這不是當然的嗎？最清楚我的個性，實力又能和我抗衡的，除了妳還有誰？」

克莉絲多聳了聳肩道：

「這倒是沒錯，但就算現在馬上去追霍恩，我相信我也能追得上。」

「不可能，因為我不會讓妳再去追他們了。」

「哦？就憑現在的妳？」

克莉絲多歪頭看了看無力靠在樹幹上的佩絲。

「就憑現在的我。」

佩絲的話語中沒有一絲猶疑。

「就算是現在的我，只要豁出性命使出全力，妳也不可能毫髮無傷地擋下。到時候，妳也許好幾年都用不了歌吧。」

聽到此處，克莉絲多的臉色一變，因為她確實是最清楚佩絲實力的人。

「而且就我所知，妳的計畫應該再五年左右就準備完成了？」

佩絲繼續以肯定的語氣如此說道，克莉絲多也明白對方並不是真的在詢問自己。儘管心裡明白，克莉絲多還是下意識點了點頭作為回應，並隨即嘆口氣，改以像是和老朋友閒話家常的語氣說道：

「唉，真是的，最後還是鬥不過妳。」

一反剛才嚴肅的對話，兩人之間的氛圍一下子輕鬆了起來，就像剛才劍拔弩張的氣氛都是假的一樣，但實際上，這才是兩人平時相處的模式。

意識到克莉絲多語氣的轉變，佩絲也笑著揶揄道：

「彼此彼此，別忘了這次也一樣是『命運』。真要說，我們可是一次都不曾確確實實贏過對方。」

「也是。如果真有神存在，我肯定得向祂道聲謝，感謝祂賜予我這麼一位好朋友兼旗鼓相當的好對手。」

佩絲微笑道：

「是呢。我也很感激，感激這世界有妳的存在。」

聽到這話，克莉絲多忍不住走近樹幹，蹲了下來緊緊摟住佩絲，而佩絲也虛弱的伸出雙手環抱住好友。她很清楚，這是克莉絲多以好友的身分給她的最後訣別了。過了好久好久，克莉絲多才鬆開手站起身，面轉嚴肅道：

「好，爲了大局爲重，我就此發誓：臨界者、身爲克奈特的克莉絲多・米瑟利，絕不會再去追捕霍恩・諾爾以及其與佩絲・貝爾的兒子。並且，只要他們能逃過其餘臨界者這次的追捕行動，臨界者將永不再爲難。但是……」

說到此處，克莉絲多頓了一頓，才像是下定決心般繼續道：

「村裡的規矩不能壞，尤其不能壞在我的手上。」

「我理解。」

像是早就預料到這一刻終將到來，佩絲平靜的點了點頭。

「妳還有什麼話要說嗎？」

說出這話的同時，克莉絲多輕輕抬起右手，只是此刻，她的纖手正微微顫抖。看了對方的表情與手上的動作，佩絲知道這是在問自己有沒有什麼遺言要交代。

「這個嘛……」

佩絲閉上眼睛想了想，過了半晌，她睜開雙眼，對克莉絲多露出了溫柔的笑容。

「謝謝妳答應不再爲難他們，莉絲。還有，別懊惱了，這不是妳的錯，只不過是命運一直都對我們……對我們太過殘酷了。」

儘管仍強自微笑著，佩絲的聲音卻有些哽咽了。

「莉絲，我的孩子……就拜託妳了。」

克莉絲多點了點頭表示答應，閉上雙眼將輕舉的右手向前揮出。

嗤的一聲，無形的風之利刃輕而易舉撕裂了佩絲雪白的外袍，深深刺入她的胸膛。鮮血噴濺出來，染在兩人的白色外袍上，簡直就像，凋零在雪地裡的紅花。

「妳的缺點，就是太過溫柔了。」

如此喃喃著，克莉絲多忍耐了許久的淚水奪眶而出。

人們總在驀然回首時
才發現注定的一切
早已被命運那無形的手
給無聲無息編織了起來
無論是這貌似偶然的相遇
還是那看似意外的必然
其實都是冥冥之中
祂無獨有偶的安排
麥田間的邂逅，與城牆下的獨白
河面上的生死，和病榻上的茫然
為何總要走到迷宮盡頭
人們才會發現
所謂的人類
不過是命運掌中
最為自大的魁儡……

——葛雷夫・米瑟利
最初與最後的風歌，次曲

一、閒聊

「所以我們的目的地是？」

「我的家鄉。」

「爲什麼要去妳的家鄉？」

法萊雅轉過頭瞥了溫德爾一眼，冷冷的說道：

「你不是說想要知道答案？」

「是沒錯。」

「那就是了。」

好像這樣的回答就足夠了，法萊雅就這麼結束了話題，留下依舊是滿腹疑惑的溫德爾。

出發到現在八天以來，兩人之間的對話幾乎都是這個樣子。除了「該吃東西了」、「該休息了」、「該出發了」之外，他們幾乎不會做任何其他的閒聊，即便有對話，也是像剛剛那樣，溫德爾發起疑問，法萊雅簡短、而且感覺不是非常情願的回答。只能說還好溫德爾本來就不是喜愛聊天的人，也不是那種會因爲太過安靜而感到尷尬的類型，既然對方不願意說話，他也樂得安靜欣賞沿途風景。

好吧，就算不是眞的那麼快樂，至少對從未遠離過哈薩德村的溫德爾來說，沿途這些他從未見過的景致，還是能暫時令他忘卻那些難過的往事。

離開哈薩德村之後，兩人先是往南騎了整整五天，才折而向西前進。不過到目前爲止，他們都還算處於山麓平原上，也確實只要轉頭朝右邊看去，就能看見平行綿延在遠方、已經變得十分渺小的白色雪山山脈。雖然還是冬天，不過這兒和哈薩德村相較已經溫暖了許多，當然，一部分可能也是因爲冬天即將接近尾聲的緣故。但也正因爲他們是順著山麓平原向西前進，一路都是同樣的地形與類似的氣候，即便旅行起來還算舒適，以看風景而言，溫德爾卻逐漸開始覺得單調了。

這天，百無聊賴之中，溫德爾忍不住問道：

「大概還要幾天才會到啊？」

「說不準。」

一如以往簡短而冰冷的回答，只不過這次，溫德爾並沒有因此打退堂鼓。

「我問的是大概。」

法萊雅嘆了口氣道：

「我說了，說不準。以我們現在的速度，從你的村子到風域所及的範圍，大概就要將近一個月，而從風域開始到達我的村子，就又更難說了。」

「風域是什麼？」

「是我們村子附近一帶的通稱。」

「那爲什麼妳會說從風域開始到達村子反而不知道要多久？」

「因爲有你這傢伙跟著。」

「……」

聽到這句話，溫德爾不禁有些鬱悶，雖說還是搞不懂風域是什麼，但他已經澈底了解到自己對身旁的少女而言，就只是個麻煩的存在，也難怪每次跟她說話時，對方都是一副想要盡快結束話題的模樣。

難道是自己給她的第一印象太差？但這麼說來，當初對方好像也沒打算給自己什麼好的第一印象吧？好吧，彼此彼此。

無可奈何之下，溫德爾也只能如此安慰自己。

又過了幾天，終於，景色開始有些變化了。

從原先幾乎是一望無垠的荒草原，漸漸開始能看到一些田地了，其中大部分是已經收割的小麥田，但也能看到一些馬鈴薯田和零星散布的農家。

「到達妳的村子之前，還會經過其他城鎮嗎？」

看到這些農田，溫德爾像是突然想起什麼似地如此問道。

「不會，不過倒是會經過一兩個領主的領地。為什麼這麼問？」

也許是察覺到溫德爾的問題還有其他用意，法萊雅罕見的反問。

「主要是再過兩三天，我的乾糧就要吃光了，想說要是有經過市鎮，就可以買一些來補充。領主的領地上應該會有類似市集之類的地方吧？」

「嗯，通常有。我們明天會經過修斯伯爵的領地，至於下一個領地，則要再過四天後稍微繞點路才會到。」

法萊雅沉思道，看來，她對沿途會經過什麼地方還是挺清楚的。

「那就沒問題啦，明天我再去領地裡的市集買點乾糧就好。」

溫德爾本來以爲事情就這麼解決了，法萊雅卻突然道：

「不，考慮到我準備的糧食可能也不夠我們回到村裡，等一下就找個附近的農家和他們買好了。」

對法萊雅突如其來的決定有些不明所以，溫德爾問道：

「不是明天就會經過領地嗎？那兒的選擇應該比較多，價格也會相對便宜吧？」

聞言，法萊雅微微皺起眉頭。

「你該不會是第一次出來旅行？」

從她的語氣推測，自己似乎是缺乏了什麼必要的常識，只是溫德爾怎麼也想不通自己的邏輯到底哪裡錯了，於是搔了搔頭老實道：

「是這樣沒錯。」

法萊雅輕輕嘆了一口氣。

「難怪你會那麼說，好吧，那你至少應該知道領主和領地是什麼才對？」

「嗯……領主是受王室分封的騎士，領地則是分封給這些領主的土地，沒錯吧？」

「那領主的職責呢？」

「在戰爭時爲王室而戰，平常……就保護領地上的領民不受外敵侵擾？」

法萊雅道：

「表面上是這樣，但正確來說，王室是爲了討好領主才賜予他們領地，這也導致住在領地上的居民不得不爲領主工作，將其每年收穫的一部分、甚至是一大部分付給領主，也就是所謂的稅收。另一方面，爲了確保領民能爲自己好好工作，領主便負起保護的任務，讓領民免於遭受盜賊騷擾。雖然表面上看起來像是互利互惠的契約關係，但實際上，領主和領民之間更像是主人與奴隸的從屬關係。」

「那和我們買糧食有什麼關係？」

「你覺得奴隸的生活會好過到有充足的糧食可以賣給我們？就算眞的有，價格也絕不可能比領地外還低。雖說有些領主還算比較有良心，但多數領主只會把領民當成奴隸、甚至是道具來使用。只要留給領民的部分能維持最基本的溫飽，或者說更難聽點，只要領民還活得下去，領主們便會毫不客氣地把其餘收穫全部囊括到自己的口袋裡。再加上從前年起，合眾國又重新開始徵兵，大部分的壯丁基本上都被國家徵召，只剩下婦女、小孩、老人可以做爲勞動力，恐怕這兩年的收成量在扣掉領主稅收後，連要讓領民維持溫飽都成問題了。」

講到最後，法萊雅忍不住嘆了口氣。

溫德爾想了想道：

「如果領民的處境眞的這麼悽慘，怎麼沒人想到要起來反抗？」

「前提是一般的平民老百姓要有辦法打贏受過專門訓練的領主部隊。爲了有能力抵抗外來的盜賊，領主都會擁有自己的軍隊，不過實際上，」

說到這兒，法萊雅顯得十分感慨。

「軍隊的主要目的大概還是拿來防範領民動亂吧。所以除非眞的已經到了完全活不下去的地步，不然誰會想揭竿起義，拿自己的生命當賭注，下一個勝率低到不能再低的賭局？對大部分的領民而言，要不就是甘於服從過苦日子，要不就是只能逃亡。」

「逃到哪裡去？」

「不一定，可能是聲譽良好的領主管轄的領地、可能是商人們聚集的自治區，也可能是在不屬於任何領主的土地上自己開墾，又或者乾脆成為盜賊。不過一般來說要逃亡的話，還是以最後兩者的可能性最大，甚至是同時作為這兩者活下去。說歸說，絕大部分逃亡的人最後還是會被領主抓回來，在接受嚴厲的懲罰後，過著比原先更加淒慘的生活。」

雖然是在說著別人的事，法萊雅的語氣卻顯得相當苦澀，就連只是聽著的溫德爾都感到心情有些沉重，這也讓他突然間想起一個思考已久的問題。

「如果妳們對這個國家的制度這麼不滿，為什麼不乾脆用御風者的力量來推翻王室取而代之？這樣說不定可以重新建立一個完全不同的體系不是嗎？這麼一來，領民就不需要再被領主所統治，而且說不定……」

說不定……老爸就不會死了。

雖然愈說愈是激動，溫德爾還是把差點就要衝口而出的這句話給忍了下來。

畢竟，這不是她的責任。

「說不定什麼？」

「沒什麼。」

雖然對於溫德爾欲言又止的模樣感到有些疑惑，法萊雅仍嚴肅地說道：

「所以你認為我們應該篡位？還是應該把王室給全部殺光？別傻了，那只不過是徒增混亂罷了。你有想過引起混亂後會發生什麼事嗎？領主們會趁機吞併更多的地盤，甚至會因為想成為新的合眾國之王而紛紛起兵。一旦引起內戰，一般百姓的日子只會過得更苦，不只是領地中的人民會開始想叛變，甚至就連周遭鄰國也會趁合眾國大亂時趁火打劫。如此一來合眾國會陷入戰亂，甚至整個國家分崩離析都有可能。你再想想，如果眞的演變成這種情況，最慘的是誰？還是一般的老百姓啊。所以到頭來還是同樣的問題，除非到了已經活不下去的地步，否則誰會想要戰爭、誰會想要流血？人們需要的只是一個穩定的生活罷了。如果他們不想要改變、也不具有爲此承擔犧牲的意願，我們臨界者……又有什麼資格來『替天行道』呢？」

說到最後，法萊雅的語調中除了沉重，還夾雜著深深的無力感。語畢，兩人都沉默了下來，直到好一會兒後，溫德爾才低聲說道：

「抱歉。」

聞言，法萊雅略顯困惑道：

「爲什麼道歉？你也只是因爲不了解才這麼問吧。」

「嗯……算是啦，總之，眞是抱歉。」

能讓平常冷靜的妳突然問這麼激動，可見妳一定也深深思考過這個問題，甚至爲之苦惱了許久吧，結果我卻抱著如此膚淺的想法質問妳……

溫德爾自責地想著，我可眞是自私啊。

聽到溫德爾第二次的道歉後，法萊雅好像也稍稍猜到了他沒說出口的話是什麼，她點了點頭，像是接受溫德爾的道歉，隨即兩人又陷入沉默。

爲了打破這有些尷尬的氣氛，溫德爾看了看四周道：

「既然領地裡買不到，那我趁現在去找附近的農家買些乾糧好了。我們大概還需要多少天的糧食？」

法萊雅聽了，歪著頭微微蹙眉看向斜上方。根據這幾天的觀察，溫德爾知道這是她在思考時的習慣。

「買足夠兩人撐二十天的份量就行了。我在這邊等你。」

過了一會，法萊雅如此答道，並從背包中掏出幾枚銀幣朝溫德爾拋了過去。

「好。」

俐落地接下銀幣，溫德爾策馬朝距離最近的農家騎去。

看著溫德爾逐漸遠去，法萊雅低聲自言自語道：

「傻瓜，對於我們這種共犯，還道什麼歉呢……」

話語漸漸飄散在空氣之中，只有罪惡感，沉積在原地。

二、暗夜

溫德爾消失在遠方的麥田後，法萊雅輕巧地躍下馬背，著地的瞬間，她雙腿一軟，往旁邊踉蹌地走了幾步後，就這麼滾倒在草地上。

「騎馬還眞是累人啊。」

仰望著冬日清澈的藍天，感受著那溫柔灑在身上的陽光，雖然風還是有些冷，法萊雅仍有種醺然欲醉的感覺，她舒服地闔上雙眼，默默感受拂過身軀的暮冬之風。

「風啊，請來到我心房。」

像是毫無意義的自言自語，法萊雅輕聲呢喃著，但話音剛落，卻突然睜開雙眼，猛然坐起身望向溫德爾離去的方向。過了一會兒，才搖搖頭，頹然躺了下去。

「還眞是一語成讖。算了，也不全然是壞的預感。」

溫德爾輕輕敲了敲門，見沒人回應，便稍微提高音量喊道：

「不好意思，有人在嗎？」

過了半晌，隔著門，裡頭傳出隱約的回答。

「來了來了。」

門一打開，只見裡邊站著一位看起來三十歲出頭，身形稍稍有些肥胖，但表情和善的男人。看到站在門外的溫德爾，男子歪了歪頭道：

「有什麼事嗎？」

「我和我的同伴」

溫德爾順手比了比法萊雅所在的方向。

「恰巧旅行到附近，而我們的糧食差不多快吃完了，所以希望您能賣給我們一些乾糧。」

「這樣啊，你們是從哪邊來的？」

「我們是從東北邊的國境附近過來的。」

「所以你們接下來是要繼續往西南方走？」

「不，正確來說我們正在往西方走。」

男人想了一下道：

「再往西走不就是修斯伯爵的領地？你們怎麼不」

話說到一半，男人突然停了下來，拍了下腦袋，哈哈大笑道：

「哈哈，抱歉，我的腦袋有時候還眞是不太靈光，確實想跟領地裡的人買糧食是不太實際吶。」

溫德爾微微笑了笑表示確實如此，同時也慶幸法萊雅有向他仔細解釋，如果是在聽到法萊雅那番話之前的自己，可能還會因爲聽不懂眼前的男人爲何這麼說而感到納悶吧。

「好吧，那你需要多少糧食？」

「大約兩個人吃二十天的份量。」

對於溫德爾口中說出的數量，男人感到有些驚訝。

「這可不少吶，你們這樣背著走不嫌重嗎？」

「我們有馬，所以倒也還好。」

「原來如此。」

不知是不是他的錯覺，溫德爾總覺得一瞬間，男人雙眼好像微微一亮。

「那行，我賣。但你也知道這兩年來的收成不是太好，所以我得收你十三枚銀幣才行。」

這個價格比溫德爾所想的還高了不少，但因爲他並不熟悉這一帶的物價，即使要殺價也不知該從何殺起，更何況，溫德爾本來就不是喜歡討價還價的個性。

「好，成交。」

溫德爾從懷中掏出十三枚銀幣對著男人亮了亮。

「你等我一會兒。」

說著，男人轉身走進屋子後方看起來像是倉庫的地方，過了好一陣子，手中拎著一個布袋走了出來。

「喏。」

男人將布袋遞給了溫德爾，溫德爾打開袋子點了點數量確認無誤後，便將銀幣交給了男人。

「非常謝謝您。」

溫德爾向男人點了點頭，男人像是表示這不算什麼似地揮了揮手，便關上了門。

當天夜晚，一邊回想著這幾天路旁收割完的麥田，溫德爾撥弄著篝火問道：

「最近兩三年，這附近一帶的收成真的很差嗎？」

法萊雅看了他一眼道：

「你還在想我白天跟你說的事？」

「嗯。」

「對領地內的居民來說，收成應該是真的很差吧。但如果你問的是白天我們見到的那些零星農戶，對他們來說應該是和往常差不多。」

「那麼……十三銀幣的價格果然還是太貴了？」

溫德爾有些不好意思地問道。

對此，法萊雅搖頭道：

「以整體的供需而言，他收這個價格倒也並非完全不合理。只是大部分的情況下，對他們這種人來說，恐怕不論收什麼價格都沒什麼實際上的分別。」

「這是什麼意思？」

「你還記得我說逃離領地的居民通常會怎麼樣嗎？」

溫德爾回想道：

「嗯……妳說他們會逃到無人管理的土地上開墾，或者」

話才說到一半，溫德爾就愣住了。

「妳的意思是賣我乾糧的那個人其實是名盜賊？」

相較於驚訝的溫德爾，法萊雅不疾不徐地說道：

「嗯，而且恐怕已經盯上我們了。」

「妳怎麼知道？」

「直覺。」

「直覺？」

「沒錯。」

對法萊雅過於簡潔的回答，溫德爾有些無言。放棄了質疑對方直覺的念頭，溫德爾換了個問題。

「既然妳早就知道了，那時候怎麼不阻止我？」

「爲什麼我要阻止你？我們是眞的需要食物啊，你別忘了就算到達領主的領地，我們八成也買不到任何乾糧。」

「我當然沒忘，但妳大可事先跟我說，然後我再去找另一戶農家買，不是嗎？」

「那倒是沒什麼分別，因爲這一帶你看見的農家，實際上應該都是盜賊。」

無視於目瞪口呆的溫德爾，法萊雅自顧自地說道：

「平常他們就和一般的農夫沒兩樣，但是只要一見到外地來的旅人，尤其是像我們這種只有一兩個人單獨行動的，他們就會聯合起來將這些旅行者給洗劫一空，更何況我們還有兩匹値錢的馬。」

「那爲什麼這兒的人會全部都變成了盜賊？如果他們都是從領地裡逃出來的，總會有人不喜歡幹這種勾當吧？」

聞言，法萊雅無奈地笑笑道：

「如果每個人都可以依照喜歡或不喜歡來決定要不要做一件事情，這世界就單純多了。你想想，首先，要襲擊旅行者，當然是聚集愈多人愈容易成功，再來，聚集到足夠多的人後，沒有加入的人會怎麼樣？」

「嗯……被當成不合群的外人？」

「沒錯，對於一群會毫不猶豫搶劫過路人的盜賊來說，他們會怎麼對待不合群的外人，應該也不用我多說才對。所以只有兩個選擇，要不就是選擇加入，要不就是離開此地。但是離開這裡後，也不見得就能避免掉這種情況，畢竟這種在領地之外農夫身兼盜賊的情況，也不是此地獨有的。」

「為什麼會變成這樣？」

「因為領地之外就等於是無法地帶，但是人們都寧可在無法地帶想辦法生存下去，也不願意再次重回領主的統治之下啊。」

對於這樣殘酷的現實，溫德爾一時之間完全不知該做何回應。在黑暗而寂靜的平原上，只有他們身前燃燒的柴火劈啪地輕響，閃爍著溫暖的光芒。和沉重的話題相比，這火光是稍嫌太過明亮了。

「這麼說來，我們是不是該擔心一些更實際的問題啊？」

對於溫德爾突如其來的疑問，法萊雅投以一個「好比說？」的表情。

「如果他們真的是盜賊，應該會挑晚上來襲擊我們吧？我們不先做些什麼準備之類的嗎？」

法萊雅聽了，發出嗤的一聲輕笑。

「你想做什麼準備？路障、還是陷阱？」

被一個年紀相近、甚至可能比自己還小的少女用有些嘲弄的口吻這麼一問，溫德爾訥訥的說不出話來。

「也罷，反正人類的天性就是喜歡做一些單純只是為了讓自己安心的白工，這樣吧，這個借你，可別弄丟了。」

說著諷刺的話語，法萊雅從背囊中掏出一根黑色短棍拋向溫德爾。

她究竟是多討厭自己啊，講話老是這麼語中帶刺的，溫德爾邊想邊接住短棍，就著火光看了看，卻完全看不出這短棍是什麼材質製成的，從能反射火光這點看來比較像是銅或鐵，但就觸感而言又比較像是石材，還真是奇特。

「你就想辦法保護好自己，剩下的我會解決。嗯，還真是說人人到。」

語畢，法萊雅站了起來。隨著她的目光，溫德爾向外望去，隱約看見在夜幕的掩護下，不少人影由四面八方慢慢圍了過來，儘管如此，溫德爾卻完全看不出法萊雅有一絲一毫的緊張，相較之下，自己握著短棍的手卻不由自主地顫抖了起來，令溫德爾不禁感到有些窩囊。

隨著他們逐漸圍攏，已經可以數清楚對方總人數剛好是十人，各自拎著棍棒、鐵耙、短刀之類的充當武器，看來確實都是農夫呢，連一點正規的武器都沒有。等到近的足以看清對方容貌，溫德爾才赫然發現由正面包圍過來那位看起來像是領頭的人，正是白天賣給自己乾糧的男人。溫德爾忍不住小聲自嘲道：

「還真的是不管什麼價格都無所謂呢。」

盜賊站在離溫德爾和法萊雅約莫十步的地方，將兩人圍在了中心，接著領頭的男人踏出一步，向兩人說道：

「小傢伙，把你們所有行李交出來，還有」

他將目光移向一旁繫在樹上的兩匹馬道：

「那兩匹馬也留下。只要乖乖照做，我保證你們可以安全離開。」

「聽起來似乎是筆不錯的交易呢。」

本來還有不少盜賊在防範著緊握短棍的溫德爾，但一聽到法萊雅柔美的嗓音，所有人的目光都本能地被她吸引了過去。

「只可惜，你們找錯交易對象了。如果現在原地掉頭離開，我還可以饒你們一命。」

對法萊雅冰雪般的美貌震驚的同時，聽到這句好像有些立場顛倒的話，盜賊們一時間都不知該作何反應，過了半晌，他們才看了看彼此，同時哈哈大笑起來。

「漂亮的小姐，我說妳是不是搞錯了什麼？」

「妳是因爲睏了所以才腦袋不清嗎，還是我們應該挑白天來『拜訪』你們？」

「已經想睡了的話，不如拋下妳的男朋友來陪陪我們吧。」

盜賊們愈講愈是過份，正當有些聽不下去的溫德爾想說些什麼時，法萊雅擺一擺手制止了他，平靜地說道：

「確實，聽起來我像個傻子是吧？不過如果你們不聽傻子好心的勸告，恐怕就連當傻子的機會都沒有了。」

聽到法萊雅這番像是繞口令的話，其中一個大個子愣了一愣，向同伴問道：

「所以，呃，到底誰才是傻子？」

另一名盜賊又氣又好笑地罵道：

「就是你，白癡！」

對於法萊雅囂張的發言，其中一名矮小的盜賊不可置信地看向同伴。

「欸，我有沒有沒聽錯？這女的是在威脅我們？」

領頭的男人啐道：

「你沒聽錯，哼，別跟這小妞客氣了，好心想放她們走還不領情。小子，別怪我們，要怪就怪你挑錯了旅伴。伙計們聽好了，男的殺了也沒差，活捉那個女的讓大家都好好樂一樂，到時候，嘿嘿，看看誰才是傻子。」

說著，他露出低劣的笑容喊道：

「大夥兒上啊！」

一聽到領頭男人的號令，盜賊舉起武器一鼓作氣衝向溫德爾和法萊雅。見狀，法萊雅先是嘆了口氣，緊接著杏眼一瞪，一股強烈的殺意便順著突如其來的強風，以她為中心向外四散出去。就在這殺氣令溫德爾和盜賊都不覺僵在原地時，法萊雅優雅的抬起右手伸向前方，說道：

「既然不想當傻子，那就當死人吧。」

就在眾人覺得好像有什麼事就要發生的瞬間，法萊雅卻又皺了皺眉，將右手給放了下來。感覺到同伴的士氣因為少女莫名其妙的舉動而大為削弱，領頭的男人喊道：

「別怕，她不過是在虛張聲勢罷了！」

一邊喊著，他帶頭衝上前將長木棍斜揮向法萊雅的腰際，見情況不妙，早已蓄勢待發的溫德爾一躍上前擋在法萊雅前頭，鏘的一聲，用她給的黑色短棍硬是扛下了這一擊，但也同時震得自己虎口發麻。就在這時，溫德爾聽到身後傳來法萊雅輕輕的說話聲：

「抱歉，出了點意料之外的狀況，你先擋一陣讓我再觀察一下。別怕，如果眞的有危險，我一定會幫你。」

雖然一時之間難以理解，但溫德爾也沒時間對法萊雅說的話提出疑問，因爲其他的盜賊一看頭兒動上了手，也一窩蜂擁了上來。眨眼之間，兩根短棒一直一橫朝溫德爾的頭部揮來、另一根長棍掃向他的右腰，還有一把三叉的鐵耙直直往他的胸口猛力直刺。

面臨生死關頭，溫德爾反射性低下頭躲過朝頭部襲來的棍棒，並用兩手握住短棍用力格開鐵耙，然而，朝右腰打來的長棍他怎麼也沒有餘力閃躲。

「嗚」

隨著一陣劇痛從腰部傳了上來，溫德爾忍不住痛哼一聲。

即便因爲多年以來一直參加伐木隊，溫德爾的身體還算鍛鍊得相當結實，但被用力打在腰部這種相對脆弱的部位，還是令他感到十分吃不消。踉蹌後退幾步，溫德爾右手持著短棍護在前方，左手則摀著右腰的傷處，面對緩緩包圍上來的盜賊，他心中生出了一籌莫展的絕望。危急之中，溫德爾對法萊雅求救道：

「喂，這些毛賊對妳來說應該只是小菜一碟吧？」

「再撐一下就好，眞的不行時我一定會出手的。」

也許是因爲看見溫德爾著著實實的挨了一下，法萊雅的語氣中帶著歉意。

溫德爾還來不及說些什麼，便聽領頭的男人向同伴喊道：

「大夥兒，別客氣，這兩個小傢伙根本沒什麼眞本事，先把她們抓起來再說！」

話一說完，男人便連同剛才那四個攻擊溫德爾的人一起撲了上來。

正當溫德爾心想著完蛋了，本能地架起短棍的同時，嗤嗤幾下破空之聲傳入了他耳中。

「唉唷！」

「操！」

一瞬間，五顆將近拳頭一般大的石頭幾乎是不分先後砸在眼前五人的右腦勺上，也讓衝上來的五名盜賊無一例外，全都痛苦地倒在地上，他們手摀著傷處喊痛的同時，也不忘順便咒罵一番。

「什麼東西！」

「痛死了，是哪個兔崽子！」

至於另外五人，看清石頭飛來的方向後，便立刻撇下溫德爾和法萊雅，氣勢洶洶地邊罵邊衝了過去。

「是哪個王八蛋活得不耐煩了，敢來壞我們的好事！」

然而，他們的身影才沒入黑暗中沒多久，只聽見啊呀、唉唷幾聲慘叫，便沒了半點聲息。不久，隨著沙沙的腳步聲，一個瘦長的身影從黑暗中走了出來，在已經漸趨微弱的營火餘光下，可以勉強看得出是位年紀至多不超過二十五歲的青年，他粗獷的外表之下正透露出一股好戰的氣息，而緊跟在青年身後的，則是一個看起來頂多十五歲的孩子，不過只要仔細觀察，就會發現他有著不像那年紀的小孩應有的眼神。

「你……你把我的弟兄們怎麼了？」

見青年一步步逼近，領頭的男人按著依舊鮮血直流的右腦，微微顫抖著問道，先前囂張的氣焰已經蕩然無存。

「也沒怎麼了，只是順手將他們打暈罷了。」

用不屑的眼神看了看領頭的男人，又瞥了一眼躺在地上的其餘四人，青年挑釁地說道：

「接下來呢？你打算怎麼辦，盜賊先生？」

聞言，帶頭男人咬牙切齒道：

「竟敢瞧不起我，你這乳臭未乾的小子！兄弟們，一起上啊！」

在首領的號召下，五人搖搖晃晃地站了起來，拾起落在地上的武器一齊向青年衝去，他們沾滿了血的臉頰配合著夾雜憤怒及恐懼的神情，看來很是猙獰。

見狀，青年嘆了口氣。

「愚蠢至極。」

青年輕輕將身後的孩子推開幾步，也不見他拿什麼武器，便赤手空拳地迎了上去。青年先是巧妙地躲過正面掃來的短棒和耙子，然後一個閃身便來到了那兩名盜賊背後，雙手一翻，手刀便迅捷無倫地斬在兩人的後頸上。連哼都來不及哼一聲，那兩名盜賊脫手鬆開武器後不到兩秒，就無力地軟倒在草地上。

這時，另一名盜賊手持短棒，從青年背後朝他的腦袋用力揮下，像是早料到有此一著，青年身軀微側，短棒便揮了個空。由於用力過度，重心不穩的盜賊不由自主往前走了兩步，青年伸腳一絆，對方便撲地跌了個狗吃屎。又急又怒之下，盜賊掙扎著要起身，這時青年輕蔑地一笑，用力朝他腹部踢了一腳，令他痛得跪倒在地，但即便在劇痛之中，盜賊還是伸手死命抱住了青年的右腳。趁著這個空檔，躲在最後的盜賊抽出短刀朝青年的後背捅去，溫德爾和法萊雅才剛要出聲警告，便因對方隨後行雲流水的動作而看呆了眼。

只見青年左腳撐地，右腳渾若無事般拖著盜賊笨重的身軀轉了半圈，身體便迴了過來正對著持刀偷襲的盜賊，此時，刀身離他的胸膛已不到半米，但青年毫無驚懼之意，他瞧得奇準，兩手飛快拿住對方持刀的手腕後，一扭一錯，只聽喀擦一聲，短刀已然來到了青年的手中。盜賊直到這時才開始感到劇痛，以左手捧住腕骨被錯了位的右手，大聲哀號了起來，至於被硬生生在地面拖行半圈的另一名盜賊，則早已痛得暈了過去。此刻，只剩下目瞪口呆的首領傻傻地愣在原地，恐怕在他的盜賊生涯裡，從沒碰過實力如此懸殊的情況吧。

青年提起右腳，輕輕甩脫盜賊鬆開的雙手後，揶揄地看向仍舊提著長棍的頭領，說道：

「怎麼，還想打嗎？自認為打得過我就上吧。」

聽到這話，男人立刻慌張地搖了搖頭。不管是由誰來看，勝負都很明顯了。

「既然不打，你們就任憑我處置囉。」

青年蹙著眉頭思索一陣後，打了個響指道：

「那這樣好了，剛好我聽說附近修斯伯爵那兒挺缺人手的，明天開始，你就帶著弟兄們過去幫忙收成吧。」

一聽，領頭男子頓時露出一張苦瓜臉。只要還有腦子就知道，要回領地簡單，但想再出來可就難了。

看出男人的不情願，青年將頭湊了過去，低聲對他說了些悄悄話後，男人的臉色立刻唰地變為一片慘白，接著便絕望似地點了點頭，令溫德爾不禁好奇青年到底說了些什麼。

「好啦，既然都決定了，你們就趕快回去收拾行囊吧，要是讓我知道你們打算呼嚨過去，到時可別怪我不客氣。」

嘆了口氣，男人無精打采的叫起還能行動的同伴，簡單包紮了下頭上的傷口，便將昏倒在地的其餘人抬起來搭在肩上踉踉蹌蹌地走了，只是臨走前，他們還不忘惡狠狠地朝青年瞪上幾眼。

見盜賊離去，在不知不覺間反而成了局外人的溫德爾和法萊雅立刻走上前向青年道謝。對於法萊雅脫俗的美貌，青年忍不住多看了兩眼，但他似乎也意識到這樣看著一位少女實在是不太禮貌，於是很快便撇開目光，大方地說道：

「沒什麼大不了的，不過是路見不平罷了。」

青年爽朗的語氣以及意外講究禮貌的個性，讓溫德爾和法萊雅都不覺心生好感。

溫德爾道：

「不，請別這麼說，如果有我們可以回報的地方，千萬別客氣。」

「看來你是很不喜歡欠人情的那種人呢。既然你都這麼說了……」

青年看了看溫德爾，接著便走到一旁將剛才躲起來的孩子牽了過來。溫德爾和法萊雅這才看清，那孩子的頭髮原先在黑暗中以爲是黑色的，結果到了篝火邊才發現竟是罕見的鮮紅色，在火焰的反射下閃爍著紅色微光。

「天色也暗了，你們不介意我們就在這邊烤個火過夜吧？」

青年微笑道。

「當然沒問題。」

溫德爾爽快地說道，順手爲快熄了的篝火添上幾根木柴。

「這麼說起來，我們彼此都還沒自我介紹呢。我的名字是肯毅·波恩，直接叫我波恩就行了，可別叫什麼波恩先生，怪不好意思的。至於這小子」

波恩拍了拍身旁看似有些怕生的孩子的頭，說道：

「是我弟弟，你們可以叫他瑞佛。」

溫德爾點點頭，也自我介紹道：

「我叫溫德爾．菲特，我同伴的名字是」

「叫我莉絲就行。」

搶在溫德爾道出自己的姓名前，法萊雅如此說道。聞言，溫德爾不禁對法萊雅投以疑惑的眼神，但她只是裝作沒看見一般向波恩問道：

「你們兄弟也是剛好旅行到此處嗎？」

「是啊，不過我們的旅程馬上就要結束了，等再過幾天到達伊特納河，我們就會搭船順流而下回莫諾珀利。」

法萊雅恍然道：

「原來你們是從首都來的，怪不得，在這種時期還能四處旅行可不簡單呢。」

聽了這句話，溫德爾總覺得法萊雅似乎別有深意，波恩則是笑道：

「你們也不簡單啊，這個年頭竟然還有像兩位這樣歷世不深卻如此大膽，敢孤男寡女獨自旅行的人呢。」

看來波恩的個性雖然爽朗卻並不單純，輕易便將法萊雅刺探的話給推了回來，還帶點揶揄的意味。

「波恩，你誤會了我們的關係了。溫德爾的父親是我母親的世交，最近我去他們家拜訪，離開時，鑑於近來世道不太安穩，溫德爾的父母才慷慨地讓兒子在我回程中護送我罷了。」

法萊雅微笑著解釋道，儘管不太明白她爲什麼要編出這樣的一個故事，溫德爾還是配合的點了點頭。

聞言，波恩恍然大悟道：

「原來如此，但恕我冒昧，感覺溫德爾似乎也並非身負驚人藝業啊？讓這樣的人做為保護者，我認為兩人同時遇難的可能性反而還比較大，再說以莉絲小姐這種碰到惡人時會大膽反唇相譏的個性……」

說到此處，名為瑞佛的孩子輕輕拉了拉波恩的袖子，波恩這才像是突然驚覺到自己所說的話一般，赧顏道：

「不好意思，我這個人的缺點就是說話太直，如有冒犯之處請見諒。」

法萊雅大方點頭道：

「沒關係，畢竟你說的也沒錯。不過說真的，波恩先生如此高明的身手，別說溫德爾，我這輩子遇過的人之中還真沒人能比得上。」

波恩一聽，有些不好意思地摸了摸後腦勺道：

「也沒什麼了不起的，我家算是武人世家，所以從小就接受許多這類的訓練，況且剛剛那群小毛賊，一看就知道完全沒受過正規的格鬥訓練。」

法萊雅聽了，轉頭看向靜靜窩在篝火旁的瑞佛道：

「那瑞佛也是一樣嗎？」

波恩快速代為答道：

「喔，不不，舍弟自小就體弱多病，所以沒有接受這方面的訓練。」

「原來如此，冒犯了。天色也晚了，你們先休息吧。我和溫德爾先守夜，換人的時候我們會叫醒你。」

「好的，那就拜託妳們了。」

過了好一陣子，確認兩人都睡著後，法萊雅對溫德爾比了個「來一下」的手勢，接著便往外走去。兩人走到離營火稍遠的地方，法萊雅道：

「你應該有什麼事情想問我吧？」

一聽，溫德爾莞爾道：

「既然妳會這麼說，表示妳也已經知道我想問些什麼了吧？」

法萊雅確實知道溫德爾是想問她為何在緊要關頭突然停手，猶豫了半晌，她才開口說道：

「其實，一開始我是打算大開殺戒的。」

聽到這話，溫德爾不禁吃了一驚。

「制服對方就行了吧？有必要殺掉嗎？」

不覺間，溫德爾露出無法苟同的表情。

注意到溫德爾表情的變化，法萊雅嘆了口氣。

「但是我不出手的話，你有那個能耐單靠自己就將盜賊全數制服嗎？沒有吧。如果要動用到我的力量，就不得不把他們全殺了，因為我們的存在絕不可公諸於世。」

溫德爾知道法萊雅所指的「我們」是在說御風者，一時間，他也不知該做何反應。兩人沉默了好一會兒後，溫德爾說道：

「所以妳會突然停手，也是因為感覺到波恩他們就在旁邊？」

「嗯。」

「那……隱藏自己的眞實姓名呢？」

法萊雅沉吟道：

「雖然還不確定，但是我想他們的身分應該不是單純的旅行者這麼簡單，甚至他們給人的感覺也不像兄弟，反而更像是……嗯，這麼說吧，保護者與被保護者的關係。總之，如果我的猜測正確，我的眞名是不能被他們得知的，至少就目前而言是如此，所以這段時間，你也要用莉絲來稱呼我。」

接著法萊雅便站了起來轉身面對營火的方向，遲疑了半晌，她才輕聲道：

「我會跟你說這些，也是因爲我不希望你認爲我是那種只會依靠他人的弱者。」

語畢，法萊雅便逕自回到營火邊，只留下還坐在原地不明所以的溫德爾。

三、疑竇

隔天，除了瑞佛是由波恩叫醒，其他三人都早早就醒了。在溪邊稍作梳洗後，正當溫德爾和法萊雅還在啃著乾糧充當早餐時，波恩走了過來向兩人問道：

「兩位也是打算向西走嗎？」

溫德爾和法萊雅互看一眼後，溫德爾道：

「是這樣沒錯。」

波恩聽了，說道：

「既然如此，能碰面也是有緣，在到達伊特納河之前要不要我們一塊走呢?路上多幾個伴也比較能互相照應。」

法萊雅看向溫德爾，後者則是聳聳肩，表示自己無所謂，法萊雅見狀便轉頭向波恩微笑道：

「你可眞是個大好人，你應該是因爲看昨天我們面對盜賊沒什麼招架之力，所以想順路保護我們吧？」

看來是被法萊雅說中了，波恩尷尬地搔了搔頭，支支吾吾道：

「呃……不，我絕對沒有輕視兩位的意思，只是單純想一起……旅行一段罷了。」

法萊雅見狀不禁噗哧一笑，溫德爾也是微微莞爾，但心情則稍微複雜了些，一邊是對不善隱藏想法的波恩感到好笑，一邊又有種被看不起卻無法反駁的挫敗感。

「既然如此，我們就恭敬不如從命了。路上也請兩位多多指教。」

法萊雅收斂起笑容，落落大方地說道，溫德爾也附和著點了點頭。只是溫德爾注意到，法萊雅答應之後，波恩雖然表面上感到高興，眉間卻隱約閃過一絲憂色，反倒是瑞佛明顯像是舒懷般鬆了口氣，這是爲什麼呢？

「說起來，你們有馬嗎？」

溫德爾問道，他四處轉頭看了看波恩是否有將自己的馬匹繫在哪兒的樹上，只是除了他和法萊雅的兩匹馬，附近並沒有看到其他馬匹。

「啊，關於這點，方便讓瑞佛和溫德爾共乘一騎嗎？」

波恩有些不好意思的請求道。

「我是不介意，但你自己呢？」

說完，溫德爾瞄了法萊雅一眼，畢竟如果波恩說要和法萊雅共乘，法萊雅可能會有些反感，果不其然，法萊雅露出些許爲難的神色。

「我？」

波恩看了看兩人的表情，過了一會才像是恍然大悟般笑道：

「啊，不用擔心我，只要你們慢慢騎，我還是可以勉強跟上。兩位沒有在趕路吧？」

於是，一行人就這麼啓程了。

雖說考量到步行的波恩，溫德爾和法萊雅都刻意放慢了速度，但長時間下來波恩仍能持續跟著，甚至還有說有笑的，也令兩人感到十分佩服。

果然武人世家出身的人連耐力都不同凡響，想到這點，溫德爾忍不住看了看坐在身前，可以感覺到因為緊張而身體略顯僵硬的瑞佛。跟個性大方、身強體壯的哥哥相較，這個弟弟還真是另一個完全的極端呢，瑞佛應該是比較內向的那種類型吧，溫德爾心想。

等到一行人進入修斯伯爵所屬的領地，已經接近中午時分了。雖說看到的景色都同樣是一片片的麥田，但比起來，領地內的作物普遍都尚未收成，許多麥子看起來早已過了適合收割的階段，而且一路走來，還能發現差不多只有一半的農地有真正在種植作物，其餘的土地說得好聽是休耕，說難聽點就是處在半荒廢狀態，四處雜草叢生。即使是少數正值收割階段的麥田，也只能看見一些農婦和小孩在田裡忙碌，舉目所及，連一個壯丁都沒有。

法萊雅喃喃道：

「我記得以往這個時候，麥田都早已收割完了啊？」

溫德爾聳了聳肩表示不知道，不過經過這段時間的相處，他也明白法萊雅只是在自言自語而非期待他的答案，然而這時，卻有個意料之外的聲音插了進來。

「妳說得沒錯，這些麥田之所以至今尚未收割，主要還是因為戰爭的緣故。」

波恩如此答道。

溫德爾不自覺地瞄了法萊雅一眼，還真是和她昨天說過的話不謀而合，至於坐在溫德爾身前的瑞佛，則是不知為何默默垂下了目光。

法萊雅微一思索道：

「你的意思是因爲徵兵令？」

波恩點頭道：

「正是如此。」

「那我就不懂了，如果說是因爲戰爭而必須徵召男丁，然後又因男丁不足導致沒有足夠人力收割小麥，那麼，領主大人爲什麼不派他自己的附庸來幫助領民收割？」

「附庸是什麼？」

對於沒聽過的單詞，溫德爾有些納悶。

「就是直屬於領主的軍隊。領主一般來說都是軍人出身，因功得到陛下賞賜的領土，從而晉升爲領主。當他們不再是將軍後，原先麾下的軍隊便自然成爲其附庸，而所謂的附庸，在必要時幫助領民農務上的需要也是其份內工作。」

波恩耐心的解釋道，至於法萊雅則是沒好氣地橫了溫德爾一眼，像是責備他竟然缺乏常識到這種地步。

這時，路旁一位正在收割小麥的農婦聽到了他們的對話，卻搖搖頭道：

「唉，外地人就是這樣子什麼都不懂，又愛說些自以爲是的話。」

雖然她的聲音並不大，溫德爾一行人卻都清楚聽見了。波恩雙頰微微一紅，有些不服氣地向農婦問道：

「這位夫人，請問我哪裡說錯了嗎？」

「別叫咱夫人，咱可不是貴族的太太小姐那種高貴的人。」

說著農婦直起身，斜睨波恩一眼道：

「咱就是這樣才討厭外地人，你們這些外地人啊，吃得飽、穿得暖，才能像這樣子整天四處遊蕩，不用待在家裡幫忙這幫忙那的。這也就罷了，偏偏你們又喜歡在這兒對咱們自以爲是的指指點點，哪像咱家的老實孩子，從小就得天天跟著咱和咱老伴在田裡瞎忙。」

說到這兒，農婦停頓了一會兒，才哼了一聲續道：

「唉，眞的是瞎忙，辛苦了大半年，最後又被收稅去掉一大半，不是瞎忙是什麼呢？說起來啊，這個國家的稅收，八成有一大半都是用來養你們這種有錢人家的小孩！」

本來農婦似乎期待溫德爾等人會因此感到愧疚並說些附和的話，但見一行人都默不作聲，只有瑞佛有些慚愧地低下了頭，才發現眼前這群人似乎不是訴苦的好對象，於是毅然轉換話題道：

「也罷，扯遠了，咱剛剛本來要說啥來著？」

波恩耐著性子道：

「您剛才說我對附庸的解釋錯了。」

農婦道：

「你說的附庸，就是平時跟在領主大人身旁的那些騎士和士兵吧？」

波恩想了一想道：

「廣義而言，這麼說也沒錯。」

農婦氣憤道：

「那就對啦，你也用不著不服氣，咱說過了，你們這些外地人就是什麼都不懂！哼，騎士、士兵！那些天殺的士兵哪可能會幫咱們收割？他們只會耍刀弄槍、騎騎馬騙騙姑娘，還有在收成之後架著刀子逼咱們交稅罷啦！」

說到這兒，農婦警覺地四處望了望，確定沒看到任何士兵在附近，才大著膽子繼續道：

「要刀弄槍，哼！要耍刀弄槍，咱家十歲的小兒子也會。不過還好咱小兒子才十歲，否則他再大個幾歲，那些吃人不吐骨頭的皇家徵兵官可要連他都給抓去了。前年，咱的老伴被帶走之後，到現在連一封信都沒寄回來過。去年，剛滿十五歲的大兒子也被該死的徵兵官給帶走，現在都不知道是不是還活著。要是連咱小兒子都被抓去從軍……」

想起被徵召走的親人，農婦不禁語帶哽咽，連溫德爾一行人聽了也略感惻然。過了好一陣子，稍稍平復心情後，農婦擦乾眼淚，回頭望向麥田，搖了搖頭道：

「唉，不管哪兒的官兵都一個樣。國王的官兵把咱的家人帶走，領主的官兵把咱的收穫拿走，這是什麼世道哪，連強盜都沒這麼霸道！但是又能怎麼辦？不管在國王還是領主眼中，咱們不過就是奴隸罷了……」

就在這時，田裡的另一名農婦遠遠喊道：

「別在那兒發牢騷啦，這邊都快忙不完了，還不快過來！」

聽到同伴的催促聲，農婦趕緊抹了抹臉頰，朝法萊雅努努嘴道：

「好啦，咱得先去忙了，你們就隨意晃晃吧。不過可得小心領主大人的士兵吶，尤其是這位漂亮的小姑娘。」

瑞佛天眞地問道：

「爲什麼她要特別小心？」

農婦看了瑞佛一眼，嘆口氣道：

「小孩子還是別知道比較好，總之啊，那群『強盜』可是從來沒有在客氣的。」

說完，農婦便搖搖晃晃地朝田中走去，從後方看去，她那削瘦而襤褸的背影，看來很是淒涼。

後來，一行人繼續前進，但方才的對話還是在所有人的腦中揮之不去。突然間，溫德爾道：

「我有個問題，先不論實際上如何，至少按常理，這些附庸在必要時是得去幫助領民處理農務的，這麼理解沒錯吧？」

波恩點頭道：

「理論上是這樣。」

溫德爾繼續問道：

「但這不是挺奇怪的嗎？當王國需要兵力時，難道不應該先由領主的附庸開始徵召？怎麼徵兵令反而是優先徵召本該從事農務的平民，然後讓無所事事的附庸去幫忙農務？」

波恩有些不耐地答道：

「徵兵令是優先徵召附庸沒錯啊，只是因爲附庸不足所以才」

話才說一半，波恩忽然停了下來，其他人也都瞬間意識到其中的問題所在，法萊雅瞥了溫德爾一眼道：

「照那農婦所言，似乎領主底下的附庸並未被徵調，但照這情況看來，平民的壯丁卻幾乎全數都被徵召了，也就是說……」

說到這兒，法萊雅頓了一頓，波恩恨恨地接口道：

「修斯伯爵隱瞞了自己還有附庸的事實。」

溫德爾疑惑道：

「他要怎麼隱瞞？既然每個領主都有自己的附庸，那麼徵兵時若是沒讓麾下的兵員接受徵召，這些領主肯定會被王室懷疑吧？」

「大部分領主確實都有自己的附庸，但倒也不全然都是如此。」

波恩答道，隨即注意到溫德爾投來疑問的目光，便接著解釋道：

「其實這並不奇怪，畢竟幾乎沒有士兵是真正喜歡打仗的，你們想想，他們當初也都是被徵召的平民，在陪同他們的將軍、也就是後來的領主征戰多年之後，會想告老還鄉也是在情理之中。從領主的角度想，如果和自己出生入死這麼多年的老戰友這樣請求自己，其實也很難狠下心來要他們繼續留下，況且自己也已經功成名就了，所以有部分領主還是會想：『不如就放他們走吧。』於是到了最後，當部下死的死、走的走，就造就了沒有附庸的領主。只是這些領主實際上是靠什麼來統治他們的領地，是靠傭兵、還是靠民望，我就不得而知了。」

法萊雅聽完，俏皮地抿嘴一笑道：

「怎麼說得好像是你自己的經驗談？」

法萊雅這絕美的笑容令波恩呆了一呆，就連瑞佛也愣住了，但他比波恩好一些，立即便注意到自己的失態，將頭轉向一旁。

老實說，溫德爾能理解兩人爲何會有這樣的反應，畢竟平時總是一副冷淡表情的法萊雅，笑的時候確實就像冬日雪地裡難能的鮮花，總令人忍不住駐足欣賞。

「怎麼？被我說中了？」

法萊雅見波恩呆呆不語，側了側頭道。

一聽，波恩這才回過神來，同時爲自己的失態感到有些不好意思。

「哈，讓莉絲小姐見笑了。不可能的，我才這點年紀哪可能做過將軍？更甭談當領主了。」

但法萊雅卻不放過他，繼續調侃道：

「但是歷史上也不乏少年將軍之類的人物啊？以最近的例子來說，先前合眾國的頭號大將，不也是年輕時就闖出了名堂？」

一聽到法萊雅這麼說，波恩嘆道：

「無名小卒如我，豈敢和過去的名將比肩？更別說是妳提到的那位將軍了，我跟他之間的差距，就如天與地一般遙遠。他……是我們所有尚武之人的憧憬。」

「你們說的是誰？」

一頭霧水的溫德爾問道，聽了這話，波恩驚異地看向他。

「你竟然不知道霍恩將軍？他可是戰無不勝的代名詞啊？」

溫德爾聳了聳肩表示自己完全沒聽過這號人物，見狀，波恩遺憾地搖了搖頭。

「眞是令人不敢置信，我就簡單說吧，霍恩將軍不僅武藝過人，曾好幾次在全國的騎術大賽中獲勝，他出類拔萃的軍事天賦，更是讓他在年輕時就嶄露頭角。」

接著，波恩如數家珍般說道：

「合眾國三十九年，我國剛結束對蘇菲特共和長達五年的抗戰，國力相當疲弱，萊弗爾便趁此機會侵入國境。由於當時大部分將士仍未調回西部，所有人都認為西定堡不到三天就會被攻破。但就在此時，年僅十九歲的霍恩中尉臨危受命，以出色的戰術和過人的膽識，以寡敵眾擊退了萊弗爾的先鋒部隊，也因此幫邊境守軍爭取到援軍趕來的時間。自此一役，霍恩中尉便獲得王室的賞識，破格提拔為合眾國史上最年輕的將軍。之後，他也不負眾人期待，在那個戰亂頻仍的時代，多次成功抵禦鄰國入侵，甚至還因此得到「王國之盾」的美譽。只可惜……」

說到一半，波恩卻突然停了下來，他欲言又止的表情，讓人不禁好奇後續的內容究竟是什麼。

「可惜什麼？」

溫德爾忍不住追問，聽波恩說了這麼多，溫德爾開始覺得他好像在哪裡聽過霍恩這個名字。

「嗯……該怎麼說呢……」

正當波恩皺著眉猶豫該怎麼說下去，法萊雅打斷兩人道：

「這故事以後我再慢慢告訴你，因為這不是一時半刻就能說得清的。」

聽法萊雅都這麼說了，溫德爾只能不情願道：

「這樣啊……好吧。」

見溫德爾不再追問，波恩不禁鬆了口氣，但法萊雅緊接著便向他問道：

「回到正題，波恩，你覺得為何修斯伯爵要隱瞞他仍有附庸這件事？」

波恩思索道：

「也許是保留兵力，或者是不想讓他們因為上陣而犧牲？」

法萊雅搖頭道：

「或許伯爵眞的是想保留兵力，但保留兵力本身不會是根本原因，肯定是有其他因素令他想要保留兵力才對。」

「嗯……」

見波恩一副百思不解的模樣，溫德爾突然道：

「合眾國……應該只有一個國王吧？」

一聽這話，波恩頓時皺起了眉頭，不只是因爲對這突如其來的疑問有些摸不著頭緒，更是因爲溫德爾這話在某些場合，已經可以拿來當作定罪的理由了，於是波恩沉聲道：

「這是當然，還有，注意你的言詞，溫德爾。」

相對之下，法萊雅並不怎麼在意溫德爾大不敬的發言。經過這段時間的相處，她也知道儘管溫德爾因爲久居鄉間而有些缺乏常識，但並不是個會問膚淺問題的傻瓜。經過一番仔細思索，她大致猜到了溫德爾心中所想。

「溫德爾，你是想說修斯伯爵之所以隱瞞附庸的存在，是爲了把他們留在身邊保存實力，而保存實力的理由則是因爲他效忠的並非國王，而是另有其人？」

聞言，波恩面色一凜，溫德爾則是點頭道：

「沒錯，但我還有一點想不通，賜予領主封地的人不就是國王？那除了國王，伯爵還能效忠誰呢？總不會是打算自己起兵叛變吧？」

法萊雅側頭想了想，說道：

「倒是有另一種可能。現任國王陛下——泰倫尼・帝賽爾年事已高，近來也一直盛傳，陛下即將傳位給馬上就要成年的梅西王子殿下……」

「就算領主效忠的眞是梅西殿下，也無法解釋現在這種情況吧？既然即將要即位，梅西殿下更沒理由需要擁兵對付國王陛下。」

溫德爾立刻點出問題所在，但法萊雅只是搖頭道：

「別急，我話還沒說完。梅西殿下是泰倫尼陛下的長子，但陛下還有另一個兒子，年紀只比梅西王子小一歲，所以說……」

說到這裡，溫德爾和法萊雅都停了下來，因爲他們突然意識到再說下去，要是一旦被誰聽見告了密，可是會惹來殺身之禍的。雖說憑法萊雅身爲御風者的能力，就算眞的有人告密，兩人也不至於會有生命危險，但恐怕還是免不了許多麻煩。而且兩人都敏銳地注意到，雖然瑞佛還是安安靜靜地沒什麼反應，波恩的臉色卻明顯變得相當難看。

「肯毅大哥，冷靜點。」

此時，瑞佛以清亮的嗓音如此說道。他的聲音中不僅沒有一絲一毫的動搖，甚至還帶著某種莫名的威嚴，讓人不禁覺得這完全不像這年齡的孩子應有的語氣。

聽到這樣的聲音，法萊雅若有所思地看了看瑞佛。

瑞佛一發話，波恩這時才意識到自己臉色肯定不大好看，他微微向瑞佛點了點頭後，表情便恢復了正常，當然，這個話題也就此結束。

過了正午不久，四人決定先停下來簡單吃些乾糧充當午餐。這時，瑞佛將波恩拉到一旁，兩人低聲不知在討論些什麼，起初波恩先是不斷的搖頭，最後才像是終於同意一般，無可奈何地點了點頭。見狀，溫德爾和法萊雅對望一眼，法萊雅搖搖頭表示不要過問，溫德爾則微微頷首表示理解，再說，他本來就不打算多嘴。

午餐後稍作休息，四人便繼續上路了，他們就這樣一言不發的前進，直到到達下一個交岔路口，波恩才忽然示意眾人停下來，然後走近溫德爾和瑞佛乘坐的馬匹，幫著瑞佛下了馬，接著說道：

「正如兩位所見，」

波恩指了指左手邊遠方山丘上的城堡。

「左邊這條路通往修斯伯爵、也就是此地領主的城堡。右手邊這條路，則是繼續朝西通往領地之外，也就是兩位打算前進的方向。兩位就請繼續前進，至於我和瑞佛……畢竟伯爵和我們家也算是世交，既然都路過了，我們還是決定前去拜訪致意一番。」

法萊雅淡淡地問道：

「但是你們本來應該沒有這樣的打算吧？」

「呃，話也不能這麼說……」

法萊雅直指重點的語氣讓波恩支吾著不知該如何回答，就在這時，瑞佛開口替波恩解圍道：

「我們本來確實沒有這個打算，但後來想想，這樣的決定實在是有欠周詳，畢竟家父是十分講究禮數的人，要是他知道我們明明路過修斯伯爵的領地，卻連一聲招呼都沒打，肯定會狠狠數落我們一番。所以經過討論之後，我們還是決定去拜訪伯爵。雖說我們也希望能順道招待兩位，但畢竟我們不是主人，無法替伯爵作主，所以恐怕必須就此與兩位道別了。」

說到最後，波恩和瑞佛同時躬身行了一禮，尤其是瑞佛臉上帶著十足的歉意，也許是因為當初提議同行的是己方，卻又半途臨時決定分道揚鑣，而感到有些過意不去吧。不過溫德爾和法萊雅倒是不怎麼介意，溫德爾在意的反倒是兩人突然要拜訪領主的眞正原因。

總不會是要去告發自己和法萊雅的言行吧？

想歸想，溫德爾並沒有表現出心中的憂慮。

但法萊雅似乎對此毫不擔心，只是禮貌地向波恩說道：

「您願意順道保護我和溫德爾，我們已經是萬分感激了，還願將來有緣能予以回報。風兒總是吹向四方，我們就此別過。」

語畢，法萊雅也是微微一鞠躬，溫德爾見狀便也跟著照做。雖說在他的認知中，告別時揮揮手、最多不過握個手也就夠了，像這種身分高貴的人之間才適用的禮節和道別用的詞句，他可是連一點概念都沒有。

「風兒總是吹向四方，再見了，兩位。」

波恩和那孩子也輕聲說道。

四、潛入

叩叩。

輕輕的敲門聲透過了白樺木製的大門，迴盪在白色的房間裡。在這個令人喪失空間感的房間之中，不僅天花板是白的，牆壁是白的，就連地板也是白的。

但早已習慣這一切的房間主人，只是以簡短的回應向門外的來訪者傳達了許可。

「進來。」

聽到回應，偉德·盎格沃小心翼翼推門走了進來，進門後，見沒有進一步的指示，他便低著頭靜靜站在門前等候，因爲在這房間的主人面前，所有人都只能等待。

過了良久，房間的主人才自沉思中抬起頭來。

「偉德。」

一股低沉、自負，且無可質疑的威嚴嗓音，從房間主人的鬍鬚之下透了出來。就連那鬍鬚，也是純白色的。

偉德戰戰兢兢地應道：

「是，臣下在，請問陛下有何指示？」

聽著偉德戒慎恐懼的語氣，房間的主人滿意地笑了。

「放鬆點，我只是想找你談談而已。」

「不勝惶恐，陛下。」

「接下來，直說你的意見無妨。按照傳統，也差不多該是正式立梅西爲王儲的時候了，而我確實也有意如此，你說呢？」

偉德聽了，先是思索一陣，才深吸一口氣，以豁出去一般的氣勢答道：

「恕小人斗膽，雖說梅西殿下性情良善，確實有仁君之姿，但我合眾國爲大陸第一大國，更別提陛下您在不日內便將統一其餘諸國，假如陛下是打算在統一後就讓王儲即位，只怕新王一即位，政權尚未穩定，諸國舊政權便藉機起兵造反。縱然仁君確實有助於我國的長治久安，但值此動盪之際，臣下認爲果斷、富謀略且尚武的次子方爲合適之人選。」

原先手支下顎，閉上雙眼沉思的泰倫尼微微睜開眼睛，凌厲的視線如箭一般射向偉德。

「連你也這麼說？」

偉德趕緊低下頭道：

「臣下無意冒犯，只是如同陛下指示，照實說出心中所想。」

儘管偉德這麼說，泰倫尼的目光卻仍定在他身上一動也不動，看得偉德不自覺嚥了口口水，生怕自己惹得這位以好戰及殘酷而聞名的君王不快。還好不久後，泰倫尼便收回目光，微微仰頭望向白石所砌的天花板。

隨著泰倫尼轉移目光，偉德鬆了口氣的同時，也不禁暗中竊喜。既然陛下沒有立刻要他滾出去，就表示事情還有轉圜的餘地。偉德仔細觀察著泰倫尼的表情，試圖從中猜測對方的心意，但一如往常，國王毫無表情的面孔讓他完全無從揣摩。

雖說看不出什麼端倪，但好久沒有仔細端詳國王的偉德，突然發現國王也開始老了，而這個事實，也令比泰倫尼還要老得多的偉德有些感慨。

原來彼此都老了啊。

當這個念頭自腦中浮現，偉德忍不住回想起過去那些飛逝的日子。

二十八年了。轉眼間，二十八年就這麼過去了。

當年那個龐大而殘酷的賭局、那個掀起了滿城腥風血雨的屠殺，還有當時那位心懷憤恨、野心勃勃卻仍未經世事的少年，都已經是只能憑弔的往事了。

呵，二十八年，都已經過這麼久了。

想到從前的那位少年，再看看眼前沉思的陛下，兩個影子交疊在一起的瞬間，偉德突然感到有些迷茫。就在這時，泰倫尼閉上雙眼道：

「好，你先退下吧。」

「是，陛下。」

偉德揮去腦海中的多愁善感，深深一鞠躬便轉身輕輕推開白樺木門，生怕吵到不願他人繼續打擾的國王。偉德放輕腳步，悄無聲息地走出了那至高的白色王座，在關上大門的那一刻，他很清楚，牽涉到整個王國、甚至是整片大陸的賭局又再度開始了。偉德冷靜地不讓心中的喜悅表現在外，因爲光就陛下沒有明顯表現出不悅這一點來看，他就確定自己的賭注沒有下錯。退一步而言，就算眞的下錯了，也還有翻盤的機會，畢竟再怎麼說，自己的腦袋還好端端地連在脖子上。

「這一把，還有得賭。」

用沒有別人能聽見的聲音，偉德悄聲喃喃道，但另一個偶然浮現腦海的念頭也令他不禁自嘲一笑。

人是不是愈老，卻反而對權力愈是心熱啊？

與波恩等二人分別後，法萊雅和溫德爾繼續向西前進。但到了領地邊界，法萊雅卻突然拉住轡繩示意馬兒停下，於是納悶的溫德爾也只好跟著停了下來。

兩人沉默了半晌後，溫德爾忍不住問道：

「怎麼了？」

法萊雅沒有回答，只是微抬起頭仰望天空，又過了好一陣子，她才突然道：

「我們繞回去吧。」

「回去？回去哪？」

「當然是領主的城堡。」

溫德爾皺了皺眉，但是他不像許多人會直接不經大腦的反問爲什麼，而是默默沉思了起來。見對方好半晌都沒答腔，法萊雅轉頭看了看溫德爾，經過了好些天的相處，法萊雅也已經能從溫德爾深鎖的雙眉看出他還在思考所有可能的前因後果，並試圖推測出自己這麼說的背後深意。

又等了好一會兒，見溫德爾依舊一言不發，法萊雅輕佻娥眉，搖頭道：

「唉，先前的談話還讓我以爲你挺聰明的，但是照這麼看來還是不夠敏銳。」

對此，溫德爾面無表情地回敬道：

「是啊，剛見面時我也以爲妳是冰山美人那類型的，但是照這麼看來還挺愛捉弄人的。」

法萊雅臉上微微一紅，不甘示弱道：

「要說這點你也差不了多少，明明平常一副不愛說話的樣子，實際上卻是個伶牙俐齒的小子。」

「彼此彼此，至於妳的讚美，我就不客氣地收下了。」

「好啦，別廢話了。說吧，你認爲我這麼決定的理由是什麼？」

「嗯……妳應該是認爲他們正陷於危險之中，所以打算去保護他們？」

「喔？我還以爲你會說出怕他們去告密這種蠢話呢。」

原來她早就發現自己在擔心這個啊？突然間，溫德爾覺得法萊雅敏銳得有些可怕，但他只是回應道：

「怎麼可能，如果是去告密，我們現在回去也來不及了，反而應該要快馬加鞭盡快逃走。再者，如果他們眞的打算告發我們，以波恩的身手，大可那時候直接動手把我們給押到領主那兒去，至少」

溫德爾瞟了法萊雅一眼。

「他會覺得他能輕而易舉制服我們。」

法萊雅饒富深意地看了溫德爾一眼道：

「不錯嘛，那你再說說看，爲什麼我會覺得他們陷於危險之中？」

「因爲你認爲他們是梅西王子那一派的吧？那兩人很明顯是在聽到我們的推論後，才想去質問修斯伯爵是否真是爲了次子而保存兵力。」

說著，溫德爾聳聳肩加了一句：

「雖說在我看來，區區兩人就想去質問領主，無異於是羊入虎口。」

「先不論波恩他們是不是眞的這麼打算，你再說說看，我之所以認定他們屬於世子派的理由又是什麼？」

溫德爾迅速整理了下思緒，解釋道：

「第一，一開始波恩說要和我們同行時，並沒有說到要拜訪領主，只是說要到伊特納河乘船，但卻中途改變了主意。

第二，改變主意的時間點，是在我們談及領主隱瞞他握有私兵的原因之後，而且當時波恩的臉色顯得很難看，可見他們從沒想過這種可能。

第三，他們說原本要順流而下回到莫諾珀利，既然他們是住在合眾國的首都，和宮廷人員有所瓜葛的機率也不小，況且波恩又說父親和修斯伯爵是世交，不論是眞是假，他們家族的地位相當高這點應該是無庸置疑。」

法萊雅搖頭道：

「可是照你這麼說，他們也有可能跟領主一夥同樣都是次子派的，然後在發現連一介平民都能輕易看穿自己意圖謀反之後，才想到應該趕緊商討對策，不是嗎？」

聽法萊雅再一次反駁自己，溫德爾感到有些納悶，爲什麼對方一副像是在考驗自己的模樣，不斷詢問這些她八成早就知道答案的問題？納悶歸納悶，溫德爾仍繼續解釋道：

「這確實不失為一種可能，但如果是次子派，妳就沒有理由要回去領主的城堡保護他們了，而且……」

「而且？」

像是終於等到自己想知道的答案，法萊雅迫切地追問。

「如果我是次子派的人，當我發現有平民知道我們的陰謀時，應該會直接將他們殺了滅口吧。」

溫德爾如此道，雖然對於自己是不是真的下的了手感到有些懷疑，但毫無疑問，這絕對是最實際的方法。不過，這顯然不是法萊雅想要的答案，她臉色一沉，冷冷地問道：

「你說這話是認真的？」

雖然不清楚為什麼突然間法萊雅的表情有如此大的轉變，溫德爾還是點頭。

「沒錯，這是最保險的作法。」

「儘管對方可能只是聽信謠言的平民？」

「但你也不能否認對方可能是第一個產生此種推論的人，而且就算對方只是聽到謠言之後隨口說說，只要多一個這種人，謠言散播開來的機會就愈大。」

「……你是這樣想啊。」

法萊雅嘆了口氣，溫德爾感覺得出來，她短短的幾個字與嘆息之中，蘊含著隱約的失望之情，但究竟是對什麼失望，溫德爾也說不上來。

溫德爾才剛想說些什麼來為自己辯解，法萊雅就道：

「回到你剛剛的推論，大致上而言你都沒說錯。瑞佛和波恩一定是世子派的，不、應該說那兩人肯定就是世子梅西及其貼身護衛。波恩的姓氏與名字暫且不提，瑞佛這名字卻肯定是假的。」

聞言，溫德爾不禁大吃一驚。

「你說那孩子就是世子殿下？這也未免太過武斷了吧？」

「並非武斷，世子目前確實正在祕密進行著合眾國境內的巡遊，只是這件事只有極少數人知道。再者，帝賽爾一族，也就是王室，他們的髮色天生便是極爲稀有的火紅色。最後一點，你還記得嗎？在我們談論那件事的最後，那孩子要波恩冷靜時的語氣。」

溫德爾回想了一下，困惑道：

「他的語氣有什麼特別的嗎？」

「有。那是絕對的、不容質疑的命令式口氣，只有身處高位的人才會習慣用這種方式說話。」

溫德爾想了想，皺眉道：

「但如果身爲世子還做出這種判斷，那也未免太過愚蠢了吧？就兩個人去找握有兵力在手的領主理論？」

「也不能說是愚蠢，反倒該說是歷練、或者說是經驗的問題。」

溫德爾側著頭表示不解，但法萊雅只是淡淡地說道：

「對沒有經歷過的人來說，很少人會覺得，就連飼養許久的老狗，也是有可能會反咬自己一口的。」

雖然像是在說著別人的事情，只是在溫德爾看來，法萊雅面無表情的臉上，似乎隱含著一分掩不住的悲哀。

「大哥，你聽說了嗎？」

正打著瞌睡的高個士兵抬起頭來，睡眼惺忪的他左右看了看，見周遭沒什麼異狀後，有些不悅地朝向他搭話的年輕士兵瞪了一眼。

「聽說啥？」

「薩奇國被皇家的軍隊給滅了。」

「所以咧？」

高個士兵連一點驚訝的表情都沒露出來，還接著打了個大呵欠。

見高個士兵沒什麼反應，年輕士兵比手畫腳道：

「才花十三天耶，十三天！」

「十三天又怎麼樣，薩奇國才那麼個丁點兒大的國家。」

「話雖這麼說，但是好歹從國界那兒用快馬不眠不休地騎到薩奇國的首都也得花個三五天跑不掉吧？結果竟然才花十三天就把薩奇給滅了？這也未免太誇張了，你不覺得嗎？」

「你是聽誰說的？」

「傳令兵向領主大人報告時，我在旁邊聽到的。」

「如果你聽到傳令兵親口這麼說，那就錯不了啦，那些傢伙只有兩個優點，第一個是該傳一就絕對不會傳成二、該說左就不會說右，另外一個就是屁股硬得跟鐵一樣。」

「硬得跟鐵一樣？」

「才不會騎馬騎到裂開啊，菜鳥。」

「可是屁股本來就是裂……」

不顧同伴的反駁，高個士兵不耐煩的打斷對方道：

「菜鳥，你應該還不到二十？」

「是還沒，但我明年就滿二十了！」

「那就對啦，俺才不管你是明年滿二十還是後年滿二十，總之，菜鳥就是菜鳥。俺告訴你，要是見識過以前第一和第二擴張期的時候，合眾國的軍隊是多麼所向披靡，你就一點都不會覺得奇怪啦。」

「有這麼厲害？」

高個士兵點了點頭，如同回憶往事一般出神道：

「嗯，雖然不知道爲什麼，但是總覺得就像敵方的戰略跟布局都被看穿似的，我方常常都是順利無比的一舉拿下敵人的重要據點。哈，那種把敵軍殺的措手不及的感覺啊，說實話，可眞不是一般的熱血沸騰。」

高個士兵興高采烈地說著，回憶起當年在戰場上奮勇殺敵的情況，他甚至有些興奮了起來，就連原先的睡意都去掉了大半。

年輕士兵聽了，嘆口氣道：

「是喔……我也好想上戰場爲國效力，而不是老是在這邊輪哨，感覺就只是浪費生命。」

高個士兵瞟了他一眼，搖搖頭道：

「唉，所以我才說菜鳥就是菜鳥。俺告訴你啊，就算仗是打贏的，也不代表我方沒有死傷，要是運氣差一點，戰死後被葬在烈士崗的人說不定就是自己了。所以說歸說，俺還是寧可在這邊站哨，也不想拖著這把老骨頭上陣來賭俺的運氣。」

年輕士兵雖然沒有反駁，心中還是忍不住想：

「啐，老鳥都這麼說。」

話題告一段落，年輕士兵繼續百無聊賴地四處張望，確認周圍沒有任何異狀，突然間，他注意到遠處通向城堡的路上，似乎有兩個人正緩緩走來，照那體型來看，其中一人還是小孩，於是他用手肘推了推一旁的高個士兵。

「大哥，你看那邊是不是有兩人正往城堡走過來？」

「哪裡？」

聽到這句話，本來又開始打著瞌睡的高個士兵一下子醒了過來，往同伴指的方向一看後，啐了一口道：

「呿，八成又是哪個無知的小老頭帶著兒子還是孫子到處亂闖，走了，咱們得去把他們趕走。」

「可是平民老百姓怎麼會不知道領主的城堡不能隨便靠近？」

「很多老百姓可是笨得要死吶，不信？不然這樣吧，俺跟你賭，如果他們是什麼大人物，俺就幫你值這個月的哨。」

「如果不是呢？」

高個士兵自信的笑道：

「那還用說，如果不是，你小子就準備輪兩倍的哨吧。」

「殿下，您依舊執意如此嗎？」

波恩面有憂色的向瑞佛，不、應說是梅西・帝賽爾，如此問道。

「毫無疑問。身爲合眾國王子，我有責任質問任何私藏兵力、不接受王國徵召的領主。」

「那您也大可回到宮廷再向陛下稟報，並經由正規程序，要求核查修斯伯爵的兵力啊？」

「若是經由正規程序，消息一定會中途先行走漏，等到王國的使者前往核查，修斯伯爵早就把私兵不知藏到哪兒去了。」

身爲王子，梅西很清楚官僚的正規程序會有的漏洞。

「但是殿下……」

「別擔心，前幾天我們不是才剛寫過信向父王報告現況嗎？假如我們在這段時間有所不測，父王會知道發生什麼事的。況且修斯伯爵也不是笨蛋，他肯定不敢對我輕舉妄動，我曾偕同父王接見過他數次，他不可能不認得我，更不可能忘記父王的，嗯……」

說到此處，梅西微微琢磨了一下用詞。

「威嚴和魄力。」

波恩聽了，有些無奈地嘆了口氣。一直以來守護梅西長大的他，很清楚自己絕對無法說服能言善道又有些固執的世子。

「好吧，既然您這麼堅持，我們就走吧。」

話雖這麼說，暗地裡，波恩已經打好可能必須帶著梅西逃避追殺的最壞打算。

兩人又走沒多久，就看見兩騎迎面而來，馬上的士兵遠遠地便大聲喊道：

「來者何人？再往前便是領主大人的城堡，一般庶民快給我掉頭離開！」

波恩與梅西對此不加理會，直到兩騎靠近，波恩才以不卑不亢的語氣道：

「煩請兩位向領主報告，梅西王子到訪，請讓他出城迎接世子殿下。」

原先面色不善的兩名士兵聽了不禁面面相覷，但沒多久便同時爆笑出來，其中一名面容粗獷，看來較爲年長的高個子士兵大笑道：

「哈哈，你說梅西王子？俺可沒聽過哪國的王子會只帶一名隨從出巡的，而且王子會跑到這種窮鄉僻壤？說謊也得打個草稿！你這連毛都還沒長齊的小子，別吹牛了，快帶著你弟弟回家找媽媽去！現在滾蛋，咱們就不爲難你們，不過記住，好話不說第二次。」

面對士兵的無禮，梅西只是無謂的笑笑，波恩則是危險的瞇起雙眼，踏前兩步道：

「那好，毛還沒長齊的小子倒是想問問這位士兵大哥，請問您跟著修斯領主多久了？」

高個士兵低頭斜睨著波恩，對於這人異於常人的反應感到有些奇怪的同時，他不耐煩地說道：

「俺跟著大人水裡來火裡去的，好說歹說也有二十年跑不掉啦，怎麼著？小子，再不滾蛋俺可要……」

但他話還沒說完，波恩便插口道：

「二十年啊，那你肯定見過這東西吧？」

說著，波恩自懷中亮出一塊方形白玉。高個士兵定睛一看，那溫潤無瑕的白玉上，其中一面刻著一雙精緻而深邃的海藍色眼瞳，另一面則以黑色的顏料，勾上寥寥數筆毫無規則、卻又予人空靈飄渺之感的優美線條。

「這、這……」

一看到這塊白玉，高個士兵不可置信地瞪大兩眼，連一句完整的話都說不出來，這時他又轉頭看了看梅西，在注意到那一頭火紅色的頭髮時，他好像也回想起了什麼。突然間，高個士兵一鼓碌翻身下馬，也不顧腳下的泥濘，噗地一聲單膝跪地，低下頭顫聲道：

「是俺、不，是小人有演不識泰山，求殿下慈悲，饒了小人的不敬之罪。」

波恩冷冷地看著他道：

「至少你還沒遲鈍到無藥可救的地步，但是你不覺得比起求饒，還有更要緊的事得做嗎？不過記住，好話不說第二次。」

聽到波恩刻意模仿對方剛才的語調，梅西不禁莞爾。高個士兵則是愣愣地抬起頭來，又過幾秒，才像如夢初醒般，轉身對另一名還搞不清楚狀況的士兵催促道：

「還呆愣著做啥？還想不想俺幫你輪哨啊？」

還沒搞清楚狀況的年輕士兵，想也不想便說道：

「想，當然想！」

話雖這麼說，年輕士兵似乎還搞不懂爲何前輩會突然這麼問，只是傻在原地一動也不動。看著同伴那副傻不愣登的樣子，由於還在擔心自己會因爲對王室不敬而丟了腦袋，高個士兵再也忍不住了。

「傻瓜！想的話就趕快回去向領主大人通報，說梅西殿下來訪！不然你小子就算想輪哨，也得等下輩子了！」

溫德爾一生中，從來沒有跑得這麼快過。

只是換個角度想，也許這已經不該稱之爲「跑」了。

此時此刻，藉著麥田的掩護，溫德爾與法萊雅兩人正壓低了身軀，自其邊緣飛快地奔往城堡的方向。

「看來我們之前一路過來根本就不需要騎馬嘛。」

雖然溫德爾只是低聲嘀咕，法萊雅還是聽見了，她冷冷地說道：

「別傻了，你以爲這樣子行動很簡單？要是天天帶著一個絲毫不會御風之力的傢伙這樣跑，我早就累垮了。」

說著，她左腳往地面一點，溫德爾隨即有樣學樣地以足尖點地，身子一騰空，強勁的風力便又托起兩人向前送出了老遠。於是沒多久時間，兩人就跑過了廣大的金黃麥浪，眼見麥田將盡，法萊雅拉著溫德爾奔向一旁沿山坡而上的樹林。

「小心保持平衡。」

進入樹林後，一面謹慎地在樹林間凹凸不平的地上選擇落足點，法萊雅不忘向溫德爾如此警告。然而，儘管溫德爾也努力試圖集中注意力，仍然不習慣這種移動方式的情況下，還是好幾次差點因爲自己的左思右想而跌倒。一方面，他因爲自己遠不及法萊雅而感到十分窩囊，不僅不具有「御風」這種魔法一般的力量，自認還算聰明的他，似乎就連思考分析的能力也總是落在下風；另一方面，他又因爲握著對方的手而感到心神不寧，法萊雅的手雖然柔軟，卻意外地有力，正如她的形象，在美麗的外表下，尤帶一股凜然之氣。

突然，推動著兩人的強勁風勢在瞬間消逝無蹤，隨之，法萊雅快速輕踏幾下地面後停了下來，但毫無準備的溫德爾，就無法適應短時間內如此急遽的速度變化了。騰騰騰地重重踩了幾步後，溫德爾笨拙地一跤跌在地上。

聽著法萊雅格格的輕笑聲，溫德爾狼狽地爬起身來轉頭看向她，法萊雅當然立刻就看懂了對方要求解釋的表情，伸手指向枝枒縫隙外頭道：

「你自己看，我說得沒錯吧。」

語氣中，甚至還隱約透出一股自得之情。

莫名其妙的溫德爾湊到枝枒旁向外窺視，只見稍遠處通往城堡的路上，一邊站著波恩與瑞佛，另一邊則是一名披著鮮紅斗篷、正以單膝跪地的魁梧男子，男子身後，則有約莫三十名士兵整齊地排列於道路兩側。

法萊雅道：

「如果瑞佛不是世子梅西，修斯伯爵絕不會親自帶著這麼大的陣仗來迎接。」

溫德爾道：

「嗯……只是距離太遠了，實在看不清伯爵長什麼樣子。」

法萊雅不以為意道：

「等等你就能看到了，我們還是快點趁現在城堡沒什麼人看守趕快溜進去吧。」

說著，她再度牽起溫德爾的手，令溫德爾臉色一紅，只是法萊雅對此似乎毫無所覺。不一會兒，兩人便又就著樹林的掩護飛奔了起來。

為了轉移自己的注意力，溫德爾問道：

「妳怎麼知道城堡沒什麼人看守？」

「因為領主只要一聽到底下士兵通報世子來訪，肯定會馬上想辦法把九成以上的士兵集中到城堡的地窖、密道，或倉庫等隱密的地方藏起來。然後你也看到了，他又帶著三十名左右的士兵前去迎接世子，這時就算仍有士兵留守，八成也在城門的方向，所以只要我們從城堡背面潛入，就不太可能會被發現。」

溫德爾微一思考後，皺眉道：

「這判斷也未免太過武斷了吧？」

見溫德爾不同意自己的看法，法萊雅有些不服氣地瞥了他一眼道：

「不然呢？」

「假設有三名士兵留守，三名不算多吧？」

「是不算。」

「好，那這三名士兵之中，只要有一人是負責看守其他方向或者在城牆上巡邏，我們登上城牆時就很有可能被發現了。」

「不會有那種事的。」

法萊雅雖然嘴巴上強硬，但溫德爾感覺得出來，比起堅信不移的篤定，她的回答更像是不被信任時會說的賭氣話。

「如果眞的有呢？」

此時，兩人已經沿著樹叢摸到了城堡的後牆下。

「到那個時候，妳該不會……」

說到這兒，溫德爾頓了一頓，才接著說了下去。

「打算殺了他吧？」

然而，法萊雅接下來的反應卻大出溫德爾的意料，她既不是冷酷地說出當然兩個字，也不是生氣地反駁，反倒是以眞摯無比的表情轉頭看向溫德爾。

「你眞的覺得我是這種人？」

有些措手不及的溫德爾趕忙解釋道：

「呃……不，只是遇到盜賊那個晚上，事後妳跟我說的那些話，讓我猜想妳是不是會這樣做罷了。」

看不出來法萊雅有沒有接受這個說法，她只是輕輕點了點頭，移開視線呆呆凝望天空幾秒，才以微乎其微的聲音喃喃道：

「他們眼中的我，是否也是如此呢？」

「什麼？」

由於沒聽清楚，溫德爾忍不住問了一聲。

「沒事。好啦，我們得加緊動作了，仔細聽好我說的話。等一下抓緊我的手站好別亂動，你只要像剛才我們進行快速移動時一樣，想辦法保持好平衡、穩住重心就行。既然你能學會跑動時維持平衡的方法，這應該也不是什麼大問題，如果怕高，就別往下看。」

「等等，妳到底想幹嘛？」

「你說呢？」

這時，站在牆邊的法萊雅向溫德爾伸出了左手。溫德爾稍微有些猶豫，但法萊雅的動作是如此自然，令他不禁覺得自己實在是想太多了。溫德爾一握住對方的手，法萊雅便專注地看向上方，喃喃自語道：

「風啊，請賦予我漫步天空的翅膀。」

剎那間，溫德爾只覺一股比先前飛奔時更為強烈的氣流忽然匯聚到兩人腳下，將他們緩緩推離地面。看著下方的地面離腳底愈來愈遠，溫德爾努力維持平衡的同時，本能地嚥了口口水。

法萊雅見了，湊過來悄聲笑道：

「你會怕啊？」

溫德爾狼狽地回敬道：

「是啊，哪像妳成天低來高去的，連天空都當平地走了。」

法萊雅聽了不禁噗哧一笑，但隨即面轉嚴肅道：

「好了，別出聲，我們快到牆頭了。」

話一說完，他們上升的速度就慢了下來，法萊雅接著道：

「貼著牆緣等我。」

溫德爾依言將手緊攀著城牆，儘管腳像是踩在柔軟的墊子上，但一想到那「墊子」實際上只是無形的風，他還是不由得直冒冷汗，下意識將手攀得更緊。

另一方面，法萊雅將手攀在牆跺上，一個借力便輕巧地翻了上去。

與此同時，一道陌生的低喝聲傳來。

「什麼……」

溫德爾一聽便知道事情要糟，沒想到馬上便又傳來輕輕的「咚」一聲，然後那陌生的聲音便沒了下文。接著，一臉不甘的法萊雅自城牆上探出頭道：

「好了，上來吧。」

聞言，溫德爾如獲大赦般趕緊翻過城牆，只見一名士兵緊閉雙眼仰天躺在地上，長矛則是拋在一旁，不知是死是活。見狀，溫德爾嚥了口口水道：

「他沒死吧？」

「還活得好好的呢。」

一聽，溫德爾這才放下懸在心中的大石。

「妳把他弄暈了？」

「不然你覺得他會自己暈倒？」

聽出法萊雅語氣中的不快，溫德爾有些納悶地瞥了她一眼，但一轉念間，他就明白了對方是爲什麼而生氣。

眞是個好強的女孩子，心中如此想著，溫德爾的嘴角不禁微微上揚。

五、計畫

帶著波恩及梅西來到會客室，修斯伯爵讓梅西先行入座後才跟著坐下，並再次向梅西正式問候。

「別來無恙，殿下。」

「別來無恙，伯爵大人。」

「殿下，陛下近來可好？」

梅西禮貌性地微微一笑道：

「謝謝您的關心，父王依舊是相當硬朗。」

「那可眞是喜上加喜。近來捷報頻傳，想必陛下對此也相當高興吧。」

聽修斯伯爵這麼說，梅西先是微微一愣，才像是想起對方在講什麼一般急忙應道：

「這是當然。」

儘管細微，梅西不自然的反應終究沒能逃過修斯伯爵老練的眼光，伯爵腦筋一轉，心裡已經有了個底，於是試探道：

「話說回來，殿下爲何會紆尊降貴前來臣下的領地呢？」

這一次，早有準備的梅西不疾不徐道：

「是父王派我們來向伯爵請教幾件事。」

「這就怪了，是什麼重要的事還需要親自勞煩殿下？直接派傳令官不行嗎？」

「是這樣的，大部分宮中的傳令官都隨著軍隊前往薩奇國了，剩下的幾位也還在執行其他的任務，剛好我在宮中又待得有些膩，於是就自告奮勇向父王建議由我來拜訪您。」

修斯伯爵微微皺眉道：

「原來如此，但殿下您怎麼只帶著一名貼身護衛呢？不會嫌太過危險嗎？如果需要，回程時臣下可以多派遣幾位士兵護送殿下。」

梅西微笑著擺了擺手道：

「謝謝您的好意，伯爵。我之所以不想帶太多的隨從也是怕擾民，畢竟現在是農民忙著收割的時節，要是因為大舉出巡影響到百姓可就不太好了。況且肯毅也相當優秀，一般的小毛賊是無法對我們造成任何威脅的。」

修斯伯爵讚佩地點了點頭道：

「殿下的用心良苦可眞是令人感動，既然殿下都這麼說，臣下也就不勉強了。那麼，陛下究竟想問臣下什麼事？」

眼見終於要進入正題，梅西正襟危坐道：

「雖說討伐薩奇國一事進展得相當順利，但父王近日來聽到些許風聲，說是有數位領主因故無法派遣其麾下兵力前往助陣，對此父王感到有些不滿，很遺憾的，修斯伯爵您正是其中一位，於是父王便讓我向您問清楚這傳言究竟是怎麼一回事。」

修斯伯爵苦著臉道：

「唉唷，這可不是冤枉嗎，對陛下與合眾國的忠誠，臣下可是一絲一毫都沒有變過，只是啊」

說到這兒，修斯伯爵搔了搔滿頭的白髮苦笑道：

「如您所見，臣下的年紀也不小了，更別提當年和臣下一同披掛戰袍的那些部下，他們有不少可都比臣下還要老呢。所以這些年來，臣下也大多都讓他們告老還鄉去好好過個平靜的晚年，也是因爲這樣，臣下實在沒有多餘的兵力能派給陛下。」

這時，一直站在梅西身後的波恩突然插口道：

「就算是這樣，總會有些是比較年輕的吧？難道留在伯爵您身邊的附庸連一位年輕的都沒有？」

聞言，修斯伯爵皺起眉頭，瞪了波恩一眼道：

「爵士，認清你的身分！我和殿下說話哪有你插嘴的餘地！」

「但是……」

波恩本來還想繼續說下去，但一看梅西也搖了搖手示意自己不要介入，波恩便立刻閉上了嘴巴，但不難看出對此有些忿忿之意。

梅西道：

「我對部下的無禮向您道歉，但是肯毅剛剛所問的，也正是我想問的問題。」

修斯伯爵又瞪了波恩一眼才道：

「殿下，就這個問題嘛，如果您指的是兩次擴張期之間跟著臣下的年輕附庸，如今還留在這兒的已經屈指可數了。畢竟他們大部分人都在第一擴張期就已和臣下一起遵從陛下的命令四處征討，算一算，那也是二十多年前的事了。現在還留下的，除了少數幾個當年還乳臭未乾的小子，其他幾乎都是這幾年新來的，一心想當上騎士的小毛頭。但說眞的，就算加上新來的小子，總共也沒多少人，算一算，適才臣下去迎接殿下時帶的那三十人，再加上留守城堡的幾名士兵，就差不多是全部了。」

說到這兒，修斯伯爵蹙眉道：

「該不會，陛下要臣下將現有的兵力一點不留，全部派去參加皇家遠征隊？」

注意到伯爵語氣中的怨懟之意，梅西趕忙搖手道：

「這倒是不至於，但是……」

不待梅西說完，修斯伯爵嘆了口氣，語重心長地說道：

「殿下，您在莫諾珀利待久了可能不甚清楚，但是近年來，尤其是在陛下宣布徵兵後，盜賊可猖獗吶。那些不願意接受王室徵召的逆民，不少都逃到領地之外集結成眾，三不五時便洗劫路過的旅客，或者趁夜裡劫掠領地中的無辜百姓，對各領主的領地都造成了相當大的威脅。有鑒於此，臣下留下一些士兵來保護自己的領地，以防百姓遭受不法之徒的騷擾，應該也屬情理之中，您說是吧？」

「嗯……這麼說也沒錯。」

不知不覺間，本是來興師問罪的梅西，此刻卻反而成了理虧的一方。看到梅西臉上難掩挫折的表情，修斯伯爵微笑道：

「那麼，既然殿下已經清楚臣下既沒有意圖、更沒有膽量違背陛下，這個誤會就到此告一段落吧。除此之外，還有臣下能爲您效勞的地方嗎？」

聽到修斯伯爵這麼說，會客室窗外，從對話伊始就和溫德爾一同躲在窗邊偷聽的法萊雅不禁微微莞爾，見梅西本想靠旁敲側擊探聽伯爵口風，卻反而被對方掌握對話節奏，不僅沒打探到消息，還被倒打一耙找不到台階下，法萊雅心中暗笑，世子終究還是太過年輕了。

另一方面，身爲當事人的梅西，則是絞盡腦汁努力思索，有什麼方法既能突破眼前困境，又不至於和修斯伯爵當場撕破臉。苦思良久，梅西靈光一閃道：

「如您所說，這件事就當作是個誤會好了。除此之外，我們還有一件事需要伯爵您幫忙，能否讓我們視察目前穀倉中儲糧的情況？」

聞言，修斯伯爵眉頭一皺道：

「這倒是沒問題，但能否告訴臣下原因呢？」

梅西點了下頭，面轉凝重道：

「其實近來許多領地都傳出糧食歉收的消息，父王認爲，有可能是徵兵使得男丁不足所致。因此，父王正思索是否要將部分兵員遣回各領地，但由於前線也需要大量軍力，爲了做出妥善的決定，父王便命令我在出巡時，順道調查各領地實際的存糧，好作爲日後參考。」

修斯伯爵點點頭道：

「原來如此，這確實也屬情理之中，那好，臣下這就……」

話還沒說完，一名士兵忽然闖了進來，朝梅西與修斯伯爵各行一禮道：

「世子殿下、領主大人，十分抱歉打斷兩位，但小人有要事必須向領主大人匯報。」

一聽，修斯伯爵向梅西道：

「殿下，請恕臣下暫且失陪。」

梅西點了點頭後，修斯伯爵就轉身和士兵走出會客室。

意識到機不可失，法萊雅向溫德爾低聲道：

「機會來了，我們得走了。」

不待溫德爾回答，法萊雅從懷中掏出一張字條揉成紙團狀，透過窗戶輕拋向波恩腳下。與此同時，她左手拉住溫德爾，簡短地說了一聲：

「走！」

接著一發力，便無聲地拉著溫德爾奔往城堡後牆的方向。

會客室內，波恩一見到由窗口扔進的紙團，反射動作便是一個箭步朝窗口竄去，探頭向窗外張望。可是他卻發現外頭什麼人都沒有，於是只好納悶地轉身回來，自然，他異常的舉動也招來梅西驚訝的目光。

「外頭有人？」

波恩聳了聳肩表示什麼都沒看到，接著便拾起地上的紙團打開，只見紙上赫然寫了兩個大字：

「快逃」

波恩臉色一變，將紙條遞給梅西，梅西看了看，困惑地皺起眉頭，隨手將紙條納入懷中，低聲問道：

「這是剛才有人從窗戶丟進來的？」

「是的。」

「你沒看到是誰丟的？」

「沒有，對方的動作相當迅速。」

「嗯……那依你說，我們現在該怎麼辦？」

聽梅西問到了重點，波恩毫不猶豫地答道：

「雖然不知道是誰丟的紙條，但寧可信其有，不可信其無。畢竟我們本來就已經懷疑修斯伯爵是否打算反叛，再加上適才那士兵不知是要通報什麼緊急狀況才如此匆促，人生地不熟，我們還是盡快離開此地爲妙。」

梅西猶豫道：

「可是……如果錯過這次，也許我們再也沒機會搞清楚伯爵究竟有沒有私藏兵力了。」

波恩搖搖頭，毫不退讓地說道：

「正如我先前所說，殿下您毫無必要爲了確認區區一名領主是否打算造反而背負如此大的風險。」

沉吟片刻，梅西點頭道：

「好，就依你的。但如果我們突然改變主意要馬上離開，伯爵那邊又要怎麼解釋？」

波恩攤手道：

「殿下，我只是區區一介護衛，要我打鬥還行，但要拐彎抹角的編出一堆謊話可就眞要我的老命了，所以還是請能言善道的殿下自己想個說詞吧。」

梅西嗤笑道：

「呿，就會趁這種時候偷偷損我。」

就在此時，腳步聲響起，面色陰晴不定的修斯伯爵走進會客室道：

「讓殿下見笑了，適才士兵向臣下報告，似乎有人偷偷潛進了城堡，還打昏了一名巡邏中的衛兵。目前，臣下已經下令在城內進行地毯式搜索，爲了殿下的安全，在捉到不速之客前，臣下認爲此刻並不適合到糧倉視察，畢竟也不知道賊人現下躲在哪裡。」

修斯伯爵這番話無疑是正中兩人下懷，梅西順勢道：

「既然如此，就不爲難您了。由於我們還得趕著回莫諾珀利，如果現在不適合，就請伯爵您日後整理好相關稅收文件再彙報到宮廷，我和波恩就先告辭了。」

聽兩人這就打算離開，修斯伯爵勸道：

「殿下您現在就要走了？如果您是擔心潛入堡內的宵小之徒，臣下可以保證，有臣下和士兵保護，您絕對安全無虞，反而要是您現在離開，由於還不清楚賊人是否已逃了出去，恐怕會更加危險。」

「沒關係的，我已經說過了，波恩的實力絕對足以應付一般的毛賊。只不過，我倒是想向伯爵您借兩匹馬。」

修斯伯爵遲疑道：

「借馬只是小事，但……不然這樣好了，殿下急著回宮是吧？不如臣下派幾名衛兵護送您到伊特納河畔乘船如何？」

「這就不勞煩伯爵了，您不也說目前城堡裡可用的士兵寥寥無幾嗎？當務之急應是先找出潛伏進來的宵小之輩，我們兩人沒問題的。」

梅西合情合理的說詞之中帶著堅持之意，既然王子都這麼說，仍有些摸不著頭緒的伯爵也只好妥協。

「既然您如此堅持，那好，臣下這就派人爲殿下備馬。」

與法萊雅一同趴伏在城堡的瞭望塔頂，溫德爾看著梅西和波恩緩緩騎出城，忍不住納悶道：

「你在那張紙條上究竟寫了什麼？」

「就快逃兩個字而已。」

「快逃？爲什麼要逃？」

法萊雅白了溫德爾一眼道：

「這還用問？你剛不也看到了？伯爵走出會客室的時候，肯定是順道讓他那些躲在穀倉裡的士兵全部換到其他地方去，以防王子堅持要視察穀倉，所以那些士兵剛剛才會一股腦兒匆忙從穀倉裡跑出來，又摸進城堡其他地方去躲藏。由此可見，伯爵肯定是次子派的。」

溫德爾搖頭道：

「但妳寫字條的時候是在看到這件事之前，不是嗎？」

「那又如何？我們稍早不就已經推論出伯爵十有八九是屬於次子派了？」

雖然法萊雅的說法聽起來相當合理，但溫德爾總覺得還是有些不對勁，他仔細想了想，才終於發現問題所在。

「那好，退一步來說，就算我們早知道伯爵是次子派的，但如果妳已經料想到伯爵會事先將穀倉中的士兵給藏匿到其他地方，即便讓梅西他們視察穀倉也無妨吧？他們依舊無法確定伯爵究竟有沒有藏匿私兵，既然找不到證據，他們就不能一口咬定伯爵是次子派，同樣的，只要王子沒有證據，對伯爵而言也就不構成威脅，那妳又何必要他們逃呢？」

聽著溫德爾的推論，法萊雅只是不發一語地看著梅西二人漸行漸遠。眼見得不到回應，溫德爾追問道：

「妳應該還有其他的目的，沒錯吧？」

法萊雅嘆了口氣，轉過頭來直視溫德爾道：

「起先我還以為用伯爵是次子派這個理由就可以打發過去，看來對你似乎是行不通吶。」

「所以真正的理由是？」

「真正的理由，是我要誤導伯爵，讓他認為梅西已經發現了事實，進而派人去追殺世子。如此一來，被追殺的梅西就會清楚了解到，王國內確實是有另一股勢力等著與他爭奪王位。」

聽到法萊雅的打算，溫德爾不禁倒抽了口涼氣，但是仔細一想，他又提出質疑：

「如果你只是要讓梅西發現這回事，直接蒐集證據後告訴他不就好了？為什麼還要刻意陷他們於危險之中？」

法萊雅搖頭道：

「不，我不只是想讓梅西了解，我要讓兩方都清楚意識到，對方已經知曉了自己的存在。」

「……」

溫德爾想不通。

他不理解的事情實在是太多了，但最讓他摸不透的，還是眼前這位與他年齡相仿的少女。雖然一直覺得法萊雅與自己是如此不同，但直到此刻，溫德爾才真正體會到，少女的深謀遠慮已經到了有些令人害怕的地步。

看到溫德爾眼中不經意浮現出的些許退縮，法萊雅不發一語的轉過頭去。

過了一會，溫德爾才又問道：

「可是……妳不是支持世子繼承王位嗎？既然如此，為什麼又要特意引起次子派的警覺？」

法萊雅苦笑道：

「呵，想不通吧。是啊，最終我是希望梅西繼位的，他的政治理念和我的目標較爲相近，所以接下來我就得去保護他不被伯爵的部下所殺。只不過爲了最終的目標，我還必須讓王位繼承權的爭奪戰白熱化，所以首先」

說到這兒，法萊雅從懷中掏出一封信。

「就得刺激一下那位蓄勢待發的領主大人了。」

隨後，法萊雅和溫德爾偷偷由窗戶摸進領主的書房並將信給放在桌上，接著兩人回到瞭望塔頂，觀察一陣後，法萊雅挑中了城堡正門側邊的一棵大樹。

爲了瞄準方便，法萊雅無聲無息地跳上較靠近正門的另一座瞭望塔塔頂。只見她半跪在塔頂，就這麼閉上雙眼開始了冥想，正當溫德爾想著她該不會是睡著了的時候，法萊雅忽然睜開雙眼高舉右手，儘管隔了一段距離，溫德爾仍能隱約感覺到強風正在向她的手中聚集、壓縮，最後形成一道無形的利刃。

這是爲什麼呢？

儘管看不見、儘管只是由風所匯集而成，溫德爾仍本能地察覺到那是一道鋒利的憤怒，像是冰冷而殘酷的意念於現世具象成形之物。

這時，溫德爾將目光轉向了法萊雅，一看到對方的表情，他忍不住微微打了個寒顫。因爲法萊雅冷酷的面容與高舉的右手，令溫德爾直覺感受到此刻的對方，就是一位無情的執法者，準備將眼前的目標毫不留情地剷除、準備賜予阻礙者絕對的制裁。

瞄準目標，法萊雅纖手一揮，憤怒之風便激射而出，輕易將那棵大樹給攔腰斬斷。只聽碰的一聲巨響，樹木倒在地上揚起的煙塵和隨之而來的混亂，很快就將所有的士兵都吸引了過去，而法萊雅便趁這時悄無聲息地繞回溫德爾躲藏的地方。

「我們就趁這個機會從後牆逃出去。」

平靜地如此說道，此刻的法萊雅已經恢復了平時淡然的表情，毫無剛才的冷酷與憤怒之意，至少，溫德爾是這麼覺得。

「真虧妳把場面搞得這麼誇張。」

法萊雅難得俏皮的吐了吐舌頭道：

「沒辦法，既然想低調離開，就只能讓其他的什麼高調一下囉。」

話才剛說完不久，兩人已經來到了城堡的後牆下。看向上方，法萊雅道：

「這次就沒時間讓你慢慢往上浮了，我們得一口氣越過城牆。」

溫德爾一聽，突然有種不妙的預感。

「等等，妳的意思是」

不待溫德爾說完，法萊雅右手已經緊握住他的左手，只聽她低聲默念了一句，呼嘯的風便從四方湧現，匯成一股極其強烈的、由下往上的氣流。

「等等，我還沒習慣……」

下一瞬間，見到自己的雙腳飛快遠離地面，溫德爾不由得浮現出一個念頭。

自己也許，真的是上了賊船了。

今天到底是吹什麼風來著？

先是梅西王子毫無徵兆的來訪、接著是許久以來都沒有外敵入侵過的城堡潛入了外人，而且到現在都還沒抓到；最後，又一陣莫名奇妙的怪風將城門口的樹給攔腰吹斷，要不是有數名目擊士兵信誓旦旦地說那是被風吹斷，從那棵樹整齊的斷面看來，自己絕對會以爲是被什麼鋒利的大斧給瞬間斬斷的。

想到這兒，修斯伯爵不禁打了個寒顫。

如果那陣風吹到的不是樹而是人，又會怎麼樣呢？

也罷，別去想那些毫無意義的事情了，梅西王子已經一無所獲地離開，接下來只要再把入侵的小賊給抓住，一切就能回復正常。只是仔細想想，這賊人潛入的時間還眞巧，剛好給了自己一個打發世子的藉口。

忽然間，修斯伯爵感到有些奇怪。

話又說回來，殿下口中的傳言究竟是誰傳開的？難不成是支持世子的那群傢伙已經發現了己方的意圖，所以想先下手爲強？不，應該不會，如果已經發現了，他們絕不會讓世子冒這個險，隻身匹馬闖進敵營，這豈不是送死嗎？還是說他們料定自己不敢動手？

哼，要是他們眞這麼想，那也未免太過天眞了，世子不過就是個乳臭未乾的小毛頭，要神不知鬼不覺解決掉他還不簡單，只要事後將事情推得一乾二淨，泰倫尼再怎麼懷疑也無法定自己的罪。

左思右想的同時，修斯伯爵推開了書房的門。

以防萬一，還是給偉德大人寫封信報告一下好了，或許大人能看出什麼自己沒發現的端倪也說不定。

修斯伯爵走到書桌前，正打算從抽屜拿出墨水與紙筆，卻看見一封信端端正正地擺在桌面上。

「嗯？之前有這封信嗎？」

修斯伯爵納悶地喃喃道。

不知為何，儘管連信封都還沒拆開，他卻有種不祥的預感。

是管家忘記新的信送到了，還是只是他還沒通知自己？

又或者……這是潛進城堡的人偷放在這的？

一想到最後這個可能，修斯伯爵立刻唰的一聲抽出佩劍，謹慎而緩慢地掃視了書房一圈。確定暫時沒有危險後，修斯伯爵喊道：

「來人！」

聽見伯爵的大喊，門外的親兵立刻走進房內。

「是！請問大人有何指示？」

「你，帶著兩名士兵去我的臥房搜索一下，看有沒有賊人躲在裡頭。記得，仔細搜索，連一個老鼠洞都別漏掉。」

「是，大人！」

做出指示後，伯爵才稍微鬆了一口氣，說起來，城堡裡唯一還沒搜索過的地方就只剩自己的臥室和書房了，一部分的原因也是自己平時從來不讓士兵踏進這些地方半步。這麼一想，伯爵愈發覺得賊人就躲在自己臥房的機率相當高。

等待士兵進行搜索時，伯爵順勢將手中的信封拆開讀了起來，沒一會兒，他的臉色便霎時間變得鐵青，雙手也開始不斷顫抖。

「該死的……」

難怪本來堅持要視察穀倉的王子會突然離開，肯定是自己讓士兵們轉移躲藏地的時候被潛入的那些小賊給看見了，然後不知道用什麼方法通知了王子，王子才會急急忙忙地逃走。

伯爵並不笨，不、應該說他之所以能在陰險詭譎的政場上存活到今天，便是因爲他既聰明又有敏銳的政治嗅覺。基本上，除了法萊雅是在看見士兵轉移陣地之前就通知梅西外，其他他都猜對了。

「報告大人！您的臥房已經搜索完畢！請放心，裡頭連一隻老鼠都沒有！」

這時，負責搜索的親兵走過來向修斯伯爵如此報告，他本以爲伯爵會滿意的稱讚他一番，只可惜，時機不大對。

「放心個屁！快把先鋒部隊的隊長給我叫來！還有，調動所有弓箭手，讓他們準備好快馬跟裝備，十分鐘後在練兵場集合！」

「是！屬下這就去辦！」

「快去！順便叫先鋒部隊的隊長把皮給我繃緊點，這次的任務如果失敗，他就不用回來見我了！」

靠著法萊雅的幫助，不到一小時，兩人就藉著森林的掩護回到修斯伯爵的領地邊緣，也就是他們當初折返的地方。看到兩匹馬還好端端的綁在樹上沒被人牽走，兩人都不禁鬆了一口氣。

在連續的奔走之後，法萊雅似乎也有些疲倦了，雖然她聲稱自己還能繼續趕路，溫德爾還是堅持先就地休息一會兒。於是經過好一番的爭執與妥協，兩人最後決定再走一小段路，到附近一個小丘陵上的樹下休息，因爲從這裡可以清楚地俯瞰廣大的山麓平原，就算伯爵連夜派出追兵，在明亮的月光下他們也一定能發現。

這時，法萊雅道：

「以防萬一，我還是做一下保險措施好了。」

溫德爾不解道：

「保險措施？」

法萊雅點點頭，也不多做解釋，只是簡短地說道：

「我沒說好之前別打擾我。」

仍舊是一頭霧水的溫德爾，只好呆呆看著法萊雅接下來的一舉一動，只見她走到較爲空曠的地方，閉上雙眼、兩手自然下垂，臉頰則是微微上揚，接著低聲輕唸了幾句話，但因爲實在是太小聲了，溫德爾根本就聽不清楚她到底在說什麼。

不過，在法萊雅唸完的瞬間，變化就這麼發生了。

本來吹拂著的東北風，即便不算微弱，卻也絕不能算是強風，然而就在溫德爾感覺有什麼東西就要來了的瞬間，一陣撲面而來的強風便將他吹得連眼睛都睜不開，等到好不容易張開雙眼，眼前的景象頓時令溫德爾驚訝得連話都說不出來。

以法萊雅為中心，半徑約莫三米的範圍內，及膝的雜草完全被風勢吹得塌伏在地，但三米以外包含了溫德爾所坐的地方，卻連一丁點兒微風都沒有。在那狹小的空間中，明明如此強勁的風勢在其中肆虐，暴風正中央的法萊雅卻似乎沒有絲毫的不適，她只是微仰起頭面對夕陽染紅的天空，像是在思索著、又像是在用她緊閉的雙眸，仰望著不屬於這世界的某物。

看到這幅景象，溫德爾不由得回想起那個在懸崖旁進行的儀式。

也回想起至今，他依舊不清楚自己該不該怨恨的克莉絲多。

克莉絲多·米瑟利。

這個名字，這個他刻意想忘記的名字，卻在看著眼前的法萊雅時躍出回憶的海洋，暴露在意識的陽光下。這個名字像是一把他刻意丟棄的鑰匙，一把專門用來開啓裝著痛苦往事之盒的鑰匙。

也在這瞬間，溫德爾才意識到自己有多麼愚蠢。

米瑟利，是啊，法萊雅不也是姓米瑟利？自己怎會遲鈍到這種地步，直到現在才發現這件事？甚至就連兩人的髮色也有些相似，法萊雅是燦爛的金髮中混雜著幾絲典雅的棕色，而克莉絲多的髮色，便正是那種棕色。

想到這裡，溫德爾黯然嘆了口氣。

如果見死不救與殺人同罪，那克莉絲多肯定也算是自己的殺父仇人了，更別說她還幫助羅恩找到自己的父親。

但為什麼自己卻連一點想復仇的念頭都沒有？

話說回來，就算真的復仇了又能怎麼樣？老爸能再活過來嗎？

就在溫德爾被自己複雜的思緒所困時，暴風消失了，而原先暴風範圍外不知躲哪兒去了的東北風，也偷偷摸摸回到了此地，輕輕撓動著溫德爾的衣角。

像是感應到溫德爾的視線，法萊雅睜開雙眼向他望了過來，然而皺著眉頭的她看起來卻顯得有些不安。

「我干擾到妳了？」

注意到法萊雅複雜的神情，溫德爾不禁疑惑自己是不是無意間妨礙到了她的儀式。

「不，沒事，已經結束了。」

像是想將某個畫面從腦中驅離似地，法萊雅用力甩了甩頭，一瞬間，她的神情變得疲倦無比。見狀，溫德爾勸道：

「妳還是先休息一會兒比較好。」

這次法萊雅聽從了溫德爾的建議，她踉蹌地走到一株樹旁，單手撐著樹幹不斷喘氣，過了一會兒，才緩緩坐倒，有些費力地將背靠在樹幹上。完成這一連串動作之後，法萊雅道：

「從背包拿一塊麵包給我，麻煩了。」

溫德爾照做，接著兩人便各自靠在樹幹上，邊啃著乾糧充飢，邊看著夕陽漸漸隱沒在遠方的地平線上。

突然間，溫德爾問道：

「剛剛那個也是預言的一種？」

「嗯。」

法萊雅應道，聽了，溫德爾便不再言語。

「你沒有什麼其他要問的嗎？」

原本預期會有更多問題接踵而來的法萊雅，對於意料之外的沉默微微感到奇怪。

「有啊，多的跟山一樣。」

法萊雅困惑地瞄了一眼溫德爾，對上她的視線，溫德爾立即讀懂了對方目光中的涵義：「但是你卻什麼都不問？」

溫德爾聳了聳肩道：

「因爲很有可能我會愈問愈混亂吧。」

聞言，法萊雅輕笑道：

「你這人還眞是奇怪。」

「是嗎？」

「是啊。」

「或許吧。」

在旁人聽來，這可眞是令人啼笑皆非的對話。此時，溫德爾突然又道：

「法萊雅。」

「嗯？」

「那個時候，你很生氣？」

法萊雅側了側頭，困惑道：

「你是說剛才？沒有啊。」

似乎以爲溫德爾指的是剛剛的儀式，不知爲何，她顯得有些不安。

「不，我是說我們要逃出城堡前，你準備砍斷那棵大樹的時候。」

「……爲什麼會這麼想？」

「直覺。」

「直覺？」

「嗯。」

這對話有種莫名的既視感呢，法萊雅如此想著。但還沒想到該怎麼回答這個問題，儀式結束後的疲倦便化爲濃濃的睡意襲了上來。

溫德爾還在等待著回覆，然而，法萊雅均勻而綿延的呼吸聲，卻似乎暗示著她已經睡著了。無論是不是眞的睡著，至少，可以知道對方並不想回答這個問題。

溫德爾微微一笑，輕嘆口氣，也靠上身後的樹幹。

「那就沒辦法了。」

暮冬的清風拂過樹林，微冷，卻不再帶著嚴冬的刺骨。

看樣子春天也不遠了，溫德爾想著想著，也漸漸沉入了夢鄉。

他夢見了一個夢，但夢中，他希望這只是個夢。

六、矛盾

好累。

半跪在有些顛簸的小船上，法萊雅這麼覺得。

極短的一瞬間，她還有些奇怪自己爲何會突然如此疲倦，簡直像是在夏天毒辣的陽光下連續奔跑了好幾個小時之後，那種累到隨時要昏倒的感覺。

雖然剛才就有點累了，但似乎沒有這麼嚴重才對啊？

但下個剎那，法萊雅便不再對此感到疑惑，只是繼續打起精神，努力應付眼前鋪天蓋地而來的箭雨。

這是她一直在做的事情，也是爲何會感到疲倦的原因，不是嗎？

法萊雅在身前十米處造出一堵風之障壁，擋住了所有襲來的箭矢，撞到無形風牆上的箭就像是撞在眞正的牆上，紛紛無力地跌入水中。但也有極少部分的箭湊巧射中風牆上幾處較爲脆弱的地方穿了過來，可即便如此，其速度和力道也已大幅減弱，此時波恩和溫德爾就會用手上看似盾牌的東西將它們擋開，不過要是仔細一看，就會發現那些所謂的盾牌，不過是木桶的厚蓋子罷了。

怎麼還沒到岸邊？法萊雅焦急地想著。

抽空往回望了望，只見離河岸還有約莫十五米的距離，這一望，也讓她注意到小船上還有兩個陌生男子正努力地划著槳，以及另外一男一女瑟縮在角落，露出一臉驚慌的模樣。

很好，快到了。

只要一上岸，就可以迅速逃離弓箭手的射程範圍，雖說沒把對岸那些弓箭手滅口，之後恐怕會有不小的麻煩，但……唉，算了，還是先以保護所有人的安全為第一要務吧。

對於追隨自己身後之人，我絕不能辜負他們的信任和期待。

這樣的念頭，也是此刻已經有些恍惚的法萊雅，之所以能繼續撐下去的原因。

儘管如此，法萊雅還是感到愈來愈力不從心，這點從穿過風牆的漏網之魚愈來愈多便能看得出來，身旁的溫德爾馬上注意到了這個變化，他擔憂地看了看她，然而此刻法萊雅毫無分心的餘力，就連轉過頭去微笑一下讓對方安心都辦不到。

又是一波箭雨灑下，法萊雅用盡全力維持住風牆的形狀，才好不容易將它們給全數擋了下來。但她才剛無力地垂下雙手喘了口氣，箭矢破空之聲便又如過境黃蜂般響了起來。

該死，又來了。

然而準備再次造出風牆的法萊雅雙手才剛一舉起，便又不受控制地軟軟垂了下去，令她頓時一陣驚慌。

我的身體，快動啊！

快動！

但是無論法萊雅再怎麼命令，她的身體依舊是完全不聽使喚。別無選擇下，法萊雅只能集中精神，試圖單靠想像創造出風牆，但無論她再怎麼努力，空氣的流動沒有產生任何變化，自然也什麼事都沒有發生。

與此同時，呈拋物線射出的箭矢越過了最高點，紛紛化為加速下墜的死亡之雨。對鋪天蓋地而來的箭雨，法萊雅拒絕接受。

不行，我肩上的責任不容許我就此死去。

法萊雅努力想像著想要守護某人的意志，但沉默的風卻始終沒有回應她的呼喚。

眼見箭雨迅速逼近，法萊雅卻無計可施，面對即將到來的死亡，比起恐懼，首先浮現心中的卻是不甘。

我竟然這麼沒用，連守護區區幾個人都辦不到？

那還談什麼幫大家創造更美好的未來？

就在法萊雅絕望之際，突然間，某個人從身後抓住她的肩膀，用力往後一拽並閃身擋在前方。

對於這意料之外的展開，法萊雅訝異地抬起頭來，而她頓時間便呆住了。

怎麼會是他？

他怎麼可能是這種人？

背對著箭雨，溫德爾無奈地笑了。

不不不不不不不！

法萊雅試圖大喊要對方閃開，畢竟這是她的責任，是她想藉著和世子的巧遇來達成自己的計畫，但法萊雅卻發現，動彈不得的自己甚至連一點聲音都發不出來。

像是要將世界染成黑色一般，銳利的黑色之雨無情地落下，隨著身後絕望的呼喊聲響起，法萊雅的意識也陷入無邊無際的黑暗……

隔天天還沒亮，兩人便策馬趕往距離此地最近的伊特納河河港。騎到半路，溫德爾突然想起心中盤旋已久的問題。

「說起來，妳在那封信裡究竟寫了些什麼？怎麼就這麼確信伯爵看了之後會派人去刺殺梅西？」

但他問完好一會兒，法萊雅才像是突然從沉思中回過神來。

「嗯？你說什麼？」

很明顯法萊雅完全沒聽見他的問題，於是溫德爾只好耐心把問題重複一次。

聽完，法萊雅心不在焉地隨口答道：

「喔，那個啊，是招降信。」

溫德爾想了一想，說道：

「也就是說，妳在那封信裡要伯爵放棄支持次子，投入世子的陣營……確實如此一來，伯爵就會立刻知道自己的底細已經暴露，但是也不能篤定他會就此派人去刺殺世子吧？難道他不怕國王向他報復？」

法萊雅用力甩了甩頭，但倒不是在否定溫德爾，反而更像是試圖將注意力集中到目前的對話上。

「他當然怕，只是我想伯爵八成已經察覺到世子實際上並非國王派來的。就在他向梅西道賀對薩奇國的討伐圓滿成功時，梅西顯得有些遲疑對吧？」

聞言，溫德爾努力回想當時在窗外偷聽時的情況。

「聽妳這麼一說，好像確實是如此。」

「如果梅西真的是由國王派來的，就時間看來，從宮廷中出發的他不可能不知道薩奇國已被攻陷的消息，然而梅西表現出來的模樣卻並非如此，於是伯爵就會想到世子可能只是順道路過此地，而非受國王所命專程前來。畢竟，以拜訪一位可能反對自己繼位的領主而言，只帶一名隨從是嫌太過托大了。光是世子很有可能只是路過這件事本身就足以引誘領主出手，更何況……」

說到此處，法萊雅頓了一頓。

「爲了盡可能提高伯爵出手的機率，我還在信中寫上了招降的條件。」

溫德爾好奇道：

「什麼樣的條件？」

法萊雅横了溫德爾一眼，像是責怪他都不先自己想想。

溫德爾則聳聳肩，表示自己對這種權謀計算之類的事情實在是毫無頭緒。

見狀，法萊雅嘆了口氣道：

「條件就是，如果他願意投入世子的陣營，就必須立刻寫封投誠信到宮中，以蠟密封住並註明只有世子能拆封，如果世子回到宮裡，這封信還沒送到，就會將修斯伯爵視爲叛徒上報給國王知曉。」

「給予時間限制以增加壓力？」

「沒錯，雖說飛鴿傳書肯定比搭船由伊特納河順流而下回到首都快，但是以速度看來，最遲伯爵也得在梅西離開後兩天內就把信寄出才能百分之百確定信會提前送達。如此一來，心急的伯爵就會立刻開始權衡暗殺與投誠兩相間的利弊。」

溫德爾再次驚異於法萊雅縝密的思路，他沉吟道：

「暗殺的話……假定世子不是國王派來的，那只要世子被殺的地方離自己的領地有相當的距離，國王就很難懷疑到自己頭上，畢竟在這種世道，旅行途中發生什麼都不足爲奇。退一步來說，就算眞的懷疑自己，也能打死不認是吧。」

法萊雅點頭道：

「而且暗殺也是最直截了當的方法，一旦成功就能確保接下來是次子繼位，畢竟國王並無其他子嗣。」

溫德爾想了想道：

「但是在我看來，投誠似乎也並非完全不可能？首先，不用抱著暗殺失敗或者即使成功卻暴露的風險。其次，若是投誠到世子麾下，以修斯伯爵原有對次子派的了解，加上其他次子派並不知道他已經背叛了己方，如果就這麼當個『內奸』，裡應外合之下，要瓦解次子派應該也不是什麼難事？」

法萊雅聞言嘆了口氣道：

「你會這麼說是因爲你對宮廷還不瞭解，當伯爵送了一封只有世子能啓封的信到宮中的那刻起，這事就不可能不傳開，一旦消息傳開，別說是當內奸了，如果你是泰倫尼的小兒子，聽到這個消息你會怎麼想？」

溫德爾皺眉道：

「也就是說，只要一投誠，就得被迫立刻面對次子派的反目相向？」

「沒錯，而且這還不是最慘的，如果寄了信後世子又不立刻表態支持，就會變成自己兩面不是人。畢竟修斯伯爵的勢力沒有大到雙方寧可冒著遭到背叛的風險也要爭取到的價値，也沒有大到國王會因爲顧忌其實力而不敢動他的程度。所以從另一個角度想，這封信也可能只是世子用來孤立伯爵的陷阱，眞正的目的則是讓國王便於剝奪修斯伯爵的權力，轉授予另一位世子更爲信任或實力更爲強大的領主，好進一步鞏固自己的勢力。不過話說回來……」

說到這兒，法萊雅揶揄地看了看溫德爾。

「確實如你所說，我們也不能完全消除伯爵選擇投誠的可能性，只要他像某個不諳世間險惡的草包一樣的話……」

這下，溫德爾知道自己是眞的被看扁了，但他思慮不周也是不爭的事實，溫德爾只好無奈地苦笑道：

「這方面妳倒是用不著擔心，既然能坐上領主的位置，伯爵就絕不可能會犯我這種未經世事的草包才會犯的錯誤。」

聽了溫德爾的自嘲，法萊雅淺淺一笑道：

「既然你都這麼說了，我們就排除這個可能吧。回到剛才說的，引誘伯爵進行暗殺的最後一個誘餌，就是平時總是由重重防衛網所保護的世子，現在不僅人在宮外，又只有一名侍衛隨行，換句話說，此刻的世子無異是隻還沒學飛又走在地上的雛鳥。如果想要暗殺，現在絕對是最好的時機。」

「如果是妳，肯定會選擇暗殺吧？」

「易地而處的話，是的，我會選擇暗殺。」

說完，法萊雅頓了頓，接著以強勢的語氣道：

「但說眞的，我不可能會需要作出這種選擇，因爲我不是伯爵那類需要選邊站的依附者。我，必然會是領導者。」

對此，溫德爾沒有答腔。

即便是自信滿滿的發言，不知爲何在溫德爾聽來，卻像是被逼到絕境的猛獸，轉身發出的絕望怒吼。

兩人本來都一心認爲，只要趕到伊特納河畔最近的碼頭，就能找到正在等待船隻的梅西和波恩，但是仔細一想，就會發現這樣的假設似乎是過於樂觀了。

說來也是，比起在城堡裡耽擱了一陣而且又花了不少時間休息的他們，收到「快逃」這個警告的梅西和波恩也許是馬不停蹄的直奔碼頭，早就乘著船隻順流而下前往莫諾珀利了。

而就眼前的情況看來，事實似乎正是如此。

「您是說，上一班船在一小時前就啓航了？」

溫德爾皺著眉頭問道。

「是啊。」

小小的碼頭上唯一的老船伕肯定的點了點頭。

「那下一班船是在什麼時候？」

「大概得等到下午了吧，這種鄉下地方，往下游的船班一天也不過就兩班，早上一班下午一班。不過如果你們只是要渡河到對岸去，我倒是現在就能載你們過去，不貴，一人只要一枚銀幣。」

「不了，謝謝您的好意。我們不是打算到對岸去的。」

就在這時，法萊雅插口道。

這時才注意到法萊雅的老船伕不禁定睛仔細看了看她，讚嘆道：

「喲，這位姑娘長的可眞是標緻，老頭我活了這麼大半輩子，還是頭一次見到這麼漂亮的小女孩兒。」

然而，聽到如此露骨的稱讚，法萊雅似乎顯得不太高興，老船伕也馬上注意到了這點，隨即轉移話題道：

「唉，你們不打算過河可真是令人遺憾。總之，如果你們打算搭船往下游去，就只能慢慢等了。」

法萊雅思索了一會，向老船伕問道：

「老先生，請問往下游方向的下一處碼頭大概距離多遠？」

老船伕摸著下巴，瞥了兩人牽的馬一眼，說道：

「如果是快馬趕路，五個小時內也許能趕到吧，夠快的話，說不準你們還能搶在上一班船之前到達。」

「那再請教您一個問題，上一班船的船客中，有沒有一名看起來約二、三十歲的高壯青年和一個個子矮小、看起來只有十五歲上下的男孩？男孩的頭髮是很鮮豔的紅色。」

船伕聞言，搓揉著下巴思索了好一陣子，突然一拍腦袋道：

「好像眞有姑娘妳說的這兩個人，只是……妳說的那個男孩當時也許是包著頭巾來著？所以我對他頭髮顏色倒是沒什麼特別的印象。啊，對對，我想起來了。比較大的那個小夥子就像姑娘妳說的，還眞的是挺壯的，不過他一副急急忙忙的模樣，剛來到這兒時，一聽到直到天亮前都沒有船班，還一副苦惱的樣子。苦惱歸苦惱，最後他們還是乖乖留下來等到早上，不然還能怎麼辦呢？總不能用游的，你們說是吧？」

「……」

見法萊雅和溫德爾沒什麼表示，說得正高興的老船伕顯得有些掃興，但他仍接著道：

「說起來，現在的年輕人啊，他們也好、妳們也罷，不過是搭個船而已，都一副趕著投胎的模樣，不知道是在急什麼勁兒。等妳們老了就知道……」

不等老船伕把話說完，法萊雅便簡短道了聲謝，打斷對方接下來的經驗談。她用眼神向溫德爾示意到一旁去說話，留下老船伕自己一人在原地嘟囔著。對此，溫德爾倒是有些能體諒老船伕的心情，如果自己大半輩子都是對著同樣的風景一個人度過，恐怕也有滿腹的牢騷想找人宣洩吧。

走到老船伕聽不見的地方後，法萊雅率先道：

「即便下一班船一個小時後就會到，只要不是和梅西他們搭同一班船就沒有意義。所以這麼看來，現在唯一的方法就是由陸路趕往下個碼頭，祈禱中途能攔截到他們了。」

溫德爾點頭同意對方的說法。

「確實，雖說如果這些船班中途會在某個碼頭停下來裝載貨物的話，也許還有可能追上，但那樣的不確定性太高了，況且也不知道得花上多久。」

「再加上從伯爵的角度考量，領地就在附近的他肯定知道晚上沒有船班這回事。這麼一想，如果打算在離領地稍遠的地方刺殺梅西，又怕追太遠會追丟……」

聽法萊雅說到這兒，一個隱隱約約的不祥念頭浮現在溫德爾腦中。

見溫德爾似乎也想到了，法萊雅略顯凝重地說道：

「沒錯，我們或許都猜錯了，很有可能打從一開始，伯爵就是直接派暗殺者前往下一個碼頭或者是碼頭附近的河岸準備伏擊他們，所以一路上我們才會完全沒見到追兵的蹤影。」

這時，溫德爾已經知道法萊雅接下來打算怎麼辦了。

「那我先去請那位老先生幫我們照顧一下馬兒？」

法萊雅先是反射性點了點頭，才一愣發現溫德爾已經察覺到自己的想法，她微微一笑道：

「你的反應愈來愈快了。」

溫德爾也笑了笑，但牽著馬走開時，他用只有自己能聽到的聲音悄聲咕噥道：

「要是面對妳反應不快點，恐怕連怎麼死的都不知道了。」

離開碼頭後，法萊雅選擇由主要幹道與伊特納河之間雜草叢生的地帶往南行進，儘管相較於主幹道，這種路十分難走，但碰到其他行人的機率卻也接近於零，如此一來，正以非人速度奔跑的兩人，也就不用擔心被看見之後會衍生出其他問題。不過話說回來，會擔心這點的實際上也只有一個人就是了。

而那人此刻，正在擔心著別的事。

眉頭深鎖的法萊雅一面奔行，一面時刻注意目前的位置。她們兩人一直在距離河岸約莫五十公尺處，平行著伊特納河向下游奔馳，會抓這個距離有兩個原因：首先，不至於因爲離河太遠觀察不到河面上的情況；再者，河面上就算有船，也難以注意到在草叢間若隱若現的兩人，即使偶然看見了，頂多也只會以爲是有什麼動物躲在草叢中。

由此可見，即便是在這種緊急的狀況下，法萊雅還是從沒停下過她縝密的思考。

少說，多想。是她從小就被灌輸的鐵一般的原則。

快要追上了。

這個念頭在法萊雅腦中浮現的瞬間，一股疲倦感也油然而生，畢竟連續兩小時毫不間斷的爲兩人施予能高速移動的勁風，需要的集中力和精力都是常人難以想像的，但法萊雅還是盡可能保持專注，同時回想預言時看見的景象，將之與眼前的風景相對照。

隨著景色的相似度愈來愈高，法萊雅思索，既然剛才一路跑來都沒看到河上有任何船隻的蹤影，那麼十有八九，梅西他們搭乘的船就在前方不遠處。

這時，身旁的溫德爾問道：

「是不是快到了？」

全神貫注的法萊雅沒有出聲，只是點了下頭做為回答，但另一個問題也同時自她腦中閃過。

他怎麼知道？

只是法萊雅沒有餘力深思，因為就在此刻，兩艘撞在一起的大船出現在視線盡頭的河面上，也許是被什麼礁石卡住，兩艘船就保持著這副模樣停在河中央。見狀，兩人加快了腳步，等到更為接近後，隱約還能聽到輕微的金屬碰撞聲傳來，但甲板上卻不見任何人影。

換句話說，打鬥聲是從船艙中傳出來的。

法萊雅眼光向對岸一掃，果不其然，已經有一群身著黑衣的弓箭手搭起箭矢瞄準了那兩艘船，就她的猜想，他們接到的命令應該是只要有任何不屬於己方的人從船艙逃到甲板上、或者有任何人想強加干預，就亂箭將之射殺。還好，到目前為止，這群弓箭手還沒注意到藏匿於長草中奔跑的兩人。

刺客已經到了。

但法萊雅對此倒是一點都不驚訝，不如說，如果伯爵一開始就打算在此處攔截梅西，要是還比休息一段時間外加繞了遠路的他們更晚到達，那才嫌奇怪。

「我們會不會來的太遲了？」

看見對岸弓箭手的陣仗，溫德爾擔憂道。

「絕不會。」

法萊雅簡短而肯定地答道。

溫德爾困惑道：

「妳怎麼能這麼肯定？」

「我就是知道。」

「難不成預言告訴妳梅西他們不會死？」

「至少不會死在那艘船上。」

「……妳就這麼相信預言？」

「到目前爲止，我的預言還不曾出錯過。」

太過強而有力的回答讓溫德爾啞口無言，但轉頭看向法萊雅，卻發現她面色有些陰暗，溫德爾忍不住狐疑道：

「妳不是像自己說的這麼有把握吧？」

就在此時，兩人已經來到河岸邊離兩艘相撞的大船最爲接近的地方，由於河上沒什麼其他的聲響，在這邊，就連船內的砍殺聲也清晰可聞。

法萊雅停下腳步轉身面向溫德爾，像是在考慮什麼一般欲言又止，過了好一陣子，她才像是下定決心般緩緩道：

「是，我確實是在擔心，但我擔心的不是梅西他們會不會出事，更不是擔心預言會出錯，而是擔心完全相反的情況。」

溫德爾沒有出聲詢問，只是靜靜等待她的下文。

「因爲在我的預言裡，死的人不是梅西、也不是波恩，而是你。溫德爾。」

法萊雅的話就像掠過河面的風，在無波的水面掀起了一圈圈的漣漪，而那隨之蔓延開來的沉默，好像持續了很久，又好像只是一剎那的事情。

剛聽見這句爆炸性的宣言時，溫德爾確實有一瞬間感到些許驚訝和害怕，因爲他很清楚對方既有這個能力，也不是會拿這種事開玩笑的人。但這些情緒並沒有持續太久，因爲他隨即便回想起昨晚的夢境。

於是，溫德爾平靜地反問道：

「那又怎樣？」

法萊雅瞪大了她好看的黑色眼瞳，像是看著怪物般看向溫德爾。

「那又怎樣？我說的是你會死耶。你難道一點都不怕？」

「我當然怕死，但是憑什麼因爲妳的一句話就注定我非死不可？」

「你沒聽見我一開始說的話嗎？我的預言從來不曾出錯！」

溫德爾搖搖頭反駁：

「以前沒出錯不代表這次也必然正確。」

見溫德爾如此固執，法萊雅按捺下心中的不快，盡可能理性的分析道：

「至少做爲參考，那代表這次也正確的機率很高。」

「好吧，假設預言是對的，妳要我怎麼辦？」

溫德爾稍稍退讓了。

「我要你留在岸邊，讓我自己到船上去救出他們兩人，我相信只要你不攪和進來就絕對不會死。」

說完，法萊雅滿心以爲語氣已經稍稍軟化的溫德爾會答應這要求，然而溫德爾的回應卻大出她的意料。

「我拒絕。」

「爲什麼！」

不可置信中，法萊雅聲調不禁上揚了些許。

「我有我的理由，況且妳不也說了嗎？在妳的預言中我死了，如果妳的預言一定準確，那不論我待在哪裡都會死吧？比起讓我待在妳保護不到的地方，妳怎麼不試著讓我待在身邊呢？這樣保護起來比較確實、比較方便，說不定死亡的機率也比較低，不是嗎？」

溫德爾如此道，確實他是想盡可能待在法萊雅身邊，不過目的卻並非如他所說。

法萊雅著急道：

「不行，那樣子你肯定會死。我的意思是……」

話才說一半，就被溫德爾給打斷了。

「妳連試都不試？」

「我怎麼可能拿人的性命去做嘗試！」

聞言，溫德爾仔細審視了法萊雅好一會兒，說道：

「法萊雅，妳大概不曾嘗試挑戰自己的預言？」

聽到這句話，法萊雅瞬間失控了。

「誰說我沒有！」

瞬間，一陣狂風以法萊雅為中心猛地往四周擴散出去，也讓那金黃的秀髮在風中狂亂地飛舞。溫德爾短暫閉上眼又睜了開來，他感覺得到。

這陣狂風，是否定、是憤怒，是被戳中痛處時下意識的猛烈反擊。

相較於激動的法萊雅，溫德爾只是撫平被吹亂的頭髮，平靜地繼續道：

「也就是說，妳失敗了，從此，妳就不再挑戰預言。」

法萊雅咬住下唇不語，過了好一會才道：

「你怎麼知道？」

「猜的。」

「騙人。」

「我沒有騙妳，但現在的重點不是這個。重點是」

溫德爾微微一笑，接著道：

「不就是為了看見未來、改變未來，人們才去作出預言嗎？」

七、營救

「準備好了？」

「好是好了，但是爲什麼我們不直接靠妳的力量憑空飛過來而要用游的？這種事情對妳來說應該輕而易舉吧？」

聽渾身溼透的溫德爾如此埋怨，法萊雅道：

「別抱怨了，爲了應付接下來各種可能發生的情況，我要儘量保留精力。」

「妳不覺得開打前在冬天冰冷的河水中游泳更耗費精力嗎？」

「那叫做體力，不是精力。」

「我還眞看不出有什麼差別。」

對於不斷與自己拌嘴的溫德爾，法萊雅有些失去了耐性。

「我也不期待你看得出來，況且用游的比較不容易被對岸的弓箭手發現，我可不想事先引起不必要的騷動。」

這時一陣風吹來，攀附在船沿、下半身還泡在河水中的兩人忍不住同時打了個哆嗦。

「哈嚏！」

在安靜的河面上，他們的聲音似乎有點大。

見到法萊雅狼狽的表情，溫德爾揶揄道：

「希望沒有引起什麼騷動。」

「……少廢話。專心點，現在開始給我繃緊神經。」

話甫說完，法萊雅便由弓箭手的視線死角翻上甲板，溫德爾也拋去開玩笑的心情，雙手使力將身體撐了上去，學著法萊雅蹲伏在船舷邊的角落。此刻，兩人依舊能聽到由船內間歇傳出的打鬥聲，只是相較於一開始聲音已經小了許多，恐怕裡頭已經死傷不少人了吧。

雖說這不是他的主意，但一想到很可能已經有人因爲他們的行動而無辜犧牲，溫德爾心裡還是浮現出一絲罪惡感。

這時，法萊雅嚴肅地轉頭說道：

「聽好了，既然你堅持要跟來，就得聽我的命令。等等我一起身衝進船艙，就緊跟在我身邊，不要離開我超過三步的距離，直到我們安然脫離險境爲止。」

溫德爾點點頭做好了準備。緊接著，法萊雅嬌叱道：

「走！」

法萊雅一行動，溫德爾便緊隨其後衝了出去，奔到船艙門前，法萊雅一將門旋開，兩人便同時撲了進去。說時遲那時快，只聽身後一陣禿禿聲響過，回頭一看，剛才門外兩人短暫站立的地方已經密密麻麻地插著超過二十枝箭矢，尾羽還微微顫抖著。這些弓箭手的準確度著實驚人，要是再慢一點，兩人此刻恐怕已經被射成刺蝟了。

溫德爾感嘆道：

「看來等等把人救出來之後才是最大的挑戰啊。」

「到時候再來擔心吧。」

嘴上雖這麼說，法萊雅也曉得溫德爾說的是實話。

兩個人沿著樓梯下到船艙，一見到裡面的慘狀，溫德爾不禁有些反胃，至於法萊雅，則是默默地垂下目光。

伴隨著直竄腦門的濃濃血腥味，遍地的屍體映入兩人眼簾。這眞的只能用人間煉獄來形容，十幾具屍體七橫八豎的倒在地上，血跡遍布船艙的木地板，甚至還有些人的腸子直接從腹部的傷口流了出來，散發著難聞的氣味。

溫德爾忍住噁心，仔細辨識了下每個屍體的臉，還好，裡頭沒有波恩和梅西。

從這些屍身的衣著看來，大多是水手與乘客，但其中也有幾個黑衣人，看來應是刺客的同夥。這時，溫德爾注意到有幾個負傷的黑衣人正靠坐在牆邊，緊盯著船艙的另一頭。繞過轉角順著他們的目光望去，可見刀光劍影之中，還有七人正在角落持著武器相互砍殺。其中，波恩與一名水手各自迎戰一名黑衣人，尤其是與波恩相鬥的那人，看起來身手相當不同凡響，不過波恩似乎已經開始逐漸占到上風。與此同時，另一位戴著船長帽的黝黑大漢則是一人承受著兩名黑衣人的圍攻，雖然那兩人的劍技不似波恩的對手那般了得，但身上已經多處負傷的大漢，看起來處境仍是十分危急。

「喂，你看那邊！」

「靠，他們是怎麼進來的，外面的弓箭手到底在幹嘛？」

這時，由於注意到溫德爾和法萊雅這兩名不速之客，負傷坐在牆邊的黑衣人紛紛大呼小叫了起來，幾名廝殺中的黑衣人聽見後，也隨之加緊了攻勢。

「別吵了，與其在這兒嚷嚷，你們還是趕緊趁死前向古雷德懺悔自己的罪過吧。」

如此說著，法萊雅的語氣冷的讓人心寒，她冰冷的憤怒絲毫不帶暴戾之氣，只餘無情之意。也不見她有什麼特別的動作，一陣不知從何而來的強風便在剎那間襲向眾人，讓溫德爾和法萊雅以外的所有人一時間連眼睛都睜不開，自然也連帶停下了手邊的動作。溫德爾默默看著法萊雅，他能感覺到，明明本是連一點風都沒有的船艙，卻有不知從何而來的氣流開始在她身周匯聚成形，並迅速幻化為四枚鋒銳無比的風之矛。儘管不像在城堡將大樹一舉斬斷時那般凌厲，溫德爾仍確信，這風之矛肯定足以奪人性命。

隨著風之矛在法萊雅身前一字排開，她向前舉起張開五指的右手。

強風散去的同時，風之矛也如箭一般飛速竄出，貫入四名打鬥中的黑衣人胸膛。只聽得數聲匡噹聲幾乎是不分先後地響起，當其餘人睜開眼睛，只看見散落一地的刀劍，還有那四人不可置信睜大的雙眼。恐怕直到死亡來臨的前一刻，他們都還不明白究竟發生了什麼事吧。

接著，法萊雅將目光轉向牆邊的黑衣人，此刻他們還目瞪口呆的看著倒在地上的同伴，而當他們終於意識到兇手的目標已經轉為自己時，死神的手卻已經舉起，下達了最後的判決。

連一聲哀號都沒有，牆邊的黑衣人就在瞬間全數了帳。

看著法萊雅不動聲色處決了船艙內的所有刺客，就算他們是罪有應得，溫德爾還是高興不起來，倒不如說，他感到十分不舒服。先是看了看身為裁決者的法萊雅無動於衷的表情，又看了看一地的屍體，溫德爾能感覺到，消逝的生命正隨著殷紅的鮮血由傷口流出，注入木製地板的縫隙，流進深不見底的黑暗裡。

簡直，就和老爸那時一樣。

溫德爾忍不住嘆了口氣。

太脆弱了，人的生命實在是太脆弱了。

如果人們是如此努力地掙扎著也要生存下去，那麼，生命便不應如此輕易的、像是飄落的枯葉一般隨風逝去，連一點痕跡也不留。

想到此處，溫德爾心頭一酸。

另一方面，波恩則像是看呆了似的瞪著倒在眼前的刺客，他無法相信前一刻還與自己激鬥的勁敵卻在下個瞬間成了一具屍體。過了好半晌，他才將目光轉向法萊雅。

「是你們。」

「是啊，又見面了。」

「到底……發生了什麼事？」

「他們死了，而你們活了下來。」

說完，不打算進一步解釋的法萊雅迅速掃視船艙一周，問道：

「梅西殿下呢？」

波恩一聽，瞬間狐疑地瞇起雙眼。

「妳怎麼知道殿下的眞實身分？我可沒對妳們說過吧。」

這時，法萊雅注意到了波恩身後緊閉的木門。

「之後我再解釋，現在還是先想想怎麼逃出去比較實際。剩下的人應該是躲在你們身後的房間內？先讓他們出來吧，然後讓身上有傷的人趕緊做下應急處理，我們時間不多了。」

儘管法萊雅這麼說，波恩完全沒有從門前讓開的意思，他緊盯著法萊雅道：

「我怎麼知道能不能相信妳們？」

法萊雅揚了揚眉道：

「你用不著相信我，但我想你也很清楚，如果眞的打算加害你們，我完全沒有必要跟你多說一個字。」

波恩不悅道：

「意思是對妳來說，對付我絲毫不費吹灰之力？」

法萊雅不答，只是用目光瞥了瞥地上黑衣人的屍體，用意不言可喻。

溫德爾可以理解波恩的不快。具有相當實力的人通常都比常人更爲自信，但是當這些人的自信被更爲優秀者毫不留情地踐踏在腳下時，卻也肯定是加倍的挫折，而且最令人受不了的是，這實力上的差距卻又是毫無疑問的事實。

波恩不是笨蛋，他也很清楚這就是現實，但基於職責所在，他還是沒有從房門前讓開。就在波恩和法萊雅互不相讓的瞪著彼此時，戴著船長帽的男人說話了。

「等等，誰可以跟俺解釋一下，這些人怎麼一下子全都死光了？」

對此，法萊雅和溫德爾都緘口不語，他們不說話，當然也沒人知道該怎麼解釋。見沒人回答自己，那男人便又轉頭向波恩問道：

「還有，小夥子，這位漂亮小姐剛剛說梅西殿下？她的意思是不是說……你帶著的那個孩子就是梅西殿下？王國高高在上的那位梅西殿下？」

波恩見事實已經難以隱瞞，只能尷尬地說道：

「很抱歉，船家，我們並非刻意向您隱瞞此事，但……是的，事實就是如此。那位就是梅西殿下，而我是殿下的貼身侍衛。」

原先以為是自己聽錯話的船長聽到波恩的回答，差點驚訝得連下巴都掉了下來。

「梅……梅西殿下怎麼會出現在俺的船上？」

「船家，之後我們再慢慢向您解釋，現在還是先把焦點放在如何逃離此處吧。」

一個聲音從波恩的背後傳出，眾人一看，只見梅西與另外一男一女打開門走了出來。看來他們應該是僅存的乘客了，男的那位還算冷靜，女船客卻一副嚇得花容失色的模樣。

梅西先是向船長點了點頭表示歉意，接著將目光投向法萊雅。

「妳也是這麼認為吧，米瑟利小姐？」

法萊雅揚了揚眉，接著便微微行了一禮。

「看來您已經猜到我的身分了，殿下。臨界者，法萊雅・米瑟利向殿下請安。」

梅西微笑道：

「果然是妳。能如此舉重若輕的除了你們族人，我也想不出還能有誰了，更別談年紀輕輕就擁有如此卓絕的御風之力。那麼妳的答覆呢？」

見梅西在這種情況下還笑得出來，溫德爾不由得暗暗欽佩梅西的鎮定及涵養。令一方面，法萊雅似乎也抱著相同的想法，她以讚佩的目光看著梅西道：

「我的回答是肯定的，殿下。」

「既然如此，方便請妳擬定逃脫的計畫嗎？我想妳是對於現狀最清楚的人。」

法萊雅點頭道：

「既然殿下都這麼說，我就當仁不讓了。船家，請問下，船上有沒有什麼比較堅固又能拿在手上，可以充當盾牌使用的東西？」

「讓我想想。嗯……應該是有些厚木桶蓋可以權充盾牌使用。」

聞言，法萊雅低聲喃喃道：

「果然如此。」

「嗯？」

「沒什麼。」

波恩問道：

「妳要盾牌做什麼？」

「從我們踏出船艙的那一刻起，就會受到滿天箭雨的歡迎，所以最好還是有些盾牌會比較保險。」

聽了法萊雅這句話，所有人的臉都綠了，波恩立刻反對道：

「這樣是不可能逃出去的，就算是能十分熟練運用盾牌的騎士，也不能保證有辦法用這種湊合的盾牌擋下所有箭矢。如果外面的情況如此險峻，我們還是不要輕舉妄動為妙。」

「用不著擋下所有的箭，只要擋掉少數的漏網之魚就行了，大部分的箭由我來處理，我會把它們給擋下來。」

「妳要怎麼做？」

這時，梅西插口道：

「肯毅，相信她，她有這個能耐。」

波恩聽了，又瞄了一眼躺在腳邊的屍體，便乖乖閉上了嘴。

但倖存的那名男乘客似乎與波恩懷有同樣的疑慮，他吞吞吐吐地問道：

「殿下，不是敝人不相信您說的話，但是敝人實在聽不太懂您從剛剛開始講的許多話，什麼族人和御風之力的。不過就像這位波恩先生說的，與其冒險逃出去，我們難道就不能躲在這裡等待救援？」

梅西還來不及回答，法萊雅便對那名船客苦笑道：

「你覺得在不屬於任何領主的伊特納河上，有誰會來救援？」

一時無語的男船客囁嚅道：

「這個嘛……」

「想不到？好，假設眞有個萬一，某個領主聽到消息後便立刻帶兵前來，我們也等不到那個時候。」

更別提這次的主謀就是那位領主，不過這話法萊雅當然沒有說出口。

「為什麼等不到？」

女船客忍不住問道，由她失望的表情看來，女船客似乎也抱著相同的期待。

法萊雅轉向她道：

「依我的猜測，在外頭彎弓搭箭等著的那群人，看同伴這麼久都還沒現身，可能已經開始打算用火攻直接把船給燒了。反正對他們來說，只要能殺了殿下，就算犧牲再多人都值得。如果眞的等到那時候，我們的處境可就更加艱困了。」

男船客質疑道：

「但這一切都是妳的猜測吧？」

法萊雅不屑地橫了他一眼，冷然道：

「我已經看過太多像你這樣的蠢蛋了，抱持毫無根據的樂觀期待美好未來，最後卻因爲最壞的情況發生而只能束手待斃。你想留在這邊等待救援？當然可以，但是我還有其他人可就不打算奉陪了。」

聽了法萊雅刺耳的嘲諷，男船客不禁脹紅了臉，但他似乎也沒那個膽量自己留在船上。

「好吧，我聽妳的就是了。」

見沒人再有異議，法萊雅轉頭向船主問道：

「船家，這艘船有配置小艇之類的嗎？」

「有，船側就掛有一艘平時我在用的小船。」

「坐得下八個人？」

「雖然有些勉強，但應該可以。」

「那麼等等船家、溫德爾和我先衝出去把小船給放下去，等到就定位後，波恩和這位先生」

法萊雅看向唯一倖存的水手。

「就請拿著盾牌保護其餘三人，以最快的速度衝出船艙跑到我身旁。艙門到船舷的距離並不長，只要速度夠快，基本上你們不會受到太多箭矢射擊，而且對方應該會把主要的火力聚集在我們身上。」

波恩和水手都點了點頭表示了解，但這時，那名男船客又質疑道：

「問題是，就算我們真的安全到達船舷，妳又要用什麼方法保護我們？」

法萊雅嘆了口氣道：

「要讓你相信我還真是不容易。」

男船客執拗地說道：

「要輕易相信單靠一人之力就能擋下箭雨才更不切實際吧。」

「確實從一般人的角度是難以相信，那這樣好了，波恩，麻煩你全力將手上那把長劍向我丟過來，劍尖朝我也沒關係。」

「這……不太好吧？」

面對突如其來的要求，波恩有些猶豫。

法萊雅正色道：

「如果我現在不想辦法證明，有人可能無法相信我確實能辦到我承諾的事，那進行計畫時就更有可能節外生枝。與其到時再匆忙處理突發的緊急狀況，我寧可現在先將可能的威脅一併消除。」

聽了，波恩勉爲其難點了點頭，接著倒握劍柄舉出投擲的姿勢。

「準備好了嗎？」

「隨時都可以。」

波恩再度點點頭，像是示意自己要上了，接著便全力將劍擲向法萊雅。

儘管溫德爾已經多次見識過法萊雅的能耐，但眼見長劍快速逼近她嬌弱的身軀，他的一顆心還是瞬間提到了喉嚨。就在利刃即將洞穿法萊雅的前一刻，長劍卻像是撞到無形的障壁般倏地停在半空中，接著便匡噹一聲跌落在地。

見狀，眾人都重重舒了一口氣。然而比起安心，隨之湧現於更多人心中的卻是好奇與疑惑。至於瞠目結舌的男船客，則是結結巴巴地問道：

「這究竟是怎麼辦到的？」

「我可沒答應要解釋原因吧？」

法萊雅一句話就堵住了對方的嘴，並轉而對眾人道：

「那麼繼續剛才的計畫，衝到船舷之後，各位就請照我接下來所說的順序上船。全員都上船後，就請藉著相撞的這兩艘大船作爲掩護，從對岸弓箭手的視線死角划向岸邊，我會阻止他們沿對面河岸移動到可以繼續狙擊你們的地點。」

說完，法萊雅便開始說明上船的順序，然而溫德爾立刻便注意到，那順序之中並不包含她自己。

「都聽明白了嗎？還有疑問就趁現在快說。」

溫德爾確認道：

「法萊雅，妳是打算最後上船？」

「不，我會留在大船上保護你們，等到你們划進弓箭手的視線死角，我就會立刻將對面那群弓箭手給無力化，以防他們進一步追擊。」

「你在小艇上一樣也能做到這些事吧？」

對於溫德爾的疑惑，法萊雅遲疑了片刻後才不情願地說：

「不，我能無力化對岸弓箭手的機會只有一瞬間，也就是你們划進大船死角的剎那。那個瞬間弓箭手們失去了主要的攻擊對象，而且還沒將目標轉到我身上，所以只有那個瞬間我可以專注於攻擊。」

「意思是妳無法一心二用？」

聽到溫德爾這麼問，那名男船客的神色微微一動。

「……對。」

「如果妳也上小艇，只要等我們划進死角，不也照樣能解決對岸的弓箭手？」

「不可能，這麼一來我會無法瞄準。」

聽到這答覆，不知在想些什麼的溫德爾皺起了眉頭。法萊雅則是不服氣道：

「確實我能力還有些不足，但不就是因爲這樣我才用別的方法來彌補嗎？反正解決掉弓箭手之後，我一樣可以輕鬆脫險。」

「不，問題不在那裡。」

「不然是哪裡出了問題？」

不理會氣鼓鼓的法萊雅，溫德爾只道：

「也罷，總之先照妳說的行動吧。」

將右手放在門把上，法萊雅回頭問道：

「都準備好了？」

雖然眾人的面色都十分凝重，尤其女船客的臉色更是一片慘白，所有人都還是點了點頭，只有溫德爾仍一副若有所思的模樣。

「溫德爾？」

「嗯？怎麼了？」

「沒事，只是要你專心點。那麼等等就照我剛才說的行動，船家，準備上囉。」

「沒問題。」

儘管嘴上這麼說，船長看起來還是相當緊張，不過說起來，在這種時刻還能完全不緊張的人才奇怪吧。

法萊雅吸了口氣，將專注力提升到極限後，就一鼓作氣推開門衝了出去，溫德爾和船長一見也立刻拔腿跟上。才剛踏上甲板不到片刻，飛蝗般的箭矢便由對岸激射而來，看到這番情景，船長發出一聲哀號，但隨即哀號聲便轉爲了驚嘆。

因爲滿天箭雨就像是撞上一睹無形的牆壁，不約而同地紛紛落入河中。

看見這奇景，船長不覺停下了腳步，目瞪口呆的楞在原地。

「你還在發什麼呆？船家，快過來！」

聽到法萊雅的催促，如夢初醒的船長這才趕忙跟上溫德爾，好在對岸的弓箭手似乎也如同船長一般，見到這不可思議的景象，全都像是嚇傻了似地紛紛停止射擊。奔到船舷處，船長和溫德爾探頭向外一看，果眞有一艘小艇懸空掛在大船邊。船長鬆了口氣，立刻動手要將繫著小艇、綁得死死的繩結給解開，但這時對面的弓箭手好像也回過了神，不到片刻，隨著密集的咻咻聲，黑色的不祥之雨再度布滿天際，也將船長的注意力給吸引了過去。

見小艇遲遲沒放下，又擋下一波箭雨的法萊雅急躁地叫道：

「還在磨蹭些什麼！」

箭矢破空之聲不絕於耳，看來對岸的弓箭手是鐵了心要把箭給射光。明白此刻絕對是分秒必爭，溫德爾隨即掏出一把小刀、將船長推開，只聽擦的一聲，繩索應聲而斷，小艇也隨之落入河中激起了一陣水花。見溫德爾動作果斷，法萊雅讚道：

「幹得好。」

「哪裡好了，你把繩索給砍斷了我們要怎麼下去？」

船主焦急道。

「跳下去。」

溫德爾想也不想就答道。

「反正下面是水，跳下去也死不了，還比較省時間。」

法萊雅點頭表示贊同，回頭喊道：

「喂，你們也快過來！」

話音剛落，躲在船中的其餘諸人便沒命似地向船舷奔了過來，水手與波恩則是一前一後持盾跑在靠弓箭手的那一側，以防有法萊雅沒能擋下的箭矢。緊盯著拔腿跑來的眾人，溫德爾注意到一件事。

那名起初質疑法萊雅的男船客，只有他既不是看著自己與法萊雅所站的船舷，也不是留心著左側的箭雨，反倒是迅速向另一艘大船瞄了一眼。

心生疑竇的溫德爾於是在波恩跑到身旁後，對他悄聲說了句話，波恩一聽顯得有些驚訝，但還是點了下頭，二話不說就跳入河中爬上小艇。接著，其他人也按照法萊雅分配的順序先後跳了下去，只有女船客看著河面遲疑了好一陣子，始終不敢跳下去。

果然一般的女性要從這麼高的地方直接跳下去，還是會感到害怕吧，溫德爾心想，但在法萊雅的催促下，女船客終於還是咬緊牙關跳了下去。於是，還留在大船上的就只剩下溫德爾和法萊雅，見溫德爾遲遲沒有動作，法萊雅不耐道：

「你還在等什麼？總不會連你也怕高？」

溫德爾轉頭向法萊雅道：

「妳還是決心要留在船上？」

法萊雅困惑地瞥了溫德爾一眼，依照她目前為止對溫德爾的了解，他應該不會在這種關鍵時刻遲疑啊？

「剛才不都說過了？我可不想再解釋一次。」

「那我也留下來幫妳如何？」

法萊雅輕哼一聲。

「你留下來？你留下來又能做什麼？」

「以防萬一。」

已經十分不耐煩的法萊雅沒好氣道：

「我不知道你到底是在擔心什麼，但是不會有什麼萬一的，不如說，你留在這裡我反倒還要分心照看你，趕快下去吧，別婆婆媽媽了。」

聽到最後一句話，溫德爾沉默了一陣，接著便像下定決心般道：

「好吧，我是太婆婆媽媽了。別慌張，妳就專心應付弓箭手就好。」

「我為什麼要慌張？」

法萊雅才剛問完，溫德爾便像是扛木頭一般將法萊雅一肩扛起。

「欸？」

一時間，法萊雅愣住了。

「抱歉。」

說著，溫德爾朝河中一躍而下。待兩人從河面上探出頭來，又羞又急的法萊雅第一件事便是劈頭向溫德爾叫道：

「你在做什麼！」

對此，溫德爾只是冷靜地說道：

「做我認為最恰當的行動。」

「但你應該最清楚，我的計畫都是依據預言做出的最佳選擇啊！」

「當然。」

「那你為什麼還」

不待法萊雅說完，溫德爾指著弓箭手的方向道：

「等等再說，他們已經瞄準這裡囉。」

「你這」

正如溫德爾所言，所有的弓箭手全都瞄準小艇將箭矢射了過來，不得已之下，法萊雅只能再度集中心神抵擋箭雨。溫德爾趁著這時爬上小艇，向法萊雅伸出手要將她拉上船。

就在法萊雅握住對方的手時，溫德爾突然沒頭沒腦地說道：

「不只是妳，我也是一樣。」

法萊雅困惑地看了溫德爾一眼，他那雙深邃的藍色眼眸，像是在傳達一個信息。

我絕不會讓自己後悔。

「因爲我的預感，也從來沒有出錯過。」

八、宣戰

未來開始改變了，溫德爾心想。

但目前為止，還無法確定究竟是不是往好的方向發展，甚至，未來可能正在往更糟的方向走也不一定。一冒出這個念頭，溫德爾不禁皺起了眉頭，畢竟從現在的情況看來，說不定很有可能真是如此。

雖然溫德爾一行人乘上小艇後很快就划到大船能擋住箭雨的死角，但在沒人能牽制弓箭手的情況下，弓箭手也沿著對岸迅速移動到了能繼續狙擊己方的地點。隨著穿透風牆的箭矢愈來愈多，男船客忍不住向溫德爾抱怨：

「你為什麼不照你同伴說的話做？要是你不把她強行帶下來，我們也不會面臨現在這種狀況了。」

他會這麼抱怨是有原因的，因為所有人都看得出來：法萊雅開始累了。

這點尤其以負責拿盾牌的溫德爾和波恩感受最為深刻，本來輕輕一撥就能格開的箭矢，現在每撞上盾牌一次，就震得他們的手臂微微發麻。

雖然沒有說出口，但波恩也對溫德爾有些怨懟之意，他同樣無法理解溫德爾為何執意要將法萊雅帶下船，在他看來，就法萊雅先前展示出的能力，這計畫應該是毫無問題才對，而且到目前為止，他也依舊搞不懂溫德爾在他跳下船之前偷偷對他說的那句話意義何在。

那時，溫德爾是這麼說的：

「盯好那個話多的船客。」

但乘上小艇後，相較於三不五時便用眼角餘光偷瞄男船客的波恩，溫德爾本人反而連一眼都沒看向那名男船客過，他甚至對男船客的抱怨充耳不聞，只是專注於擋下法萊雅漏掉的箭矢，並時不時斜眼瞄向左方的大船，也就是刺客用來衝撞梅西他們的那艘。

波恩決定先不去猜測溫德爾的打算，他仔細觀察了下情況後提出建議道：

「聽我說，比起冒著箭雨直直衝向岸邊，我認為我們反而應該先繞點遠路，划到左邊這艘大船的另一側。這樣子繞的話，等弓箭手能再度狙擊時，我們八成也已經快要到岸邊了。法萊雅小姐也累了吧？這麼做也能爭取一些休息的時間，畢竟上岸之後，我們還得立刻逃離此地。」

法萊雅抽空瞥了左手邊大船的方向一眼，微微點了點頭，但卻什麼話也沒講，看來她光是要維持住風牆就已經十分勉強了。見法萊雅同意，船主與水手便調整方向將小艇往大船的方向划去。溫德爾雖然不贊同，但由於自己提不出什麼具體理由反對，他也只能若無其事的說道：

「不過也要小心那艘大船上有沒有埋伏的弓箭手。」

一聽，波恩疑惑道：

「為什麼你會突然這麼說？」

「只是合理的懷疑，當初刺客不就是搭這艘船過來的？既然如此，船上還留有埋伏也不足為奇。」

「如果真的有，為什麼他們遲遲不現身攻擊我們？」

「可能是認為時機還沒到？畢竟就連那麼大量的箭雨都被法萊雅給擋下了，他們應該是判斷憑自己無法突破法萊雅的防禦吧。」

聽了這話，眾人都有些不安地抬起頭看了看那艘大船，同時，溫德爾也感到一道灼熱的視線從背後盯著自己。溫德爾假意轉過頭去像是要看距離岸邊還有多遠，藉機確定了視線的來源。

果然是那名男船客，還好，從波恩臉上的表情看來，他也注意到了。

隨著愈來愈接近大船，飛來的箭矢數量顯著減少了，似乎是對岸弓箭手的指揮官也發現溫德爾等人的意圖。遠遠地可以聽見對面河岸上傳來呼喝之聲，接著半數的弓箭手便起身沿著河岸向左方移動。見狀，波恩嘆道：

「看來對方帶頭的人也不是傻瓜，只調動一半的弓箭手，肯定是怕我們要繞過去只是個幌子吧，而且讓另一半的弓箭手繼續射擊也能持續消耗法萊雅的精力。」

「這種時候，我還眞希望對手能笨一點呢。」

法萊雅苦笑道，隨著壓力減輕，她似乎終於有了說話的餘裕，但虛弱的語氣只讓人覺得事態不容樂觀。還好沒過多久，一行人就繞過了大船，箭雨一停，法萊雅便像虛脫一般癱坐了下來。只是溫德爾和波恩卻絲毫不敢鬆懈，他們緊盯著大船船弦處，以防有人趁這個機會偷襲，但出乎兩人的意料，實際上什麼事情都沒發生。波恩於是道：

「看來應該是你多慮了？是我的話肯定會趁這個機會偷襲。」

溫德爾難掩困惑地點了點頭，他也滿心認爲對方會趁法萊雅休息時偷襲。難道船上眞的沒有敵人？難不成，那眞的只是一場夢？

趁著弓箭手還沒繞過來的這段時間，船主和水手使盡了吃奶的力氣往河岸邊划，隨著陸地愈來愈近，不少人都鬆了口氣，那名女船客似乎也是如此。她不知何時止住了顫抖，開口問道：

「上岸後我們又該往哪邊逃呢？」

「現在還不到可以鬆懈的時候吧。」

聽溫德爾立刻就潑自己冷水，女船客顯得十分不快。為了防止他們吵起來，法萊雅勉強打起精神道：

「對方八成認為我們接下來不是往東、就是往南，而且應該會捨水路取陸路。所以最保險的做法，反而應該是先向上游走，再視情況渡河到對岸往西方逃跑。」

「有道理。」

女船客點了點頭，然而看著對方冷靜的模樣，法萊雅略為迷茫的腦中，突然浮現了一絲不協調。

她之前不是很害怕嗎？怎麼會突然間變得如此冷靜？

法萊雅瞥了一眼與河岸僅存的距離，約莫十五米。沒錯，這就是她的預言顯示的瞬間。

箭雨呢？還有，她難道不是應該焦急地縮起身子？

法萊雅倏地望向女船客，只見對方嘴角微微上揚，眼中浮現出狡獪的光芒。

她到底是誰？為什麼？明明自己沒有留在船上，為什麼未來還是改變了？

「他們來了！」

隨著溫德爾回頭向眾人發出警告，所有的變化都在一瞬之間發生。

現身於對面河岸的弓箭手群，再度射出直奔小艇的如蝗箭雨，還來不及警告其他人小心那女船客，法萊雅便被迫收攝心神，轉身將風匯聚起來抵擋箭矢。幾乎是與她轉身同時，一男一女兩名船客同時自懷中掏出匕首，刀光一晃，男船客撲向梅西，女船客則是直刺法萊雅的後心。

時刻注意著男船客的波恩轉過身，眼明手快地用盾牌擋下了匕首，順手用力一揮，將盾牌與插在上頭的匕首一同揮入河中。也許是沒想到波恩的反應會如此迅速，失去了匕首的男船客愣了一下，老練的波恩沒有錯過這個機會，只聽啪的一聲，波恩一記上鉤拳紮紮實實擊中對方下顎，男船客身軀晃了晃，頓時便昏了過去。

相較之下，另一邊就沒有這麼順利了，完全沒料到女船客也是刺客之一的溫德爾，雖說反應也不慢，但就來不及像波恩那般擋住刺向法萊雅的匕首，心急之下，他直接掄起盾牌向女船客砸了過去，希望能多少擾亂她的動作，並撲上前伸手要拿住她持刀的手腕。女船客見狀，先是以左手不慌不忙地格開飛擲而來的盾牌，然後持刀的右手一側，在溫德爾伸過來的右手臂上劃開了一道長長的口子。溫德爾剛感到一陣劇痛，汩汩的鮮血便由傷口直湧而出，女船客殘忍地一笑，便又迴刀刺向法萊雅。

說時遲那時快，緩過手來的波恩眼睛瞧得奇準，一記手刀揮在女船客的手腕上，女船客只覺右手一陣痠麻，匕首便不受控制地掉在了船上。她斜眼一看，發現同伴已經昏倒在地後，咒罵一聲，便徒手和撲過來的波恩打了起來，他們激烈的動作也令小艇搖晃地愈來愈劇烈。

擋住第一波箭雨的法萊雅回過頭來，看見溫德爾手臂不斷湧出鮮血，著急道：

「你趕緊包紮一下把血給止住，不然會死的！」

至於直到這時才反應過來的船主和水手，一個起身想幫忙壓制女船客，另一個則急急忙忙撕開衣袖要幫溫德爾包紮，他們一動，更是令小艇差點翻覆。

見狀，溫德爾忍住劇痛吼道：

「都別動！第二波射擊要來了，法萊雅趕快專心對付弓箭手。兩位請坐好繼續划，你們要是再站起來船就得翻了，到時我們全都要泡在水裡被射成刺蝟，包紮我自己來。」

聽了這話，法萊雅立刻回過頭去，開始盡可能集中混亂的心神，船主和水手也坐了下來，死命地往岸邊划。

箭雨再度射來，溫德爾瞥了纏鬥中的波恩一眼，女船客的身手似乎比想像中還要高明，竟然連波恩也無法將她快速拿下。終於從混亂之中回過神來的梅西，則是手忙腳亂的撕開衣袖要幫溫德爾包紮，但他笨手笨腳的模樣，令溫德爾即使是在劇痛之中也不禁莞爾。

是啊，貴為一國王子的殿下怎麼會知道要如何幫病患包紮傷口呢，自嘲地想著，溫德爾伸手接過梅西手中的布料準備替自己包紮。但就在這時，他目光掃過躺在地上的男船客，伸出的手頓時定格。

不對，有些事情不對。

兩個念頭自他心頭飛速閃過。

首先，男船客曾在下小艇之前偷偷瞄了那艘大船一眼。

再來，當自己提到大船上可能有埋伏時，對方也警覺的瞪著自己。

也就是說，並非船上沒有埋伏弓箭手，而是他們還在等待機會！

溫德爾猛一轉頭，果然，在小艇左後方的大船甲板上，三名不知何時出現的黑衣人已經靜悄悄地拉滿弓瞄準了船尾的法萊雅，但正在專心應付對岸弓箭手群的法萊雅並沒有注意到他們。就這個角度看來，他們剛好位在法萊雅的風牆擋不到的死角！

該死！溫德爾暗罵，顧不得右手的傷痛，他躍向前去，背對著法萊雅擋在她的右側。見溫德爾突然跳到身旁，法萊雅嚇了一跳，當她發現對方這麼做的原因之後，更是大驚失色，但就在此時，又一波箭雨襲來。

為了大局著想，法萊雅快速做出了選擇，她只能祈禱溫德爾能夠保護自己。

面向箭雨，法萊雅再次構築出風牆。

也許是因為法萊雅深信自己的預言吧，就算未來已經改變，她還是認為這些預言中未曾見到的景象，不會是溫德爾死亡的原因。溫德爾如果會死，肯定是因為在自己身前擋下箭雨，不會是因為來自身側的暗箭偷襲。

更何況，法萊雅記得很清楚，在最後的最後，他是面對著自己。

我絕不會讓那個景象發生，為此，我得擋下所有箭雨。

法萊雅立下決心的同時，三支箭脫弦而出。看到箭矢飛速逼近，溫德爾立刻意識到大船上的黑衣刺客明顯與對岸的弓箭手不是同一級別的。

這下可不妙了。

儘管腦中這麼想，面臨生死關頭，不知為何，溫德爾心裡卻莫名冷靜。

他思索著，箭雨沒有突破風牆，可見法萊雅沒有分心應付這邊。

這就對了，這才是法萊雅，總是為了眾人著想的法萊雅。

反而是自己，為什麼會這樣挺身而出？我不是應該只要自己、還有對我來說重要的人能好好活著就夠了嗎？法萊雅對自己而言，應該還沒有重要到值得犧牲性命去保護的程度吧。

既然她不像老爸那般無可取代，那又是為什麼呢？

在那個剎那，百般思緒自溫德爾心頭一閃而過，一股強烈的情緒也油然而生。

啊，是了。

是因爲那個顯示法萊雅死去的夢。

法萊雅在大船的甲板上遭到背後射來的箭矢刺穿心臟的夢境，和士兵持矛戳進薩格費胸膛的回憶重疊在一起的瞬間，那強烈到幾乎要將溫德爾整個人給吞噬掉的怒火，便一鼓作氣地從心口湧了出來。

夢啊，憑什麼你說法萊雅會死，她就一定得死？

憑什麼你說老爸會死，他就一定不能活命？

對於命運的傲慢與蠻不講理，溫德爾感到無比憤怒。

「我怎麼能任憑你一次又一次，從我身邊說奪走就奪走！」

說著，溫德爾伸出未受傷的左手，任憑高漲的情緒與湧現的直覺，引領他的意志。

命運啊，如果要令我屈服，便不該讓我有所防備。

溫德爾低喃道。

懷中的口袋裡，似乎有什麼球狀的物體在鼓動著，但此刻的溫德爾並沒有發現。溫德爾眼前，那三支箭消失了、自己乘坐的小艇消失了，就連寬廣的伊特納河也瞬間消失無蹤。他此刻身處的空間裡，只剩下黑暗。

伸手不見五指的黑暗。

這片黑暗好像只是一個狹小的空間，又好像延續到了無限的永恆。

突然間，黑暗的空間中出現了光亮，似曾相識的五彩之風由四面八方湧入，如細絲、如牛毛，又如同涓涓流瀉的光彩之河。那愈來愈是耀眼的光芒，從黑暗之外的某處流進了這片空間裡，迫使溫德爾不得不閉上眼睛。

他忍不住心想，如果黑暗沒有邊界，這光之風又是從哪裡來的？

當溫德爾再度睜開雙眼，他已然回到了伊特納河的小艇上，箭矢依舊飛快逼近，而且已經近在眼前，但是剛才那奇妙的感覺猶在。

命運啊，既然你發下了戰帖，我也將奮起而戰。

隨著溫德爾的低語聲，河面上的風止息了，但那只是一剎那的事情，下個瞬間，不知從何吹來的另一陣狂風席捲過河面，不僅吹歪了那三支偷襲的箭矢，也將法萊雅正要擋下的另一波箭雨給全數掃入河中。

看見這副景象，所有人都呆住了，但不是因爲箭矢被吹歪，而是因爲這陣風……是紅色的。像是血之雨霧，又像是絲絲縷縷的紅色光線，在掃過河面後，又於瞬息之間消逝無蹤，只剩下溫德爾的胸前還留有一小塊紅色的霧氣，暴躁不安地不斷擾動。看著這紅色空氣，法萊雅感到詫異不已，因爲就連臨界者也無法輕易駕馭這種風。她忍不住喃喃道：

「竟然是瑞駒……」

這麼說的同時，依然處於盛怒中的溫德爾，將矛頭轉向了偷襲者。

要怎麼攻擊呢？

溫德爾首先想到的，是把木頭的一端削尖做成的木樁，即便不比鋼鐵，這樣的木樁也十分致命。是意志召喚出了憤怒之風，還是憤怒之風本就擁有意志？溫德爾不清楚。

他只知道在憤怒的意念驅使下，自己抬起了沒受傷的左手，隨著這動作，呼嘯的赤風也立即匯聚成銳利的錐狀，就好似那想像中的木樁。

「去吧。」

左手一張，赤紅的風之椿便激射而出，確實貫入了三名偷襲者的左胸，那心臟理應躍動之處。

三名黑衣人就這麼倒了下去。

危機一解除，剛才那幾乎支配了自己的憤怒也在瞬間消逝無蹤，當然，紅色的風也隨之消失。這時一陣強烈的暈眩朝溫德爾襲來，他忍不住雙膝一軟跪倒在船上，大口大口地喘著粗氣。

看著三名黑衣人憑空倒下，河面上以及對面河岸的所有人，都從先前看見赤色風暴的慌亂陷入了短暫的緘默。就連原本滿心以爲偷襲者可以輕鬆解決掉法萊雅的女船客，不、也許早該稱她爲女刺客了，也因爲無比的驚愕而露出了一瞬間的空隙，自然，身經百戰的波恩不可能放過這個機會，他立刻以迅雷不及掩耳的速度在對方小腹上重重揍了一拳。

「呃」

臉上露出痛苦的神色，女刺客摀著肚子倒在船上，波恩隨即把她雙手反轉到背後確實壓制住。但就在這時，對岸的弓箭手群之中，突然有人率先發了聲喊，接著所有弓箭手不約而同抽出僅存的箭矢，拉弓、瞄準、放弦。

於是，最後的死亡之雨爭先恐後地向天空奔竄而出，朝溫德爾一行人當頭灑下。

法萊雅回過神來，看著那早已擋下無數回的箭雨再次布滿天空，她咬牙道：

「都讓溫德爾幫忙了，我怎麼還能……死在這種地方！」

但就在她再一次試圖建構起風牆時，雙手卻突然軟軟地垂了下去。發現自己的身體與意志不聽使喚，法萊雅霎時間想起了自己的預言，想起了那個擋在身前、苦笑著面對自己的身影。

「不、別開玩笑了。」

近乎嗚咽般的喃喃說著，法萊雅忽然感到無比後悔，後悔著不該節外生枝、後悔著過分相信自己的實力，也後悔在即將到來的命運之前，又只能嘗到那份苦澀的絕望。

未來不是已經改變了嗎？爲什麼結局卻沒變？

聽見她的嗚咽聲，即使溫德爾已然因爲失血過多而暈眩不已，他仍立刻了解到法萊雅已是強弩之末，並掙扎著站了起來。

一見他的動作，法萊雅忍不住道：

「不、不、別站起來，算我求你了……」

呵，能讓高傲的法萊雅這麼低聲下氣的說話，也算是不枉了。

此刻，溫德爾心中只剩一個念頭：反正都是要死，比起自私的自己，肯定有更多更多的人，會需要名爲法萊雅．米瑟利的存在吧，而且更重要的是，法萊雅不能死，就算賠上性命，他也不能讓自己該死的預言成眞。

因爲，這是他與命運的戰爭。

溫德爾靠著最後的意志驅使自己動起來，他拖著步伐，緩緩移動到癱軟在地的法萊雅正前方。

背對著法萊雅，溫德爾凜然面對滿天的箭雨與命運的審判。

「不不不不不不不！」

身後法萊雅悲痛而絕望的哭喊，溫德爾已是充耳不聞。

他用力深吸了一口氣。

啊啊，箭矢所激起的風中，夾雜著恐懼與憤怒。

還有，一股死亡的味道。

九、命運

「已經確認他們幕後的指使者是誰了嗎？」
「很抱歉，還沒能問出來。兩人的口風都相當緊，尤其是那女的。」
「這樣啊，那就多花點心力從男的口中想辦法套出來，只是……儘量別讓他受到太多痛苦。」
波恩嘆了口氣道：
「殿下，您太過仁慈了，對於這種人，嚴刑逼供是應該的。」
梅西囁嚅道：
「但是再怎麼說，刑求這種事還是……」
「殿下！」
波恩突然大聲打斷梅西，梅西則像是做錯事的小孩一般默默低下了頭。
「殿下，請看著我。」
梅西抬起頭，勉強注視著波恩蘊含強烈意志的雙眼，盡可能的不移開目光。
「仁慈絕不是一件壞事，尤其是要成爲一國之君的人，能懷有慈悲之心，對於被統治的人民而言絕對是莫大的福氣。」

聽到這話，梅西有些黯淡的表情舒展了開來。

「但是，一國之君不能只有慈悲的心，還要有鋼鐵的外表。」

像是年長的大哥在教育幼小的么弟，波恩此時的表情嚴肅無比。

「應當展現威嚴與魄力時，所謂的賢明君主絕不會猶豫或妥協，因爲他們知道任何一個錯誤的決策與過分的寬容，」

像是猜到波恩接下來要說的話，梅西不自覺朝遙遠的後方望了一眼，當然，他什麼人也沒看到。

「都會讓許多信任他、也是他所應當保護的子民，爲此付出代價。」

「……就像他們一樣。」

梅西小聲的接口道。

「是的，就是如此，殿下。」

看著梅西自責的表情，波恩的口氣也軟化了下來，並將目光移到前方的道路上。兩人默默地沿著王國的大道往南前進，過了好一陣子，梅西才打破沉默道：

「肯毅？」

「怎麼了，殿下？」

「你說的那些特質，眞的能同時存在一個人身上嗎？」

「肯定的，殿下。我就認識一個這樣的人，只是……算了，這話說起來有些大逆不道。」

「沒關係，你說吧。」

猶豫了一會兒，波恩緩緩道：

「我說的這個人，並不是合眾國的歷代君王。」

「是其他國家的君王？」

波恩乾笑道：

「也不是。說來諷刺，最適合成爲某種人的人，卻常常最不希望成爲那種人呢。這對他來說也是如此，如果說那人有什麼絕對不要做的職業，那肯定是國王吧。」

梅西聽了略帶哲思的這句話，低頭思索了好一陣子才道：

「那麼，肯毅你能介紹他給我認識嗎？我對於你說的這人感到相當好奇。」

「殿下，很遺憾，他已經無法再認識任何人了。」

波恩的語氣中微帶感慨之意，梅西也立刻就聽懂了這句話的意思，他輕輕點了點頭，轉移話題道：

「話說回來，他們……會沒事吧？」

「嗯，一定會沒事的。只要有她在，什麼事情都會好轉的。」

法萊雅一睜開雙眼，便因難以適應眼前的光線而眨了好幾下眼睛。

雖然掙扎著想坐起身，但在意識到全身無力的現狀後，法萊雅旋即便放棄了，再說，除了渾身無力外，她還感到頭痛欲裂。

撐起一半的嬌軟身軀倒回床上的瞬間，床架發出了嘎吱嘎吱的聲響，同時她也聞到被褥上有些淡淡的霉味，看來這個床不只相當老舊，還很久沒人使用了。

「妳醒啦？」

法萊雅轉過頭去，只見身穿白色連身長裙的成熟女子，正倚著房門站在門口。

「母親。」

反射性道出稱謂的同時，無數的疑惑也湧上了心頭，但是法萊雅知道，解決問題最快的方式就是有條不紊的一個個依序處理，這點，正是眼前的人教她的。

「這裡是哪裡？」

「我舊時朋友的住處。」

如此答道，克莉絲多有些苦澀地笑了笑。法萊雅無法明白母親苦笑的涵義，但是此刻她也不打算深究。

「其他人呢？溫德爾呢？」

「應梅西殿下所託，船主和他的水手已經押著那兩名刺客先行前往宮廷了，而在休息一晚後，梅西殿下和他的侍從也隨後出發前往莫諾珀利。喔對，忘記告訴妳，妳已經睡兩天了。至於溫德爾嘛……」

說到這裡，克莉絲多意味深長的看了女兒一眼，此刻法萊雅緊張的神情表露無遺。

「放心，他還在隔壁的房間呼呼大睡，雖然及時止血了，但照那個失血量，恐怕睡上幾天是免不了吧。」

「這樣啊。」

安下心後，法萊雅這才如釋重負的吁了口氣。

「很擔心他喔？」

看著女兒的一舉一動，克莉絲多揶揄道。

法萊雅俏臉一紅，但隨即回復平靜道：

「這是當然的，不是母親要我將他帶回村子嗎？要是他出了什麼事，可就是我的責任了。」

克莉絲多聽了，無奈地嘆了口氣。法萊雅則繼續問道：

「話說回來，那時是母親您及時趕到救了我們？」

「嗯，我趕到的時候，妳和溫德爾分別因爲過度疲勞以及失血過多而失去意識。說起來眞的是只差一點點吶，要是再慢個一時半刻，妳們還有殿下可都要被射成刺蝟了。」

「但母親您怎麼會知道我們陷入危險？」

「本來幫忙征討薩奇國的事告一段落，我是打算回村子，因爲原先我想有妳跟著溫德爾，應該不會發生什麼事。但後來以防萬一我還是用了預，結果卻看到意料之外的景象，所以就火速趕了過來。」

「原來如此……那後來呢？」

「以絕後患，我將那些弓箭手給全數解決了，然後就把妳們送到這兒來。我想知道的是，明明有妳在，爲什麼事情還會演變成這副模樣？」

聽出克莉絲多語氣中的責備之意，法萊雅低下頭道：

「是我太貪心了。我想藉著巧遇世子的機會來達成我們的計畫。」

克莉絲多嘆了口氣道：

「妳會想這麼做我也不是不能理解，但就算如此，應該也能做得更好吧？」

「是我的判斷失誤，我沒料到修斯領主的手下會以這麼野蠻的方式進行暗殺……」

「野蠻，但是有效。孩子，看來妳的思慮還是不夠周詳。」

聽到最後一句話，法萊雅不服氣道：

「不是這樣的，母親。儘管我事前沒有料想到修斯領主會以這種方式暗殺，但我也用了預得知事情大致的發展，擬定了我認爲最恰當的計畫。要不是溫德爾……」

說著，她將事情從頭到尾的經過，包括自己所預見的未來，都原原本本解釋了一遍。聽完法萊雅的敘述，克莉絲多陷入了沉思。

等了好一陣子，見母親完全沒有任何表示，法萊雅忍不住道：

「母親，您說您趕來之前也曾使用過預，那您看到的景象是如何呢？」

「基本上和妳剛剛說的經歷沒什麼分別。」

一聽，法萊雅頓時顯得十分沮喪。

「那麼果然是因爲我的能力不足才無法預見正確的未來？畢竟實際上發生的事和我的預略有出入，但卻和母親您的預完全相同……」

克莉絲多果斷地搖了搖頭道：

「不，我想問題並不在此，眞正的問題應該是出在溫德爾身上。」

法萊雅詫異道：

「您的意思是？」

「妳覺得爲什麼他要強行抓著妳跳入河中，不讓妳單獨留在船上？」

「我怎麼可能知道他心裡在想些什麼，什麼直覺、預感的。」

話雖這麼說，法萊雅心中隱隱冒出一個可能性。

克莉絲多看了正在賭氣的女兒一眼，嘆了口氣道：

「別鬧彆扭了，妳應該也想到了吧。雖然我不知道溫德爾是用什麼方法，但是他八成也看見了未來，而且是預見了妳單獨留在大船上，並因此死去的未來。」

法萊雅用力搖頭道：

「不可能，就算留在船上，我肯定也不會有事。」

「妳怎能如此篤定？就在妳專心保護小艇免於遭受箭雨攻擊，或者是之後妳準備要殲滅對岸的弓箭手時，假如另一艘大船上的那幾名黑衣人趁這個機會由背後偷襲，妳防得住嗎？在御風方面妳還無法一心二用吧？不，這甚至不是御風術能力的問題，因爲重點在於，妳根本不會發現有人要偷襲妳，而當妳發現時，已經太遲了。」

聽到此處，法萊雅默默垂下目光，她無法反駁，因爲她也很清楚那的確就是事實。

過了好一陣子，法萊雅才艱難地開口道：

「也就是說，是溫德爾預見正確的未來並保護了我？」

克莉絲多走到床邊拉了張椅子坐下，輕輕撫摸著女兒的頭髮，緩緩道：

「傻孩子，妳難道還沒發現？妳們兩人各自預見的未來，並沒有正確或不正確之分。因爲，這就是我們所謂的『命運』。」

頓時間，法萊雅感到驚詫無比。

「這是『命運』？」

「沒錯。在妳的預言中，溫德爾會死，想改變這個未來的妳選擇了留在大船上。但在溫德爾的預言中，留在大船上的妳會死，他也想改變這個預言，所以才會向妳建議讓他也留在大船上，但由於妳堅持不同意，他只好選擇將妳強行帶下船。在妳們兩人的預言以及隨之而來的行動交互影響下，產生了兩個預言都沒有預見的未來，毫無疑問，這就是我們臨界者所謂的『命運』。」

「但是母親您的預卻」

「不，我不過是看見在妳們兩人的預言交互影響下注定的未來罷了，我的預言是在『命運』已然注定之後。」

法萊雅想了想，苦澀地說道：

「所以我那時應該同意讓溫德爾留在大船上？這麼一來就算母親沒趕來，我們兩人也不至於陷入危機。」

克莉絲多溫柔地拍了拍女兒的頭道：

「也許就某方面來說，那是最保險的方案吧。但是傻孩子，妳忘了導致這一切的原因，還有妳這麼做的初衷了嗎？」

「……原因？初衷？」

困惑之下，法萊雅開始用還有些混亂的腦袋努力思考。

「原因是殿下被追殺，初衷則是我得保護……啊！」

克莉絲多點了點頭。

「看來妳想到了。沒錯，如果你們兩人都留在大船上，就算我沒趕來，妳們應該也能安全無虞，但是處在潛伏著兩名刺客的小艇上，妳覺得殿下還能安然無恙嗎？要牽制住那名叫波恩的侍衛，顯然女刺客一人就綽綽有餘，如果再配合上另一名男刺客的夾擊，我想，殿下最後恐怕是難以倖免。」

思索了好一陣子，法萊雅難以置信道：

「也就是說，這次的『命運』……其實是所有的未來中堪稱最好的結局？」

克莉絲多微笑道：

「最好？我可不敢下這種結論，畢竟未來可是存在著無限的可能。但無論如何，我很感謝那孩子，如果不是他……」

說到此處，克莉絲多俯身輕輕抱住了法萊雅，她沒有把話講完，但母女兩人都很清楚接下來沒說出口的話是什麼。想到自己本來很可能再也無緣這個溫暖的擁抱，儘管兩手仍舊痠軟無力，法萊雅還是盡力抬起手臂環住母親的肩膀。一時間，她的眼眶甚至有些濕潤。

另一方面，儘管兩人的對話聲並不大，隔壁房間的溫德爾還是被吵醒了。起初他還有些迷迷濛濛的搞不清楚現在的情況，但一句一句耐心聽著，逐漸清醒過來的溫德爾也了解了大致的前因後果。

對話聲停了下來，又過了好一陣子，隨著腳步聲響，克莉絲多走了進來。

「哎呀，你醒啦？」

「剛醒不久。」

「我們吵醒你了？」

溫德爾有些猶豫該不該照實回答，因為一旦說是，就顯得自己像是在偷聽一樣，但最後他還是老實答道：

「是的。」

「也就是說……你都聽到了？」

「如果您指的是有關預言的部分，是，我想絕大部分我都清楚聽見了。」

「那就好說了，如何，我有猜錯嗎？」

「沒有，分毫不差。」

克莉絲多點頭道：

「那麼，你是如何做出預言的呢？應該沒有人教過你這方面的事吧？」

「作夢夢見的。」

溫德爾老實回答，然而聽到這答案，克莉絲多的臉色突然間變得有些蒼白，不過由於正在思考別的事情，溫德爾並沒有注意到這點。

「能輪到我問問題了嗎？」

「你想問什麼？」

「第一個問題，那陣紅色的風是什麼？」

「那是瑞駒，你也可以想成是從憤怒之界吹來的風。」

「憤怒之界？那是什麼？」

「我們之外的另一個世界，關於這點，以後你慢慢就會知道。」

「好吧，那下一個問題：你們御風者一族，時常像這樣用預言窺探未來嗎？」

克莉絲多想了想後答道：

「雖然不知道能不能算作時常，但至少頻率不算太低。」

溫德爾點點頭，接下來他準備問的問題，從聽法萊雅與克莉絲多對話時便一直縈繞腦中，不，應該說早在更久以前，他就開始思索這個問題了。

「最後一個問題。既然你們時常窺探未來，對你們來說，命運是什麼？」

克莉絲多拉了張椅子坐到床邊，饒富興味地說道：

「你所說的命運，應該是指普遍而言人們口中的命運？」

溫德爾回想起剛才聽到的對話中，似乎御風者對於命運這個詞另有一套定義，於是他點了點頭。見狀，克莉絲多道：

「很可惜，如果你問的是這個命運，我沒辦法明確回答你。」

溫德爾才剛感到有些失望，克莉絲多就繼續說了下去：

「不過我也時常思考這個問題。是啊，究竟命運是什麼？」

溫德爾抬起頭看向對方，只見克莉絲多的表情顯得有些茫然。

「就連我們無心之中的一舉一動，或多或少、或好或壞，都對未來造成了一定的影響，並將之推往不同的方向。而且正因無心，這些未來總是難以預料。」

溫德爾問道：

「就連時常預言的你們也無法知道？」

克莉絲多微笑道：

「你和法萊雅在這次的事件中，不也都做出了各自的預言？那你們有看見真正的未來嗎？」

一時間，溫德爾啞口無言。

「懂了吧？是啊，如果就連能預言的我們都無法看見眞正的未來、或者人們所謂的命運，那麼在參雜入無法預言的人們無心的一舉一動後，情況就又變得更加複雜了。更何況，會預言的我們以及渴望知道預言的部分人類，總是會想盡辦法知悉預言並據此作出行動，試圖扭轉對自己不利的未來，於是到了最後，命運就會錯綜複雜到難以想像的地步，好比這次的事件一樣。但這也不能怪你們，畢竟……」

微微停頓後，克莉絲多苦笑道：

「眞要說，我自己又何嘗不是如此呢。」

說著，克莉絲多轉頭望向窗外，但她的目光並沒有聚焦，此刻的克莉絲多就像是在搜索著不存在於眼前的什麼，就像是突然回憶起了遙遠的過往。

溫德爾以爲克莉絲多指的是她藉由預言發現法萊雅陷入險境後，趕來援救的舉動，但實際上克莉絲多說的是另一件事，不過這一點溫德爾當然無從得知。

「於是，我們的掙扎又讓眞正的未來變得更加撲朔迷離。」

緩緩收回目光，克莉絲多繼續道：

「這麼說來，眞正的未來、也就是所謂的命運，到底是什麼？究竟是哪些人做出了哪些選擇，才導致最終的結果變成這樣？又或者，是不是無論我們做出什麼樣的選擇，命運總會藉由不同人的手，引導我們達到祂所決定的未來？如果眞是這樣，那我們所有的選擇、一切的努力，是否都只是徒勞一場？會不會我們的預言、我們試圖做出的改變，其實都早在命運的意料之中？再反過來想，假設完全不做出任何預言呢？如此一來，是否就能逃離命運？還是只是回到了命運最初的模式？」

說完，房間陷入了沉默之中，直到好一陣子後，溫德爾才緩緩道：

「恐怕沒有人知道問題的答案吧。」

克莉絲多默默注視著溫德爾的深藍眼眸，過了片刻，才低頭嘆道：

「是啊，恐怕沒有人知道吧。因爲我們都只是人，都只有一次無法重來的生命。我們無法在選擇了左手邊的平坦道路，發現它是通向地獄後，才反悔想回頭走右手邊看似崎嶇難行的小徑。」

溫德爾點頭道：

「我們做不了實驗，因爲我們自身就是實驗品。」

克莉絲多一聽，猛然抬起頭看向溫德爾，好半晌後，忽然啞然失笑道：

「果然啊……」

對克莉絲多的反應感到有些奇怪，溫德爾不解地問道：

「怎麼了嗎？」

克莉絲多沒有回答，只是搖搖頭站起身道：

「這個話題就到此爲止吧，你先好好把身體休養好再和法萊雅一同來風城。到了風城之後，相信你想要的答案就會一個一個慢慢浮現了。」

說完，克莉絲多便走向門口準備離去，但在踏出房門前一刻，卻像是突然想起什麼似地轉頭說道：

「忘記問你一個問題。既然你問到命運，那麼，你喜歡所謂的命運這回事嗎？」

溫德爾微微一愣，因爲這個問題實在是太過空泛了，但他還是努力思索了一會兒才認眞答道：

「喜歡或不喜歡……恐怕現在的我還難以判定吧。但唯一能確定的是，我絕對不會輕易屈服於所謂的命運。」

克莉絲多聽完，露出有些悲傷的笑容，轉身跨出門外，隨著漸行漸遠的腳步聲，一句難以理解的話語從遠方傳來。

「那麼，希望直到最後，你的答案都是如此吧。」

確認法萊雅已經恢復到足以照顧自己和溫德爾後，克莉絲多便先行離開了。

之後又休息了兩天，溫德爾才終於恢復到了足以緩緩而行的地步，但由於兩人都對繼續待在室內感到有些氣悶，他們決定立刻出發上路。

整裝完畢走出戶外，法萊雅深吸了口新鮮空氣，便神采奕奕地向西方邁開了步伐。走沒幾步，見溫德爾還停在原地看著那棟木屋，法萊雅問道：

「怎麼了？」

「沒什麼，只是有些好奇這棟房子的主人是誰。妳知道嗎？」

法萊雅搖了搖頭。

「不知道，母親只告訴我這是她以前一位朋友的住處，確切是誰我並不清楚。」

「這樣啊……」

對於這棟木屋，溫德爾總有種奇妙的感覺。從待在屋子裡的頭兩天他就發現了，不論是屋內家具擺設的格局，還是整個房子的構造，都令他感到異常熟悉。直到現在從外頭一看，溫德爾這才終於確定，就連房子的外觀都和他在哈薩德村的家一模一樣。想起那個家，溫德爾突然覺得，明明也才離開哈薩德村沒多久，卻像是已經好久好久都沒回家了似的。

也許所謂的旅行，就是這麼一回事吧。

溫德爾搖搖頭，轉身跟上法萊雅，兩人開始往西方前進。

兩人就這麼默默走了好一陣子，相較於專心走路的溫德爾，法萊雅似乎有些浮躁難安，她好幾次開口像是想說些什麼，卻又半途作罷閉上了嘴。

然而，就只有兩個人相伴走著，溫德爾想不注意到法萊雅的狀況都難，他停下腳步嘆口氣道：

「法萊雅，妳想說什麼就直說吧。」

法萊雅也停了下來，她遲疑了一會兒，才像是終於下定決心般問道：

「爲什麼你那時候不告訴我？」

對於這突兀的問題，溫德爾有些摸不著頭緒。

「什麼時候？告訴妳什麼？」

法萊雅囁嚅道：

「就是……你也做出了預言這件事，而且是跟我不同的預言。」

「喔，那個啊。其實也不是刻意要隱瞞啦……」

「既然不是刻意隱瞞，那又是爲什麼？是因爲你認爲我不會相信你說的話？還是只是單純無法相信我？」

如此追問著，法萊雅的表情顯得有些不安。

溫德爾認眞想了一會才答道：

「不，不是信任與否的問題。應該說正因爲我相信妳說妳的預言從沒出錯過，我才會選擇不告訴妳。」

法萊雅側了側頭表示無法理解，溫德爾只好繼續解釋道：

「相較於總是正確無比、懷抱強烈自信的妳，我對於自己的預言並不是那麼有自信，也沒有能說服妳的把握。」

「但在你要拉我上小艇時，不是說你的預感從來沒出錯過？」

「是沒錯，但那指的是以前我還在家鄉的伐木隊幫忙時，每天都會幫忙預測天氣的事情。實際上，這次應該算是我第一次做出一個完整的預言。」

說到這兒，溫德爾有些黯然地心想，如果那次的夢不算的話。

法萊雅追問道：

「儘管如此，你還是可以告訴我啊？」

溫德爾緩緩搖頭道：

「我不想在那種緊要時刻還與妳爭辯究竟誰的預言才正確。就算妳相信我的預言，並且將兩者同時納入考量，我還是覺得那樣並不恰當。因爲在我看來，那只會讓做出任何決定變得過於困難，而我並不想增加妳的負擔。」

微一停頓後，溫德爾又補上了一句話。

「不過，說不定這些都只是次要的原因就是了。」

法萊雅立刻追問道：

「那最大的原因是什麼？」

溫德爾猶豫了一陣子，像是在考慮該怎麼說出口，最後才道：

「我猜，是因為我不想依靠妳吧。對於以預言的形式向我發下戰帖的命運，我想靠自己的力量與之抗衡，因為我覺得，這是屬於我自己的戰爭。」

法萊雅聽完，一雙杏眼目不轉睛地盯著溫德爾看。對她來說，這是第一次有人在知曉她強大的預言能力後，卻依舊選擇在碰到困難時不向她求助。對此，法萊雅感到有些訝異、有些新奇，卻又有些莫名的失落。

法萊雅嘆了口氣道：

「既然你都這麼說，那就算了。但是下次碰到類似的情形時，我還是希望你能告訴我你的預言。你……可以多信任我一點。」

對此，溫德爾沒有做出任何答覆，只是站起身道：

「我們走吧。」

看來，那棟小木屋實際上距離伊特納河並不遠。

儘管為了配合溫德爾，兩人走的速度並不算快，他們仍舊只花一個早上就來到了河邊。辨別了所在位置後，兩人往上游的方向走，過不多時，當初他們寄放馬匹的碼頭便出現在視野中。

「老先生，我們回來了。」

溫德爾走上前去，向百無聊賴地坐在河邊的老船伕打招呼，一見是溫德爾，老船伕笑道：

「唷，你們可終於回來了。話說回來，你們是跑哪兒去啦，還得特地把馬兒寄放在這裡？」

要是說出兩人這段期間的經歷，老人八成會認為他是在胡扯，甚至可能直接將他當成瘋子吧，於是溫德爾道：

「呃，說來話長，那個就先不提了。總之我們是來取回馬匹的，當然我也沒忘了先前說好要答謝您的事情。」

「哦？怎麼個答謝法？」

聽到答謝，老人興致盎然地等待他的下文。

「這一次我們除了取馬外，也要順道請您載我們和馬兒到對岸去。一般來說行情是多少？」

「人的話，一人一枚銀幣，馬的話則是三倍。」

溫德爾快速在心中算了一算道：

「我們總共兩人加兩匹馬，作為答謝，我會多付一半的價格，所以總共是十二枚銀幣。啊，還有，如果過河的途中您能讓我們『安安靜靜』享受河上風光的話，我再多付您兩枚銀幣。」

之所以補上最後這個條件，是因為溫德爾一點也不想在享受人生第一次乘船的經驗時，還得忍受一個老頭源源不絕的嘮叨，尤其這又是合眾國的第一大河，他可是還想趁這機會悠哉欣賞四周風景呢。

聽著溫德爾說的話，起初老船伕還正為大生意上門高興不已，然而在聽見最後一句話之後，他卻立刻露出一副內心天人交戰的複雜表情。

原先只是在一旁靜靜聽著兩人對話的法萊雅見了，不禁噗哧一聲，開懷地笑了。

（待續）

後記

希望各位看得開心。

《命風歌：冬曲》是《命風歌》系列的前兩章，目前在我的設想中，這個故事總計會是十章完結，而《冬曲》只是為舞台拉開了序幕。

最初會動念想寫這麼一個故事，說來有趣，是因為我做了個夢，夢確切的內容我已經忘了，但當時就這麼萌生出想把這故事寫下來的念頭，愈寫也愈覺得必須讓更多人看到這個故事，於是就開始尋找出版的方法，最後有幸金車奇幻小說獎與秀威資訊給了我這個機會。

對我來說，《命風歌》是個關於掙扎的故事，在欲望與責任間掙扎，在個人與社會間掙扎，還有最重要的，在選擇與命運間掙扎。接下來，溫德爾會和法萊雅繼續旅行，遇上命定的邂逅，並在逐漸解開現有謎團的同時，發現更多真相、面多更多掙扎。他可能會做出對的選擇，也可能會做出錯誤的判斷，畢竟這不是一個英雄或賢者的故事，從許多方面來說，溫德爾和故事中的每個角色都和我們一樣，是在命運前努力掙扎的凡人。

但無論如何，我希望他不會後悔。

因為，命運才剛要伸出利爪。

釀奇幻64　PG2671

命、風、歌：冬曲

作　　者　林若風
責任編輯　喬齊安
圖文排版　陳彥妏
封面設計　劉肇昇

出版策劃　釀出版
製作發行　秀威資訊科技股份有限公司
114 台北市內湖區瑞光路76巷65號1樓
電話：+886-2-2796-3638　傳真：+886-2-2796-1377
服務信箱：service@showwe.com.tw
http://www.showwe.com.tw
郵政劃撥　19563868　戶名：秀威資訊科技股份有限公司
展售門市　國家書店【松江門市】
104 台北市中山區松江路209號1樓
電話：+886-2-2518-0207　傳真：+886-2-2518-0778
網路訂購　秀威網路書店：https://store.showwe.tw
國家網路書店：https://www.govbooks.com.tw
法律顧問　毛國樑　律師
總 經 銷　聯合發行股份有限公司
231新北市新店區寶橋路235巷6弄6號4F
電話：+886-2-2917-8022　傳真：+886-2-2915-6275

出版日期　2021年12月　BOD一版
定　　價　360元

版權所有・翻印必究（本書如有缺頁、破損或裝訂錯誤，請寄回更換）
Copyright © 2021 by Showwe Information Co., Ltd.
All Rights Reserved

讀者回函卡

Printed in Taiwan

國家圖書館出版品預行編目

命、風、歌：冬曲/林若風著. -- 一版. -- 臺北市：
釀出版, 2021.12
面；　公分. -- (釀奇幻；64)
BOD版
ISBN 978-986-445-563-8(平裝)

863.57　　110018869